Wolfgang Herles

SUSANNA IM BADE

Roman

S. FISCHER

FSC
www.fsc.org
MIX
Papier aus verantwortungsvollen Quellen
FSC® C083411

Erschienen bei S. FISCHER

Satz: Dörlemann Satz, Lemförde
Druck und Bindung: CPI books GmbH, Leck
Printed in Germany
ISBN 978-3-10-033188-5

Was der Sammler besitzt, dient nicht nur
der Genugtuung, sondern auch der Vergeltung.

Werner Muensterberger,
Sammeln. Eine unbändige Leidenschaft

Mittlerweile wissen wir, dass der Anblick
eines geliebten Bildes, genauso wie der Anblick
eines geliebten Menschen, nicht nur den
orbitofrontalen Cortex aktiviert, der auf
Schönheit reagiert, sondern auch die
dopaminergen Neuronen an der Hirnbasis, wenn
eine Belohnung zu erwarten ist. Diese Neuronen
sprechen auf das Bild eines Liebesobjekts an,
sei es ein Mensch oder ein Gemälde – ganz ähnlich,
wie die Neuronen eines Kokainabhängigen reagieren,
der Kokain sieht.

Eric Kandel, *Das Zeitalter der Erkenntnis*

EINS

Jeff Wall: Ivan Sayers, costume historian,
lectures at the Women's Club, Vancouver,
Virginia Newton-Moss wears a British Ensemble
c. 1910, from Sayers' collection, 2011,
190 × 230 cm, Inkjet print

Am selben Tag, an dem Hans Achberg zum ersten Mal mit Klara Salzheber schlafen wird, verliert er sich in die schwarze Lady.

Ein Schleier lässt Augen ahnen, die kühn sind und klar. Ihr Kleid: rabenschwarz, bis zu den Knöcheln fallend, am Stehkragen geschlossen, stark tailliert. In der Körpermitte weist ein Dreieck aus Spitze pfeilförmig zum Schoß. Der rechte, fast gestreckte Arm setzt einen schwarzen Schirm graziös aufs Parkett, die linke Hand hält an feiner Kette eine Tasche, schwarz wie der turbanartige Hut, das Haar, die Halskette aus walnussgroßen Kugeln, Handschuhe und Schuhe. Leichter Ausfallschritt.

Schräg links hinter der Frau redet ein Mann mit beiden Händen. Weißer Vollbart und Fliege. Vor hellblauem Hemd hängt die Brille, eine zu lange beige Altherrenhose wirft Falten. Der Historiker. Er referiert. In den Spiegelfeldern im Hintergrund ist sein Publikum zu erkennen. Er sammelt Kostüme. Die schwarze Lady degradiert ihn zur Randfigur.

Ohne diese von hinten beleuchtete Fotografie, die

Lightbox von Jeff Wall, ohne die Frau im viktorianischen Kostüm, ist Achbergs Sammlung nicht mehr denkbar. Er weiß es in dem Moment, in dem er sie zum ersten Mal sieht. Doch verbietet er sich jeden weiteren Gedanken daran.

Es ist Achbergs siebte oder achte Biennale, die erste ohne Kaufabsichten. Er will nicht einmal hören, wer für wie viel die Finger wovon nicht lassen kann. Er reißt sich los von der Lady in Black und verlässt den Palazzo delle Esposizioni.

Vor den Giardini liegt die eisgraue Yacht des Roman Abramowitsch. Spekulanten wie er erniedrigen die Kunst, denkt Achberg, der nicht mehr mithalten kann und nicht mehr dazugehören will.

Die schwarze Lady geht ihm trotzdem nicht aus dem Sinn.

*

In der Madonna speisen sie Bärentatzenkrebse, Meeresspinnen, kleine, Peverasse genannte Miesmuscheln, lange, schmale wie Klappmesser geformte cape longhe aus dem Schlick der Lagune, dazu risoto nero, das auf Venezianisch nur mit einem t geschrieben wird.

Klara ist mit den Kerlen verabredet, die sie wenigstens drei, vier Mal im Jahr trifft, auf der Frieze in London, auf der Art Basel, auf der einen oder anderen Vernissage, und eben auch alle zwei Jahre in Venedig.

Kaspar, siebzig, in tadellosem Zustand. Die einzige Zügellosigkeit, die er sich gestattet, sind die wild auftrumpfenden Augenbrauen in einem Gesicht von wie immer gesunder Farbe. Sein bayerischer Bariton rollt vertraut. Liz fehlt. Liz, die sich Venedig nie hat nehmen lassen. Sie habe zu viel am Hals, behauptet Kaspar.

Linus schmückt sich mit einer fernöstlichen Köstlichkeit namens Lu. Meerspinnendünn. Er hat um die Hüften herum zugelegt. Der Raboso del Piave funkelt mit seinem Gesicht um die Wette.

Und dann ist da Hans. Wer es nicht streng nimmt, darf sein Haar für sandfarben halten. Klara nimmt es nicht streng. Grau sind allein die Jeans zum azurblauen Sakko über dem weißen Hemd. Geht dieser so unversehrt wirkende Mann tatsächlich schon auf die Sechzig zu?

Von Hans stammt der Satz, wonach wahre Schönheit nicht vergehe, sondern von der Oberfläche nach innen wandere. Schönheit – letztlich ein Charakterzug. Das hat sich Klara gemerkt. Ist es Fügung, dass sie und Hans im selben Jahr im Stich gelassen worden sind? Ob einer verscheidet oder sich scheiden lässt, ist nicht völlig verschieden. Man wird verlassen, vom Gegangenen wie vom Genommenen. Es mag sogar vorkommen, dass der Verduftete schmerzlicher vermisst wird als der Verschiedene.

Zur vergangenen Biennale hat Arnfried noch gelebt, ist aber, geschwächt von der Chemotherapie, nicht mehr in Venedig gewesen. Auch Hans ist damals allein nach Venedig gereist und hat Astrids Abwesenheit damit begründet, sie brenne nun einmal nicht für die Kunst; aber da ist wohl auch alles andere schon erloschen gewesen. Die Firma hatte er bereits verkauft, um sein Dasein ganz der Kunst zu widmen.

Der brillante Schwärmer kann von Ausstellungen so anschaulich erzählen, dass man sie schon selbst gesehen zu haben glaubt. Heute allerdings scheint er neben sich zu sitzen. Seine Augen berichten von schwierigen Abenteuern, findet Klara.

Und die Liebe?

Eine Frage, die sie ihm nicht ersparen kann.

Welche Liebe?

Das hört sich ganz so an, als habe er am Verlassensein noch immer zu tragen. Klara fährt ihm mit der Hand durchs Haar. Er erkundigt sich leider nicht nach dem Stand ihrer Dinge.

Die Kerle nehmen den deutschen Pavillon durch, lassen kein gutes Haar an ihm, haben nichts als Spott übrig für die Rieseneinbauküche, wie Kaspar die Installation nennt. Klara hält sie für souverän und selbstironisch. So kommentiere sich das Land der Schnäppchenjäger und Heimwerker. Die Kerle aber bevorzugen Humor der skandinavischen Sorte. Im Pavillon der nordischen Länder lümmeln schwule Jünglinge auf coolen Designermöbeln, an den Wänden Gegenwartskunst, unvermeidliche Mapplethorpe-Schwänze, gerahmte Männerhöschen. Im Pool dümpelt die Figur einer Leiche.

Ein Sammler nach dem Besuch der Steuerfahndung, erklärt Hans.

Linus legt nach. Ob jemand den Unterschied kenne zwischen einem Konservativen und einem Liberalen? Er gibt die Antwort: Ein Konservativer sei ein Liberaler nach einem Raubüberfall.

Linus wartet.

Kaspar, endlich: Und ein Liberaler?

Ein Liberaler ist ein Konservativer nach einer Hausdurchsuchung.

Selten so gelacht, sagt Klara.

Die Kerle wollen sich nicht mehr beruhigen.

Kaspar brüstet sich damit, den Leiter des für ihn zuständigen Finanzamts abgeworben zu haben.

Ich zahle. Sie marschieren ins Gefängnis. Aber ich besuche Sie dort. Versprochen.

Die Kerle lachen wie besoffen.

Klara kann einiges vertragen. Aber sie mag es nicht, wenn die Verwöhnten bei ihrem Kampf gegen Steuergesetze wie Veteranen vom Krieg schwadronieren und sich wie Widerstandshelden aufführen.

Muss das sein? Doch nicht in Venedig.

Sie alle profitieren von Stiftungs- und Steuersparmodellen. Kaspar hat sich ein von Richard Meier entworfenes Museum hinstellen lassen, das Journalisten gern als oberbayerisches Pendant der Getty-Foundation bezeichnen. Bitte! Ist das nichts auf der Hühnerleiter zur Unsterblichkeit? Klara will sich selbst nicht beklagen. Über ihre ArtHotels setzt sie manches von der Steuer ab, was ihre private Sammlung bereichert. So genau sieht keiner hin.

Während Linus einem Bärentatzenkrebs den Panzer auskratzt, versteigt er sich zu dem Satz, neuerdings denke er sogar daran, auszuwandern.

Bullshit! Wohin denn?

Warum nicht nach China. Der Zuversicht hinterher, die Zuversicht sei zuerst ausgewandert.

Das will selbst die schweigsame Lu an seiner Seite nicht gelten lassen. Ihrer Erinnerung nach herrsche in China nicht Zuversicht, sondern eine Partei.

Bravo!, sagt Klara.

Nach dem Essen lehnen es Kaspar und Linus ab, ein Taxiboot zu rufen, sondern bestehen darauf, über die Rialtobrücke zu Fuß ins Hotel nach San Marco zu gehen. Sie nehmen Lu in die Mitte und ziehen davon. Auf Klaras vom Biennale-Rundgang angegriffene Füße nimmt nur Hans Rücksicht. Er schlägt vor, sie huckepack zu nehmen. Charmant, doch auch eine Anspielung auf ihre Gewichtsklasse. Sie ist nicht gerade ein Floh. Sie streift die Schuhe ab, die Hans tragen darf. Beim Barfußgehen zeigt sich buchstäblich, wie dünnhäutig sie geworden ist. Sie nimmt ihn bei der Hand; er scheint nichts Aufregendes daran zu finden.

Er habe sich gerade vernarrt, gesteht er, in eine Lightbox von Jeff Wall.

Schön für dich.

Weil Hans seine Verliebtheit wie einen Hut in die Luft geworfen hat, muss Klara ihn in den Hüftspeck kneifen. Wenn sie ihn richtig versteht, ist er einer aufregenden Synthese aus Lady Chatterley und Mona Lisa verfallen.

Malt Klara sich Hans schön? Und wenn schon. Einer Sammlerin darf ein Sammler gefallen. Beas Einwand – er sammelt Frauen, Ma – will sie nicht akzeptieren. Es kommt weniger darauf an, *was* einer sammelt, als darauf, *wie* er es tut. Abgesehen davon, kann es nicht angehen, dass sie sich ihren Mann von den Töchtern genehmigen lässt. Wenigstens Tina findet Hans *ganz nett*. Anyway.

Endlich ist das Grand Hotel Monaco erreicht. Vor zwei Jahren hat auch Hans hier logiert. Er behauptet, kein Zimmer bekommen zu haben. Klara vermutet eher Kostengründe. Das Excelsior auf dem Lido dürfte nicht ganz so teuer sein.

Sie schlägt einen Absacker an der Bar vor. Kaspar, Linus und Lu sind schon da, wollen aber gleich ins Bett. Solange Hans ihrer Einladung folgt, ist ihr das recht. Der Barkeeper genehmigt einen letzten Drink.

Wir können auch nach oben gehen, sagt sie.

Er glaube, es sei vernünftiger, ein Taxiboot zu bestellen, sagt Hans.

Als es anlegt, stehen sie auf dem Steg am Canal Grande und Klara sagt: Wir werden uns doch zum Abschied nicht gleich küssen wollen.

Das kann er ihr jetzt nicht mehr abschlagen.

Ihre Lippen sind noch geschürzt, als seine sich längst gelöst haben. Der Bootsführer streckt einen Arm aus, um Hans an Bord zu helfen. Klara allerdings ist ihm einen Schritt voraus.

*

Was auch immer geschieht, Achberg wird es akzeptieren. Auf Klaras breite Schwimmerschultern fällt neuerdings glattes, blondes Haar, das ihrem fast faltenfreien, ebenmäßigen, wenn auch ein wenig derbem Gesicht durchaus jugendlichen Schwung verleiht. Fünfundfünfzig ist sie. Sie trägt ein *Kleines Schwarzes*, was nicht wörtlich zu nehmen ist. Klaras Kleider sind niemals klein. In jeder Hinsicht ein großzügiges Wesen, kann sie sich einen tiefen Ausschnitt leisten.

Klaras Kopf ist auf seine Brust gesunken. Doch die Fahrt über die Lagune erfrischt. Im Excelsior kann von Anlehnungsbedürftigkeit keine Rede mehr sein. Trittsicher ineinander gehakt geben die beiden bereits auf der Treppe zur Halle hinauf das Bild eines versierten Ehepaars ab.

Im Zimmer reißt Klara sofort das Fenster auf.

Sie habe Lust auf schwimmen. Ein Tag ohne schwimmen sei kein guter Tag.

Es ist die letzte Mai-Nacht und Achberg das Wasser entschieden zu kalt. Klara kennt kein Erbarmen.

Sicher hast du auch keine Badehose dabei, sagt sie. Sonst noch eine Ausrede?

Sie verschwindet ins Bad, kehrt nach wenigen Augenblicken im Bademantel zurück, zwei Handtücher unter dem Arm.

Come on!

Im Aufzug will sie schon wieder geküsst werden. Sie finden den Weg hinunter zum Strand durch lange Reihen von Badekabinen.

Ich schau dir zu, schlägt er vor.

Das würde dir so passen!

Trotz des Alkohols im Blut, lässt Achberg der Gedanke an das Unvermeidbare frösteln. Am Wasser knöpft ihm Klara das Hemd auf und streift es von seinen Schultern.

Den Rest schaffst du selbst.

Sie hat sich bereits dem Meer zugewandt, als ihr Bademantel fällt. Ein kolossaler Leib schreitet in sein Element. Wenn Achberg sich vor ihr nicht blamieren will, muss er hinterher. Er legt die Hose ab und sorgfältig zusammen, neben die Schuhe, die Unterhose bleibt an.

Die Brandung tost nicht gerade dramatisch. Zügig ziehende Wolken erlauben dem Halbmond silbrige Lichteffekte. Hans watet ins Seichte, es ist wirklich verdammt frisch, und erst als ein harmlos brechender Wellenkamm seinen Bauchnabel benetzt, legt er mit grimmigen Armzügen los. Nicht weit, dann testen die Zehen, ob sie noch

Grund finden, und sobald es nicht mehr der Fall ist, endet seine Entschlossenheit.

Ha-ans!

Ein Ruf von fern. Weit hinaus lockt ihn die Wasserfrau. Er macht weder Anstalten, ihr zu folgen, noch ihr zu antworten. Von Klara ist nichts mehr zu hören. Er strebt schon wieder dem Land zu, als ein Seeungeheuer schäumend aus der Tiefe schießt, um ihn mit glitschigen Tentakeln zu umschlingen. Er prustet, hustet, schluckt. Klara zieht ihn auf den Strand, hilft ihm aus den Boxershorts, ehe sie sich in Frottee hüllt.

Während er Wein aus der Minibar entkorkt, zündet sich Klara am offenen Fenster eine Zigarette an.

Er fragt, ob sie duschen wolle.

Sie will gar nicht duschen.

Mit dem mächtigen Rücken schmiegt sie sich an ihn, greift hinter sich nach seinem Hals. Er umfasst ihren Leib.

Gefallen dir meine großen Ohren?

Die großen Ohren schmecken nach Salz. Ihr Mund schmeckt nach Salz, Wein und Rauch. Unvermutet gelenkig geht Klara in die Knie. Daran ist nichts auszusetzen. Wenn Achberg die Augen schließt, schwankt die Welt, er behält sie besser auf.

Willst du mich denn gar nicht ficken?

Ihr Wille geschieht. Sein Gesicht macht es sich zwischen den bemerkenswert großen Ohren bequem. Später will sie noch immer nicht duschen, schläft auf der Stelle ein.

*

Er wacht früher auf als sie, lauscht dem ruhigen Atem, der die vollen Formen bewegt. Fettheit ist etwas anderes. Lucian Freuds Big Sue ist fett, Klara dagegen erinnert an Boteros Schöne im Bad.

Ein Bad wäre wünschenswert. Er mag sich nicht ungewaschen. Noch klebt des Meeres Seim an ihm, und den Mund lässt er besser zu. Wenn er aber jetzt duscht und sich die Zähne putzt, weckt er Klara auf. Sie hat keine Zahnbürste dabei, und es besteht die Gefahr, dass sie seine benutzen will. Wenn schon, dann nach ihm. Also beschließt er, seine Reinigung nicht länger aufzuschieben. Während ihm Wasserfäden auf dem noch immer leicht betäubten Schädel zerplatzen, spürt er nicht einmal Verliebtheit.

Sie ist auf Sex ausgewesen. Hätte er sich ihr verwehren sollen? Es ist gut so. Das Leben ist nicht immer nur kompliziert. Was geschehen ist, richtet keinen Schaden an.

Leicht erschöpft hat Klara gestern gewirkt, doch positiv gestimmt. Ihm gefällt, wie unkompliziert sie die Dinge nimmt. Headhunter würden ihr strukturiertes Denken hervorheben. Wenn sie spricht, teilt sie die Luft mit flacher Hand in gleichmäßige Portionen. Apart, patent, diszipliniert. Versuchsweise stellt er sich vor, wie es wäre, mit dieser Frau zu leben, die fast so alt ist wie er. Unsentimental formuliert: In zwanzig Jahren wäre er mehr oder weniger ein Pflegefall und könnte keinen Pflegefall an seiner Seite gebrauchen. Für sie sprechen Alltagskompetenz, praktischer Sinn für das Leben, zupackende Güte und ein Dutzend Hotels. Es gibt unangenehmere Pflichten als mit ihr zu vögeln.

Klara Salzheber. Persönlich haftende Gesellschafterin

und Geschäftsführerin der Salzheber ArtHotels KG. Ein Soliditätsversprechen. Risikominimierung. Vorsorgemaximierung. Luxus plus Fluxus. Klara wäre das Ende seiner Pilgerschaft. Das Ende, nicht das Ziel. Cap finis terrae. Sicherheitsverwahrung mit fünf Sternen. Und wenn schon.

Achberg beneidet sie. Sie und ihr blendend geführtes Familienunternehmen. Er bewundert, wie entschlossen sie den Zumutungen des Lebens trotzt, wie sie akzeptiert, dass Glück nur im Unglück zu haben ist. Seit ihr ein Karzinom Arnfried geraubt hat, meistert sie das Leben zwischen Firma und Töchtern, tüchtigen Töchtern, florierender Firma, und ihr bleibt noch genug Kraft für die Kunst, die nicht bloß ihre Hotels schmückt, sondern auch Anwesen in Bad Godesberg und La Napoule.

Sie ist hungrig genug auf die Portion Leben, die ihnen noch zur Verfügung steht. Zwischen ihren und seinen Meisterwerken all inclusive zu enden, wäre eine Lösung. Er wäre befriedet. Dass ihn diese Vorstellung nicht schreckt, schreckt ihn jetzt doch.

*

Wie lange schon ist sie nicht mehr neben einem Mann aufgewacht? Sie hört ihn im Bad. Gereinigt und erfrischt wird er sich gleich über sie beugen und vollends wach küssen. Das prickelnde Gefühl eines Neubeginns dehnt sich in ihr. Ein Jammer nur, dass sie nicht bleiben kann. Die unverschiebbare Direktorenkonferenz. Also keine zweite venezianische Nacht mit Hans. Kein Grund zur Traurigkeit. Schon in wenigen Tagen werden sie sich wiedersehen. Den Vormittag gibt es auch noch. Sie werden ihn wie geplant im Arsenale verbringen, und deshalb jetzt nicht groß herumturnen, sondern sich beeilen.

Nach dem Frühstück auf der Veranda nehmen sie mit einem Dutzend anderer Hotelgäste das kostenlose Shuttleboot des Excelsior. Klara fällt eine Frau in ihrem Alter auf. Ihre Bluse in schreiendem Pink klafft im Rücken auf wie eine von Fontana geschlitzte Leinwand. Die Frau kramt ein Fläschchen Chloé aus der Handtasche, besprüht ihren Unterarm und hält ihn ihrem Begleiter unter die Nase.

Sehr frisch!, lobt der junge Mann, worauf er von der Frau stürmisch geküsst werden muss. Dass ihre Küsse nicht dem zimtfarbenen Jüngling gelten, denkt Klara, sondern dem, was die Frau dem Leben abzutrotzen versteht. Selbstentzündungsküsse sind es.

Ehe sie sich ins Grand Hotel Monaco zu Instandsetzungsarbeiten zurückzieht, verabredet sich Klara mit Hans zu einer Performance im Arsenale.

*

Er sieht sie nicht. Eigentlich kann er sie nicht übersehen. Mindestens in einem der Spiegel wäre sie zu entdecken, steht sie doch wie er in der ersten Reihe, wenige Meter von ihm entfernt. Wer weiß, wo Hans seine Augen hat. Sie beobachtet in gleich drei Spiegeln, wie er sich nicht von der Stelle rührt, als ein Ordner die Zuschauer auffordert, einen Schritt zurückzuweichen. Wie angewachsen lehnt er an einer Backsteinsäule. Dass sich sein Haar am Hinterkopf lichtet, zeigen die Spiegel nicht.

Endlich tritt der bärtige Mann mit dem eierlikörfarbenen Strohhut auf. Ohne die Schutzbrille wäre er in jedem Hemingway-Lookalike-Wettbewerb der Favorit. Mit einem langstieligen, hölzernen Schlegel, aus dessen stumpfer Fläche ein Dorn ragt, holt er aus. Mitten in einen der Spiegel kracht sein Hieb. Verblüffend, dass nicht mehr Scherben aus dem goldenen Rahmen platzen. Erst der zweite Schlag sprengt zahllose kleinere Splitter heraus. Der Künstler zeichnet in weitere Spiegel Spinnweben aus Sprüngen. Nach dem fünften oder sechsten Zerstörungswerk verneigt sich Michelangelo Pistoletto, Beifall brandet auf, obgleich die Arbeit noch längst nicht vollendet ist, lautet sie doch *Twenty-two less two*. Nur zwei von zweiundzwanzig Spiegeln werden am Ende noch unbeschädigt sein.

Klara will es vorkommen, als sei Hans in den zersprungenen Spiegeln genauer zu erkennen als in den unbeschädigten. Es darf aus den Rahmen nur nicht alles herausfallen, möglichst viele Scherben müssen im Rahmen bleiben – darin besteht die Kunst.

Sie schauen beide in dieselben zergliederten Spiegel. Sie sieht ihn, er sieht sie nicht. Oder tut er nur so?

Die Splitter, die zum Werk gehören wie Scherben zum Glück, werden zur Wand hin gekehrt. Gelbe Klebestreifen auf dem Boden sollen verhindern, dass jemand in die Glashäufchen tritt. Ab und an geschieht es dennoch. Faszinierend, wie blind die Leute sind. Und schon hat Klara Hans aus den Augen verloren.

Bereits im übernächsten Saal findet sie ihn wieder, vor Paul Chans Videoinstallation. Eine Wand voller viriler Schattenfiguren, die es miteinander treiben, allein, zu zweit, zu fünft, in allen erdenklichen Stellungen und Konstellationen. Klara beobachtet Hans, der beobachtet, wie die Leute die bewegte Wand angaffen, verlegen grinsend die einen, mit gespieltem Desinteresse die anderen.

Das können wir besser, flüstert Klara Hans ins Ohr.

Er riecht auch gut, dieser Mann. Zitrustöne und Leder. Sehr frisch. Er küsst sie, leider nur auf den Hals. Nun streifen sie gemeinsam durch die herrlichste Galerie der Welt. In den Sälen der Corderie war einst das Tauwerk der glorreichen Armada geflochten worden. Rostende Eisenkonstruktionen, Hebevorrichtungen, Tanks – alles Kunst. Draußen im Hafenbecken dümpeln Rettungsinseln von Tamara Grcic in leuchtendem Orange.

Sein Traum sei es, die Welt zu retten mit nichts als Schönheit, sagt Hans.

Wie sich das anhört.

Verstiegen, naiv, sympathisch.

Auch Hans ist allein. Anders allein als Klara. Jeder ist anders allein. Sie studierte Anthropologie, als sie sich auf einer Exkursion in Kenia in den Hotelmanager Arnfried verliebte und ihm zuliebe das Studium abbrach. Nach Arnfrieds Tod verschwendete Klara keinen Gedanken daran, die Hotels zu verkaufen.

Ein Familienunternehmen habe einen Preis, aber auch einen Wert, der nicht in Euro zu beziffern sei. Sie sei, erzählt sie, nicht einmal dazu bereit gewesen, einen Geschäftsführer ins Unternehmen zu holen. Sie hätte inzwischen nichts dagegen, die Last der Verantwortung zu teilen. Tina absolviert die Hotelfachschule in Lausanne, Bea die Bucerius Law School, doch beide müssten erst hineinwachsen ins Geschäft. Der Einfall, Hans für die Salzheber ArtHotels zu erwärmen, ist nicht durchdacht, er hat sich unwillkürlich eingenistet. Hans wüsste ein Familienunternehmen zu führen.

Sie erkundigt sich nach Tom. Die Verbindung zu Tom, hört sie, bestehe aus kaum mehr als einem Dauerauftrag. Das Achselzucken dazu nimmt ihm Klara nicht ab.

Er wisse nicht einmal, wo Tom stecke, ob schon wieder in Berlin oder noch immer zum Sandkörner zählen in der Sahara.

Hans sagt, dafür, wie Klara *mit allem klar* komme, bewundere er sie.

Er könnte anderes rühmen an ihr, findet sie. Anyway.

Ihr Rundgang mündet in einen Garten voller Skulpturen von Miranda July. *So I look when I'm lying* steht auf einer rosafarbenen Stele. Klara steckt ihren Kopf durch das dafür vorgesehene Loch, Hans fotografiert. Ein Würfel trägt die Aufschrift *The Guilty One.* Auf dem etwas höheren Klotz daneben heißt es *The Guiltier One.* Hans bittet Klara, ihn mit seinem Handy aufzunehmen. *The Guilty One.* Den Schnappschuss wolle er seinem Anwalt senden; wie er den kenne, nehme er ihn zu den Akten.

Sei nicht so bescheiden, sagt Klara und steigt auf den höchsten der drei wie zu einer Siegerehrung aufgereihten Sockel. *The Guiltiest One.*

Sie schlägt vor, in die Giardini hinüber zu spazieren, in den Palazzo delle Esposizioni; weil sie sich von ihm unbedingt die Lady in Black zeigen lassen will, in die er sich vernarrt hat.

Falls Hans sie haben will, sollte er den Kauf sofort in die Wege leiten. Es ist schon der zweite Preview-Tag, Galeristen, Kuratoren, Sammler überschwemmen die Lagune.

Lieber nicht, sagt er.

Come on! Wenn du müde bist, nehmen wir ein Boot.

Er habe nachgedacht. Die Lightbox sei doch nichts für ihn.

Warum beschäftigt sie dich dann so sehr? Vielleicht, weil du dir vorkommst wie der ältere Herr auf dem Bild, der Kostümsammler? Der die Schöne nur erklären kann, aber nicht erreichen? Sorry, sagt Klara, das war nicht nett von mir.

Schon gut.

Früher hättest du keinen Augenblick lang gezögert, sie dir zu nehmen. Do it!

Können vor Vergnügen.

Was ist mit dir?

Sie haben noch eine gute Stunde Zeit. Die Hände ineinander verschränkt, überqueren sie ein Dutzend Kanäle und bewundern die abstrakten Gemälde, die Fäulnis und Verfall auf die Hauswände produzieren.

Sag schon, was dich bedrückt.

Es sei hier viel zu schön, um übers Geld zu reden, sagt er.

Klara kann sich vorstellen, dass Hans sein Vermögen nicht ganz unbeschadet durch die Stürme gebracht hat; wer hat das schon.

Nun bricht es doch aus Hans heraus, und er vertraut sich Klara an. Ich bin ein Sammler, dem das Geld ausgeht.

Du übertreibst.

Doch, doch, ich bin ein Junkie auf Entzug, der seine Sucht loswerden will, weil sie nicht mehr vernünftig zu finanzieren ist.

Jetzt mal im Ernst. Warum verkaufst du nichts?

Er wisse, wie komisch sich das anhöre. Wer eine Kollektion sündhaft teurer Gemälde besitze, habe kein Mitleid verdient. Er könne sich zwar ausrechnen, was seine Sammlung einbrächte, nur sei er leider nicht in der Lage, sich auch nur von einer einzigen Arbeit zu trennen. Könnte er verkaufen, wäre er nicht Sammler, sondern Investor. Einer wie Abramowitsch.

Er sammle nicht nur Kunst, er glaube auch an die Kunst. Und wie jeder Gläubige denke er über sein irdisches Leben hinaus. Die Sammlung ist das, was einmal von mir bleiben wird.

Klara sieht die Sache nüchterner. Du bist nicht der erste Sammler, dem das Geld ausgeht. Am Ende bleibt dir nichts anderes übrig als zu verkaufen.

Ich verkaufe nichts.

Jeder von uns hat Arbeiten im Depot, von denen er nicht mehr ganz überzeugt ist.

An was genau sie denke?

Zum Beispiel an deinen Botero.

Er will das nicht kommentieren.

Später, als sie sich am Grand Hotel Monaco ein letztes Mal küssen, sagt Klara: Vielleicht findest du jemanden, der deine Hingabe teilt. Ich wünsche es dir sehr.

*

Auf dem Campo Bandiera e Moro o della Bragora, dessen Namen er sich merkt, weil er so elegant und kompliziert zugleich klingt, verzehrt Achberg zwei Gläser Wein. Während der Abend dem Tag die Farben entzieht, folgt er dem Gesang einer Marienprozession, durch die sich laut telefonierend eine junge Frau zwängt. Himbeerfarbenes an Spaghettiträgern, die Sonnenbrille wie ein Reif auf dem Haar. Wer aussieht wie sie, darf auch eine Andacht stören.

Was soll Achberg mit dem Abend anstellen? Er hat eine Reihe von Einladungen in der Tasche. Im ehemaligen Irrenhaus auf San Servolo bittet die Bundesrepublik Deutschland zum Empfang. Vergnüglicher wäre vermutlich die Party Islands in einem Palazzo am Canal Grande. Auf dem Gucci-Fest im Palazzo Gritti wird die Tanzfläche aus einer Collage von Piotr Uklanski bestehen. *Dancing Nazis.* Fotografien von Schauspielern, die einmal Nazis verkörperten. Crazy. Wie dumm! Vor zwei Jahren hat Achberg sich Pivots Promizirkus nicht entgehen lassen, heute hat er keine Lust dazu.

Er verlässt das Vaporetto der Linie eins bei Santa Maria della Salute, wirft einen Blick auf die über alle Moden erhabene Palladio-Kuppel und erreicht rasch den landseitigen Eingang der Peggy Guggenheim Collection. Im Innenhof Getümmel. Zusammenrottungen dieser Art könnten ihm gestohlen bleiben, wäre ein Abend mit sich allein nicht noch schwerer zu ertragen. *It's not you, it's me.* Das Motto der Gala Reception aus Anlass des ersten Biennale-Auftritts der Vereinigten Arabischen Emirate. Weiß gewandete Scheiche sind nicht zu entdecken. Nur wenige Frauen zeigen ihr akkurat geschminktes Gesicht im strengen Rahmen eines Tschadors. Orientalische Klänge liegen in der Luft, ohne Venedig etwas anhaben zu können, Palazzi glühen im Abendlicht. Von der Dachterrasse sieht Achberg auf Leute hinab, die sich, wenn sie aus den Booten steigen, wie Filmstars gebärden.

You are looking happy, my friend.

Mitten im Gedränge drückt Prinz Khaled Achberg die Hand. Gestutzter Bart, dunkelblauer Anzug. Sie kennen sich seit Jahren.

I'm happy, indeed, sagt Achberg. But you'r Prince Happiness yourself.

Prince Happiness lacht, versäumt es, Achberg die Frau an seiner Seite vorzustellen.

Sie ist ein wenig größer als der Prinz, reicht an Achberg heran. Tatsächlich ist ihre Größe irrelevant, so schön ist sie. Wahnsinnig schön. In Bruchteilen von Sekunden wirft ihn der Asteroid aus der Bahn, streckt ihre Erscheinung ihn nieder. Es wäre sinnlos, sich in Details zu verlieren. An ihr ist nichts übertrieben. Doch die absolute Harmonie aller Einzelheiten ist als Ganzes schiere Maßlosigkeit. Womit anfangen? Mit den Augen?

Die Augen dieser Frau als blaugrün zu bezeichnen wäre ein Sakrileg. Mit schlichten Worten ist diese Farbe nicht zu fassen, allenfalls sind Vergleiche erlaubt, die Achberg im Augenblick des Staunens aber nicht zur Verfügung stehen. Zähne! Von diesen Zähnen zerlegt zu werden, müsste ein Privileg sein. Das Haar. Über ihr Haar hätte Tizian den Verstand verloren. Ein Amalgam aus Kupferrot und Gold. Und wie nennt man diese Lippen? Ein Gedicht? Diese Lippen sind eine Gedichtanthologie, die ein ganzes Regal füllt. Diese Lippen sprechen und singen, selbst wenn sie schweigen. Was sie trägt? Spielt es noch eine Rolle? Ein Kleid trägt sie, wie von Mondrian bemalt. Große rechteckige Flächen in den vier Primärfarben über perlweißen Leggins. Die Beine. Die Beine …

What was your catch of the day?

Sorry?

Der Prinz kann Achbergs Verwirrtheit nicht übersehen. Doch scheint er nicht auf Achbergs Antwort erpicht, sondern auf die Gelegenheit, sein eigenes Anglerglück zu preisen. Beinahe fängt er zu singen an: *Sade for Sade's Sake.* Paul Chans Video.

What an extraordinary orgy! lobt Achberg den Fang.

Es ist ihm herausgerutscht.

Der Prinz überhört die Ironie, die Schönste aber lacht glockenhell.

Indeed a wonderful work about western values. Everything crumbles, that's what it shows.

Der Schönsten Heiterkeit ist voll erblüht. Achberg will dafür sorgen, dass sie sich noch herrlicher amüsiert. Er gratuliert dem Prinzen in der festen Überzeugung, der werde die kopulierende Gesellschaftskritik in Abu Dhabi öffentlich präsentieren.

Jetzt ist es das Gelächter des Prinzen, das sich nicht beruhigen will.

You're joking, my friend!

Schwanzvergleich! Achberg kann es nun doch nicht lassen, seinen catch of the day zu erwähnen, die Lightbox, die wie alle Arbeiten Jeff Walls einen ganzen Roman erzählt.

Die Lippen der Schönsten stimmen zu. Er stellt sie sich sofort im viktorianischen Kostüm vor.

Der Prinz weiß ebenfalls, wovon die Rede ist. Auch er hat die Lightbox bewundert und findet, die verschleierte Lady erinnere an Frauen der islamischen Welt.

Gut gekontert. Es könnte sein, dass an diesem Vergleich etwas dran ist. Obwohl die Schönste den Zusammenhang sofort bestreitet: Absolutely not.

Der Prinz ignoriert sie und schätzt den Preis.

Threehundred?

Dreihunderttausend. Achberg kennt den Preis nicht. Er würde noch mehr hinlegen, wäre da nicht sein Vorsatz, sich zu enthalten.

Am liebsten, scherzt der Scheich, hätte er das Backsteingemäuer, auf dem Chans Video zu bestaunen ist, gleich miterworben.

Unfortunately not available, sagt die Schönste.

Einen ganz leichten deutschen Akzent glaubt Achberg herauszuhören.

Eine Hand legt sich auf seine Schulter. Es ist Bengsheim, der sich ungeniert einmischt. Tobi Bengsheim, New Yorker aus Verden an der Aller, hat Hilde Hopp im Schlepptau, die Galeristin, und Annegret van Engsteren, Kunstkritikerin von Rang einer Zeitung von Rang. Die drei sind schon von San Servolo zurück. Es scheint ein kurzes Vergnügen gewesen zu sein.

Annegret: Käsewürfel. Nichts als Käsewürfel.

Die Hopp: Schon nach zehn Minuten seien sämtliche Gläser vergriffen und daher die Rede der Staatsministerin ohne einen einzigen Schluck zu ertragen gewesen.

Tobi: Nicht anders als vor zwei Jahren.

Die Hopp: Die Bundesrepublik könne sich ein Beispiel nehmen an unseren arabischen Freunden.

Ehe Achberg die drei los wird, ist die Schönste mit ihrem Prinzen im Gedränge verschwunden. Für überflüssige Gespräche stünden noch mehr Bekannte zur Verfügung, deretwegen er nicht hätte nach Venedig reisen müssen. Ihn hat das Gefühl erfasst, hier nichts mehr gewinnen zu können. Er will den Ort verlassen, jedoch nicht ohne zuvor einen letzten Blick auf die Lichter des Canal geworfen zu haben. Es ist wahrscheinlich seine letzte Biennale.

Verschwenderisch!

Er muss es vor sich hingemurmelt haben.

Danke für das Kompliment, sagt die Schönste. Vom Scheich befreit, lässt sie sich mühelos zu einem Bellini an der Bar überreden.

Hans Achberg, stellt er sich endlich vor.

Hans?

Die überirdische Heiterkeit ihrer Lippen ist schwer zu deuten.

Hänseln sie mich nur!

Sie reicht ihm ihre Geschäftskarte. *Susan Palmer. Art Adviser. London.*

Wo haben Sie Ihren Prinzen gelassen?

Mache ich auf Sie den Eindruck, als benötige ich einen Prinzen?

Ihr Deutsch klingt weich, vielleicht fränkisch.

Worüber sprechen, wenn einem der Atem stockt? Die Krise ist immer ein brauchbares Thema, unvermeidlich, unverfänglich, solange es nicht persönlich wird.

Ihre Sammler hätten sich wacker gehalten, *ihre* Sammler seien nicht auf schnelle Rendite aus, *ihre* Sammler hätten die Krise genutzt, um Sammlungslücken zu schließen.

Ihre Sammler! Als seien ihre Sammler etwas Besonderes. Ja, das sind sie wohl auch, besonders beneidenswert.

Achberg bindet ihr nicht auf die Nase, dass er sich zum Schließen von Sammlungslücken derzeit nicht in der Lage sieht.

Was er sammle?

Frauen.

Es ist die Wahrheit, doch sie ist ihm allzu schlicht geraten.

Nur die schönsten, sagt Achberg.

Das macht es nur noch schlimmer.

Die Schönste bläst die Backen auf.

Anspielungen auf ihre Schönheit beantworten schöne Frauen in der Regel ungnädig, weil sie glauben, man nehme ihre anderen Qualitäten nicht ernst. Achberg ist davon überzeugt, dass wahre Schönheit nur ein anderer Aggregatzustand von Geist sein kann; aber wie soll er ihr das jetzt erklären.

Er korrigiert sich: Ich sammle die am schönsten gemalten Frauen. Das muss er jetzt erläutern.

Die Bellinis sind noch nicht ausgetrunken, als sich eine Frau dazugesellt, hübsch, aber vom Glanz Susans degradiert. Susan stellt sie ihm vor, aber er vergisst den Namen der Freundin praktisch im selben Augenblick. Die nur Schöne bietet ihm einen Zigarillo an. Er lehnt ab. Die Schöne und die Schönste paffen und haben sich so viel zu erzählen, dass Achberg abgemeldet ist.

Er sei noch verabredet, entschuldigt er sich.

So schön ist Susan, dass es schmerzt, als er geht.

Auf dem Boot, das ihn zurückbringt zum Lido, mailt Achberg Klara. *Dass man auf der Welt tatsächlich glücklich sein kann, begreifen wir aus der Intensität von Venedigs Schönheit heraus. Und die Freude darüber verleitet uns eben zum Küssen*. Den Satz hat er in einem Zeitungsartikel von Orhan Pamuk gelesen, der die schöne Überschrift trägt: *Das Küssen in Venedig*. Auf so einen Satz käme er nicht selbst.

Sie antwortet nur Sekunden später.

You can not save somebody else by loving him, people save themselves.

Auch dieser Satz ist vermutlich nicht auf ihrem eigenen Mist gewachsen.

*

Wer einen Paternoster betritt, muss dessen Geschwindigkeit aufnehmen, das Dehnen der Stufe antizipieren. Die Lady in Black wagt den Einstieg nicht, bis Achberg sie an der Hand nimmt. Zuerst setzt sie den Schirm auf den Boden der Kabine, als vertraue sie dem mehr als seiner helfenden Hand.

Sanft knarrt der Paternoster. Für jeweils wenige Sekunden verschwindet das Paar zwischen den Stockwerken. Jedes Mal schlägt sie den Schleier zurück, bietet ihm ihre Lippen, jedes Mal kommt Achberg zu spät, sie senkt die schwarze Spitze, leise rumpelnd öffnet sich die nächste Etage. Leute gaffen. Der Schleier, die Lippen, der Schleier. Paternoster in caelis. Aufwärts, abwärts, aufwärts. Bis er aufwacht.

*

Makellose Haut, hohe Wangenknochen, schmaler Nasenrücken, weiter Augenabstand, langer Hals. Was ist wahre Schönheit? Das alles ist wahre Schönheit, und so viel mehr.

Davon versteht Achberg etwas. Schönheit ist sein Forschungsgebiet. Schönheit ist mit Sprache so wenig zu fassen wie Musik. Schönheit lässt sich nicht definieren, allenfalls vergleichen. Man sagt dann: schön wie. Schön wie Lauren Bacall, schön wie Grace Kelly, schön wie Sophia Loren, schön wie Nofretete, schön wie Uta von Naumburg, schön wie die Venus von Giorgione, schön wie Goyas nackte Maja, Klimts Salome. Kühle, Glanz, Linie. Raffaels Donna Velata: die Nase zu groß, der Mund zu klein, die Augen zu weit auseinander – und doch unvergleichlich schön.

Dass nicht nur Frauen schön sind, weiß er auch. Die Schönheit des Mannes, die Schönheit der Natur, die Schönheit der Mathematik, die Schönheit eines Automobils. Aber er hat sich auf die Schönheit der Frau spezialisiert. Wahre Schönheit widersteht selbst der Trauer, dem Zorn, dem Schmerz. Die Kunst ahmt die Schönheit des Lebens nur nach, interpretiert sie, idealisiert sie. Wahre Schönheit ist nie absolut. Außer bei Susan vielleicht.

*

Unbedingt will Achberg noch in den Palazzo Fortuny. Axel Vervoordts Ausstellung In-Finitum gilt als Wunderkammer. Auch wenn am Eröffnungstag nur Besucher mit persönlicher Einladung zugelassen sind, warten sie in langer Schlange.

Auf einmal steht Susan neben ihm, als sei sie mit ihm verabredet. Achberg spürt, wie sie sofort die Blicke auf sich lenkt, Blicke, die auch ihn treffen. Weiße Leggins mit schwarzen Polkadotts bedruckt, darüber eine schwarze Bluse.

Hi! Sie haucht zwei Küsse an ihm vorbei.

Mit ihr dauert das Warten nur einen Augenblick.

Palazzo Fortuny. Die dunkle Burg mit steilen Stiegen umhüllt alle Dinge mit einer Aura des Erlesenen. Eine Tischplatte, von der sich die Farbe blättrig löst, und ein zwei oder drei Millionen schweres Gemälde von Fontana sehen gleichermaßen unerschwinglich aus. Ein glatt geschliffener Stein aus einem Bach will nicht anders bewundert werden als eine Plastik von Henry Moore.

Der Arrangeur der Schau ist Kunsthändler und Raumausstatter. Der berühmteste aller Raumausstatter. Einer, der regierende Häuser ausstattet. Natürlich ist es ein Unterschied, ob ein langer, rostiger Nagel bloß ein Nagel ist oder ein von Günther Uecker eingeschlagener Nagel oder eben ein von Axel Vervoordt ausgesuchter Nagel. Es kommt allein auf die Energie an, die von einem Ding ausgeht, und diese Energie kommt aus dem Arrangement. Ob Kunstwerk, Fundstück, alter Meister oder Khmer-Plastik: nichts hier ist beschriftet. Keine klangvollen Namen, die Dinge sprechen für sich selbst.

Ein Raum mit schwarzen Wänden für schwarze Gemälde. Susan erkennt im Dunkel ein Bild von Malewitsch. Er erkennt nur noch sie. In einem anderen Raum, dessen Wände mit Schlamm aus der Lagune bestrichen sind, eine weiß grundierte Leinwand, signiert von Picasso.

Sein letztes Bild, sagt Achberg.

Das Ende bleibt immer unvollendet, sagt Susan.

Schau mich an!, sagt er.

Ihr Gesicht kommt ihm so nah wie nie zuvor.

Wenn ich dich sehe, sehe ich …

Sehr Unvollkommenes, sagt Susan.

Aber mindestens von Botticelli, sagt er.

Sie lacht. Jetzt übertreibst du.

Du bist eine Übertreibung der Natur.

Verwechselst du mich vielleicht mit der Lady im Woman's Club, Vancouver? Ich könnte dich mit ihr bekannt machen, falls es noch nicht geschehen ist.

Du bist ein Labyrinth, sagt Achberg. Ich habe mich verirrt.

Du meinst vernarrt.

Vielleicht verloren.

Du musst nur denselben Weg zurück nehmen, dann findest du auch wieder hinaus.

Als sie aus dem Palazzo hinaus gefunden haben, ist Susan nicht einmal mehr für ein Glas Aperol Sprizz zu gewinnen.

Sie sähen einander ohnehin in Basel, sagt sie, als sei es das Selbstverständlichste auf der Welt.

ZWEI

Fernando Botero: Das Bad, 1989,
Öl auf Leinwand, 249 × 205 cm

Wenige Tage nach der Eröffnung der Biennale di Venezia zeigt sich die Art Basel gut erholt. Warhol, Richter, Baselitz und die meisten anderen Bluechips tendieren fest.

Auch die Girls sind in Kauflaune. Klara erwirbt einen Aluminiumguss von Erwin Wurm, eine menschliche Figur, die in einem gedehnten Pullover steckt, mit den Beinen in den Ärmeln, wodurch der Halsausschnitt in den Schritt gerät, was obszön aussieht, falls man zu solchen Phantasien neigt. Den Preis behält sie für sich; Wurm lebt in einem Schloss bei Wien, das finanziert sein will.

Lisa betet ein Gemälde von Zorikto Dorzhiew an, das mondblaue Gesicht eines meditierenden mongolischen Mönchs. Der Maler aus Ulan Bator gilt als sehr im Kommen.

Rachel kann sich in der Messehalle für nichts erwärmen, muss aber in einen extravaganten Sommerledermantel von Bally investieren, milchkaffeebraun, stark tailliert mit einem diagonalen Reißverschluss. Er ist ihr nicht auszureden.

Klara wird Hans mit Dorzhiews Gioconda bekannt machen, die für seine Sammlung wie geschaffen wäre. Da Vincis Mona Lisa in Nomadentracht vor mongolischer Steppenlandschaft zum nicht verhandelbaren Preis von einhundertfünfzigtausend Euro. Er liebt das ironische Spiel mit alten Meistern. Vorsorglich reserviert Klara die Arbeit und zahlt ein Drittel des Kaufpreises an. Hans wird sie unwiderstehlich finden.

Wo er nur bleibt? Er geht nicht einmal ans Telefon.

Wo steckst du?, mailt Klara.

Sorry, I'm busy.

Das kann vorkommen, ist aber gerade jetzt bedauerlich. Sie zerbricht sich den Kopf für ihn, läuft mit seinen Augen durch die Messehalle, handelt in seinem Sinn – und er ahnt es nicht einmal.

Er ist überhaupt ahnungslos. Nach Arnfrieds Tod hätte sie schwören können, nie wieder zu heiraten. Jetzt wächst die Vorstellung in ihr, die ArtHotels eines Tages gemeinsam mit Hans zu führen. Klara ruft sich sofort zur Ordnung. Privatromantik und Management sind sauber auseinanderzuhalten.

Über seine Gefühle ist sie sich auch nicht im Klaren. Eindeutig zum Ausdruck gebracht hat er nichts, sieht man vom Satz über das Küssen ab. Hans ist ein gebranntes Kind, seine Zurückhaltung verständlich. Das Projekt will gründlich analysiert, behutsam geplant, mit Bedacht verwirklicht werden. Sich in den Kerl derart hineinzusehnen ist crazy, ihr Emotionsmanagement suboptimal. Anyway.

Im vergangenen Jahr waren die Kerle vollzählig in Basel versammelt. Jetzt fehlt Kaspar, weil ihn gerade die Firma auffrisst. Linus, heißt es, segle mit Lu auf einem der Weltmeere herum. Klara selbst hätte um ein Haar auf Basel verzichtet, weil Bea überraschend verlassen worden ist; in Situationen wie diesen haben Mütter zu funktionieren. Auch in Brüssel würde sie gebraucht, wo ihre Leute verhandeln. Aber ein Hotel in der Hauptstadt Europas kann kein Fehler sein, ihr genügt die telefonische Abstimmung. Es ändert nichts daran: In Basel ist Klara nur, weil Hans versprochen hat, in Basel zu sein, und sie sich darauf verlassen hat. Selbst wenn er busy ist, kann er doch mal telefonieren!

Weil sie den Kopf nicht frei hat, gehen ihr die Girls auf die Nerven. Die von ihren Männern und allen guten Geistern verlassenen Girls. So wie sich die beiden über ihre Geschiedenen auslassen, darf Klara beinahe froh sein, dass Arnfried bloß gestorben ist.

Von Hans erzählt sie den Girls nichts. Man soll das Glück nicht beschreien. Sie habe keine Lust mehr, einem Mann zuliebe den Bauch einzuziehen, lautet ihre Enthaltsamkeitsformel.

Lisa pflichtet ihr bei. Mit einer gewissen Lebenserfahrung kapiere man, dass ein einziger Mann nicht alles bieten könne. Warum ihn also überfordern? Lisa denkt an Arbeitsteilung. In jeder Etage ihres Wesens einen Spezialisten wirken zu lassen, wäre vernünftig. Für die intellektuellen Genüsse einen gereiften, gebildeten Ästheten. Wie Klara hört, soll ein emeritierter Kulturanthropologe aus Berlin Favorit sein. Einen zweiten fürs Herz. Angeblich ist für die Position des einfühlsamen Ratgebers, erfahrenen Trösters, heilsamen Beruhigers ein ehemaliger Jesuitenpater im Gespräch. Den dritten für den Unterbau. Auf Nachfrage raunt Lisa etwas von einem künstlerischen Nachwuchstalent. In Wahrheit dürfte die Position vakant sein. Für alles, was richtig Geld kostet, bleibt ohnehin Nick zuständig.

In Klaras Ohren klingt Lisas Theorie stark nach Frauenroman. Zu ihrer Überraschung hat auch Rachel eine angeblich wahre Begebenheit auf Lager. Sie handelt von einem Masseur in einem Wellnesshotel in Crans-Montana, unter dessen Händen es ihr heiß und kalt zugleich geworden sei, was dem Feinfühligen nicht habe entgehen können und ihn zu einem leider sehr unbedarften Liebesbrief animiert habe.

Du hast die Sache natürlich sofort abgebrochen, vermutet Lisa.

Lies doch mal vor, sagt Klara.

*

Achberg benötigt für sein Glück nicht die Messehalle. Es genügt eine Cocktailbar, das Café des Art am Barfüsserplatz. Ein zügig getrunkenes Glas Wein lockert ihn. Kaum zwanzig Minuten später als erwartet, erscheint die Schönste in Röhrenjeans und Stilettos, beides in pompejanischem Rot, und einem schwarzen Torerojäckchen. Ihre Augen leuchten wie ein patagonischer Gletscher, über dem im frühen Licht der Kondor kreist. Ein unfassbarer, Achberg sofort schwächender, ihn verstummen lassender Anblick. Ihre Wangen berühren seine Wangen.

Die Kunst hilft über die Schüchternheit hinweg. Über Kunst lässt sich immer irgendetwas sagen, was sich nicht sofort nichtssagend anhört. Achberg erwähnt Hirst. *Memories of Love*, Damian Hirsts mit sechstausend Industriediamanten bestückte Vitrine, ist in Basel gerade für zweikommavier Millionen Pfund weggegangen.

Mit Sicherheit ist nicht zu erkennen, ob Susans Lippen

Überdruss ausdrücken. Sollte es der Fall sein, verleiht der Überdruss ihrem Antlitz extraterrestrische Süße.

Tollkühn, für einen Hirst so eine Summe hinzublättern, meint er.

Susan dagegen spricht von einer Okkasion. Im vergangenen Jahr noch habe eine ähnliche Arbeit fünfkommazwo erzielt.

Für Hirsts legendäre Auktion nur Stunden vor dem Untergang der Lehman Brothers fällt Achberg leider kein besseres Wort ein als genial.

Susan: Pervers!

Er ist in der glücklichen Lage, mit einem Warhol-Zitat zu kontern: Business art is the step that comes after art – und vergisst nicht, Hirsts mit 8600 Diamanten besetzten Totenschädel zu erwähnen, die Ikone der Krise schlechthin.

Die jeder Banause kennt, sagt Susan.

Die Erwähnung dieser Populärbanalität hätte er sich sparen können.

For the Love of God, sagt Susan.

Bitte?

Den teuren Schund kennt jeder, seinen Namen kaum einer: For the Love of God.

Wie pervers, sagt Achberg.

Du musst mir nicht nachplappern, sagt Susan. Es ist clever. Hirst liefert den Kult und die Kritik am Kult in einem. Nennen wir es Zynismus im Quadrat.

Achberg wüsste gern, wie Susan wirklich denkt. Versuchsweise stellt er eine These auf, der er vor noch nicht langer Zeit heftig widersprochen hätte. Die bildende Kunst habe sich als Medium der Gesellschaftskritik praktisch verabschiedet. Wenn nur noch der Preis zähle, habe nichts mehr einen Wert.

Was du nicht sagst.

Liest er Spott von ihren Lippen? Spott von diesen Lippen könnte ihn ernähren bis zum Ende seiner Tage.

Was er denn vorschlage? Staatliche Preiskontrollen, hundert Prozent Luxussteuer auf Hirst und Konsorten zugunsten zu kurz gekommener Künstler? Willst du sammeln oder die Welt verbessern?

Ihm ist es schon genug, sich mit Hilfe der Kunst selbst zu verbessern.

Schön, sagt die Schönste. Dann liegst du bei mir goldrichtig.

Das muss sie ihm schnell erklären, ehe er die Besinnung verliert.

Ihr sei die Persönlichkeit des Sammlers heilig, weshalb sie sich niemals mit einer reinen Geschäftsbeziehung begnüge.

Diese Zähne. Frisch gefallener Schnee auf dem Kamm der Anden.

Vielmehr sei sie an dauerhaften Verhältnissen interessiert. Selbst der geldgierigste Künstler wünsche doch seiner Arbeit ein Zuhause, gebe sie gewissermaßen zur Adoption frei. Sie trete dabei als Vermittlerin auf.

Da kann er ihr nur beipflichten. Wenn ich mich in eine neue Arbeit verliebe, muss ich keine alte Liebe verraten, sagt er. Das ist vielleicht das Schönste am Sammeln. Ich liebe sie alle. Alle dreihundert, eher vierhundert. So genau weiß er es nicht.

Dann passen wir zusammen, sagt Susan. Sie sei auch keine Frau für eine Affäre.

Wieder so ein Moment, der ihm die Luft nimmt. Sein Mund ist trocken wie die Kalahari.

Sprechen wir von der Lady in Black, sagt er endlich.

Von wem sonst, sagt sie.

Die Junge und der Alte. Nymphe und Satyr. Das Objekt und sein Kenner. Der klassische Fall, zeitgemäß interpretiert. Wie an die Schöne herankommen? Eine Lightbox von Jeff Wall kauft man nicht, man bewirbt sich um sie. Und selbst, wenn es, wie bei Fotoarbeiten üblich, fünf oder sechs Exemplare gibt, dürften längst alle an Museen und ausgewiesene Wall-Sammler gegangen sein. Kürzlich ist eine Lightbox für mehr als eine Million Dollar versteigert worden, zum doppelten Schätzpreis. Achberg rechnet mit fünfhunderttausend Euro für die neue Arbeit. Vernünftig wäre es, die Finger von ihr zu lassen.

Wenn ich an einer Beziehung interessiert bin, klappt das auch, verspricht Susan.

Daran sollte er nicht zweifeln.

Später spazieren sie in die Nacht hinaus, schauen am Münster auf den Rhein; der Mond gibt alles. In einer Bar, vor einem Glas Roten, liegt ihre Hand in seiner Hand, regungslos wie ein aus dem Nest gefallenes Küken. Mit der nicht in Anspruch genommenen freien Hand klopft und fingert sie eine Zigarette aus der Schachtel.

Er sei übrigens auch kein Mann für Affären, sagt er.

Schade, sagt sie.

An dieser Stelle muss er um Nachsicht bitten für seine Schüchternheit, an der einzig und allein ihre zum UNESCO-Weltnaturerbe zählenden Augen schuld seien.

Das nennst du schüchtern?

Zu allem Weiteren hat der Mond am Münster seine Erlaubnis erteilt, nur macht Achberg von der noch immer keinen Gebrauch.

Männer werden erst mit fünfzig interessant, sagt sie.

Da ist es, das Unvermeidbare. Um es zu umgehen, hat er es bis jetzt vermieden, sie nach ihrem Alter zu fragen. Doch nun macht ihr Satz alles ganz leicht: Männer werden erst ab fünfzig interessant.

Derart gestärkt, wagt er sich erneut hinaus mit ihr. Auf einer der Brücken über den Rhein bleiben sie stehen. Der Mond hat freundlicherweise gewartet.

Wie es jetzt mit einem Kuss wäre?

Sie hält es für gescheiter, die Brücke sofort zu verlassen.

Sie sagt das so, als herrsche Einsturzgefahr.

Dann will sie wissen, was ihm an ihr gefalle, außer natürlich ihre Schönheit.

Er sagt: Meine Antwort verschlänge die ganze Nacht.

Das könne sie nicht verantworten, sagt sie. Du brauchst deinen Schlaf.

Nicht sie braucht Schlaf. Er braucht ihn! Die Anspielung auf seine altersbedingte Gebrechlichkeit ist leider unüberhörbar. In dieser großen Nacht wird er nicht schlafen müssen, nicht schlafen wollen, nicht schlafen können.

Eine schwarz-weiß gefleckte Katze schließt sich ihnen an. Der Katze und dem Paar folgt im Schritttempo ein Streifenwagen. Dort, wo Achbergs Wagen im Parkverbot steht, legt sich die Katze auf die Straßenbahnschiene. Der Streifenwagen hält an, zwei Beamte steigen aus, eine Frau, ein Mann. Den Alkoholtest wird Achberg nicht überstehen, so viel ist klar. Falschparken in Tateinheit mit Trunkenheit am Steuer, begangen von einem Ausländer – in der Schweiz gewiss ein schweres Vergehen, für das Gnade nicht zu erhoffen ist; allenfalls Demut könnte die Verdammnis dämpfen.

Sie halten bestimmt meinetwegen, sagt Achberg.

Die Katze, sagt die Uniformierte.

Ihr Kollege hat das Tier bereits auf den Arm genommen und betastet dessen Halsband.

Katzen leben in Basel gefährlich, erklärt die Beamtin.

Offenbar hat der Kollege die Telefonnummer des Katzenbesitzers entdeckt. Er trägt das Tier zum Streifenwagen.

Eine gute Nacht wünscht die Beamtin.

Verwundert sieht Achberg dem Einsatzfahrzeug hinterher. Die humane Obrigkeit dieser Stadt sorgt sich um jedes Geschöpf. Hier sollte er Zuflucht suchen!

Kannst du wirklich noch fahren?

Von dir, Susan, bin ich sturzbetrunken. *Nur* von dir.

Sie halten vor dem Teufelhof im Leonhardsgraben. Noch ehe Achberg den Zündschlüssel umdreht, beugt sich Susan, ohne zuvor den Gurt zu lösen, hinüber zu ihm und drückt ihren Mund endlich dorthin, wo er den ganzen Abend schon hingehört hätte.

Ginge es nach ihm, nähme das Kosten kein Ende.

Susan entfernt seine Hand von ihrem Knie und sagt *O God.*

Sie hört sich an, als habe er gerade die Katze überfahren und bittet ihn, ein Taxi zu bestellen.

Er sagt, er überlasse ihr gern sein Bett.

Sie schließt ihm den Mund so schön, wie ein Mund nur zu schließen ist.

Als er wieder zu Atem kommt, sagt Achberg, er sähe die Sache ganz entspannt.

Ihrerseits könne davon keine Rede sein, sagt Susan.

Dann komm!

Wir sollten nichts überstürzen, sagt sie, und öffnet die Wagentür.

*

Nach dem Bio-Kalbskotelett und einigen Gläsern Wein im Vierten König am Rhein schaukeln Klara und die Girls im Taxi zurück ins Hilton. Als sie einen mitten auf der Straße stehenden Streifenwagen mit blinkendem Blaulicht passieren, will es Klara vorkommen, als knöpften sich zwei Beamte gerade Hans vor. Und dann bildet sie sich auch noch ein, die Frau zu erkennen. Susan! In welchen Schwierigkeiten die beiden stecken, lässt sich ahnen. Oder liegt es an den Roten aus Maienfeld und Malans, dass sie Gespenster sieht?

Klara neigt nicht zu Misstrauen. Hans ist nicht in Basel, sondern *busy*. Und wenn er doch nicht in Geschäften steckt, sondern in Susan? Dann mobilisiert sie besser ihren Verstand, statt ihn zu verlieren.

Gleich am nächsten Morgen wählt sie Susan Palmers Nummer. Susan nimmt das Gespräch sofort an, offenkundig hellwach, was Klara fast schon ein wenig beruhigt.

Sorry, sagt Klara, bei dir in London ist es ja erst sechs.

Yes, indeed.

Aber Susan macht nicht den Eindruck, als störe sie der frühe Anruf.

Ich bin in Basel, sagt Klara. Vielleicht laufen wir uns über den Weg.

Susan gibt auch nicht zu erkennen, ob sie sich in London befindet oder in Basel. Es sind keinerlei Verkehrsgeräusche zu hören, welcher Art auch immer.

Wer ist denn in London, wenn alle in Basel sind?, sagt Klara.

Ich bin in Basel.

Na endlich. Ein Teilgeständnis. Klara erkundigt sich nach Susans Messe-Hit.

Nicht der Rede wert.

Anyway, sagt Klara. Sie erwähnt ihren neuen Wurm.

Den musst du dir ansehen, wenn du nach Bad Godesberg kommst. Deshalb rufe ich an. Wie sieht es bei dir aus in der kommenden Woche? Es geht um ein Projekt in Brüssel.

Perfekt, sagt Susan.

Genug herumgeredet. Klara will wissen, welchen Ärger sie mit der Polizei gehabt hat, nachts auf der Straße.

Susan streitet nichts ab, erzählt nur eine reichlich verworrene Geschichte von einer Katze.

Es ist ein Kater, sagt Klara, und er heißt Hans. Gehörst du nun auch zu seiner Sammlung?

Nicht einmal das bringt Susan aus der Ruhe.

Wie ist er denn so?, fragt Klara weiter.

Für meinen Geschmack etwas *pushy*, sagt Susan. Aber auf etwas scharf, was sie ihm beschaffen kann.

Klara glaubt jedes Wort. Kaum hat sie das Gespräch beendet, lässt sie es bei Hans klingeln. Der Kerl reagiert nicht, ob aus Feigheit oder aus schlechtem Gewissen. Eine halbe Stunde später versucht sie es erneut, diesmal mit Erfolg.

Klara!

Er klingt so erleichtert, als habe er die halbe Nacht schlaflos ihr Lebenszeichen herbeigesehnt.

Höchste Zeit, die Glieder aus dem Bett zu schwingen, sagt sie.

Er sei längst auf den Beinen.

Schuft!

Sein in Venedig feierlich gegebenes Versprechen, dass sie sich in Basel sehen – gebrochen. Es ist unverzeihlich.

Hans tut zerknirscht. Es brenne leider an allen Ecken.

Ich ahne, wo es brennt, sagt sie.

Natürlich kann er alles erklären. Jeff Walls schwarze Lady. Jemand, der sie ihm zu vermitteln verspricht. Ja, eine Frau.

Dein Hang zum Schönen, sagt Klara. Sie erwarte ihn um zehn in Messehalle zwei. Pünktlich!

Die Messehalle betrete er nicht, sagt Hans, nicht in diesem Jahr, habe er sich geschworen.

Du bist also einzig und allein in Basel, um Susan Palmer zu treffen?

Das weist Hans entrüstet von sich. Nur weil er es Klara hoch und heilig versprochen habe, sei er gestern nach Basel gerast. Eine Wahnsinnsfahrt, ihretwegen, und leider vergeblich, weil er es dann doch nicht zeitig genug geschafft habe. Er hätte sich längst gemeldet, wäre nicht dummerweise ein neues Problem aufgetaucht. Ein Termin. Bei einer Bank.

Wann und wo?

Darüber könne er am Telefon unmöglich sprechen.

Für Susan bist du früh genug in Basel gewesen.

Zu einem einzigen, späten Glas Wein, in einer unaufschiebbaren Angelegenheit.

Unaufschiebbarer als ich es bin.

Du bist keine Angelegenheit.

Was bin ich dann?

Es ist sinnlos, ihn weiter zu verhören.

Schade, sagt Klara. Ich hätte mir vorstellen können, noch einen Tag am Bodensee anzuhängen. Eine sehenswerte Gormley-Ausstellung läuft in Bregenz.

Hans ist nicht umzustimmen.

Es tue ihm leid.

Es wird dir noch leidtun.

Er bereue jetzt schon.

Pfirsichfarbene Zerknirschungsrosen schickt er ins Hotel. Ein wenig mehr Rot hätte er schon zulassen dürfen, und wäre es bloß Schamesröte.

*

Die Lady in Black zwingt Achberg dazu, seine Reserven anzugreifen. Gelder, die er vor der Rachsucht der von ihm geschiedenen Frau und vor Vater Staat in Sicherheit gebracht hat.

Es ist kein Umweg. Die Route von Basel über Zürich zurück nach München führt geradewegs an Vaduz vorbei. Achberg ist immer wieder verblüfft von der Hässlichkeit des Ortes, über dem steil die Burg des Fürsten prangt. Selbst das Kunstmuseum zählt zu den Scheußlichkeiten, eine schwarze Kiste, vor der eine riesenhafte Botero-Bronze auf dem Rücken liegt wie ein Brathähnchen im Rohr. An Geldmangel kann es nicht liegen, dass zwischen Flussebene und Gebirgsstock so vieles missraten ist. Eher an zu vielem Geld.

Er parkt seinen Wagen in gehöriger Entfernung vom

Ziel in der Nähe des Museums, sieht sich um, als fürchte er, verfolgt zu werden. Ein grüner Audi TT rollt langsam vorbei, nicht unbedingt eine von Steuerfahndern bevorzugte Marke. Achberg durchquert das, was mit dem trüben Begriff Fußgängerzone treffend beschrieben ist. Uhrengeschäfte, Pizzerias, Schaufenster, die Immobilien im Tessin anpreisen, ein geschmacksfreies Rathaus, vor dem die Statue eines verstorbenen Landesherrn Wache schiebt. Der Sitz der fürstlichen Privatbank stellt einen ungeschickten Versuch der Verharmlosung dar und könnte auch für das Einwohnermeldeamt gehalten werden. Wie der Darm eines Drogenkuriers mit Kokain, so ist Liechtenstein gefüllt mit schwarzem Geld. Was hinten herauskommt, ist nicht unbedingt schön.

Die Verkehrslage hat Achberg früher als geplant in Vaduz eintreffen lassen. Weil noch Zeit ist, sitzt er im Löwen schräg gegenüber der Bank und lässt sich Spiegeleier auf Rösti servieren. Am Nachbartisch ein Dutzend Köpfe, Männer und Frauen, dem derben Gebrauch ihres Dialekts nach zu urteilen Bauern, dem Gegenstand ihrer polternden Unterhaltung nach allerdings Bauern, auf deren Feldern Briefkastenfirmen wachsen. Obwohl Achberg die Gegend vertraut ist, versteht er nicht die Hälfte, fängt Halbsätze in einer seltsamen Melange aus Schweizerdeutschen und österreichischen Idiomen auf, durchsetzt von englischen Vokabeln. Taxation, Contract, Lawyer. Vielleicht handelt es sich um einen Vertragsunterzeichnungsumtrunk. Am Pissoir lassen sich zwei ältere Herren der Runde über das Brunzenmüssen in der Nacht aus. Jetzt versteht Achberg wieder jedes Wort.

Er überquert die Straße und betritt die Bank, die er nur siebzehn Minuten später wieder verlässt. Sein Depot ist in keinem erfreulichen Zustand. Aber spätestens morgen liegen vierhunderttausend Euro bereit, um auf ein Offshorekonto einer Treuhandgesellschaft der Royal Bank of Scotland auf den British Virgin Islands transferiert zu werden. Außerdem hat er zwanzigtausend Euro in bar abgehoben, die bequem in die Tragetasche der Biennale di Venezia passen, mit der er erneut die Fußgängerzone durchquert, unbeobachtet, wie er glaubt.

Im Rückspiegel taucht der tannengrüne Audi TT auf, den er eine gute Stunde zuvor am Kunstmuseum flüchtig wahrgenommen hat. Jetzt erinnert er sich. An der Einfahrt zur Rheintalautobahn ist der Wagen noch immer hinter ihm.

In seiner Situation würde jedermann leicht dazu neigen, Gespenster zu sehen. Denn wer vorhat, mit einer größeren Summe in bar die Grenze zu überqueren, sollte es mit der Vorsicht im Zweifel lieber ein wenig übertreiben. Obwohl zwischen der Schweiz und der Europäischen Union Schlagbäume Vergangenheit sind, lauern Zollfahnder im Grenzgebiet. Der tannengrüne Audi ist ihm vielleicht nur deshalb aufgefallen, weil er ihn an eine frühere Freundin erinnert.

Es wäre tollkühn, auf der Autobahn durch den Pfändertunnel zu fahren. Dort werden, es ist kein Geheimnis, die Kennzeichen deutscher Wagen registriert. Unmittelbar vor dem Tunnel biegt er deshalb von der Autobahn ab, stottert sich durch das verstopfte Bregenz und stellt am Bahnhof den Wagen ab. Mit der Biennale-Tasche in der Hand macht er sich auf den Weg zum

Kunsthaus. Vom tannengrünen Audi ist nichts mehr zu sehen.

Die fensterlose Milchglasfassade des KUB mögen Ignoranten für ein Parkhaus halten. Ästheten bewundern Zumthors Meisterwerk. Es beherbergt die sehenswerte Gormley-Schau. Auf die Idee hat ihn Klara gebracht. Falls er doch angehalten wird, kann er nachweisen, dass er aus gutem Grund in Österreich gewesen ist.

Im Zentrum steht Allotment II: Dreihundert Betonstelen in den Körpermaßen aller dreihundert Einwohner eines schottischen Dorfes. Höhe, Breite, Tiefe, oben darauf jeweils ein kleiner Quader in den Maßen des Kopfes. Löcher im Beton markieren Mund, Ohren und Genitalien. Achberg erwirbt einen Katalog, für den er eine zweite Tragetasche erhält. Ihm fällt im Foyer niemand auf, der aussähe, als beobachte er ihn.

Auf dem Klosett wandern die Scheine aus Liechtenstein, eingeschlagen in eine Frankfurter Allgemeine Zeitung vom Vortag, aus der Biennale-Tüte in die Kunsthaus-Tüte. Als er den stillen Ort verlässt, stößt er um ein Haar mit Klara zusammen.

Wenn er lieber allein bleibe, verschwinde sie sofort, sagt sie. Sie finde allerdings, er sollte nicht mit einer Tasche voller Banknoten herumkurven.

Sie hält ihm den Autoschlüssel ihres Wagens unter die Nase. Ein Audi.

Entweder überlässt du mir dein Geld oder ich dir meinen Wagen, sagt sie. Sicherer wäre es, ich nehme dein Geld. Falls du bereits observiert wirst, könnte der Fahrzeugwechsel auffallen.

Danke für's Mitdenken, sagt Achberg.

Wir sehen uns im Hotel Bad Schachen, sagt Klara. Einverstanden?

Kommt nicht in die Tüte, denkt Achberg. Bloß nicht schon wieder in ein Hotel mit ihr. Er schlägt ein frühes Abendessen mit Seeblick auf dem Hoyerberg vor, in der Hoffnung, danach unbehelligt nach München aufbrechen zu können und die Morgenmaschine nach London zu erwischen.

Klara akzeptiert und verlässt das Kunsthaus mit Achbergs Geld in der KUB-Tragetasche. Er vertraut ihr vollkommen, blättert noch einige Minuten im Gormley-Katalog, der die subtile Übertragung des Charakters von der ursprünglichen Person auf die Formen rühmt. Darauf wäre er nicht gekommen. Bald rollt auch er gemächlich am Ufer des Bodensees entlang. Niemand hält ihn auf.

*

Es ist nun weniger die Angst um sein Geld, was in Achberg gemischte Gefühle auslöst. Die alte Grenzstation an der Brücke über die Laiblach hieß damals Straßenzollamt Ziegelhaus und gehörte zum Hauptzollamt Lindau. Die Abfertigungsgebäude sind teils abgerissen, teils stehen sie leer. Als es den Tunnel durch den Pfänder noch nicht gab, quälte sich der gesamte Grenzverkehr durch Lochau und den Lindauer Ortsteil Zech-Unterhochsteg. Achberg hat die Abgase noch in der Nase.

Wenige hundert Meter vom Schlagbaum entfernt, hatte Zolloberinspektor Heinrich Achberg in einem dreigeschossigen Mietshaus gewohnt. Zweiter Stock rechts.

An dem Haus scheint sich nicht viel verändert zu haben. Grau hat Achberg es in Erinnerung, nun ist es beige. Drei Zimmer, keine hundert Quadratmeter für die vierköpfige Familie. Hans musste das Kinderzimmer mit Karin teilen. Der Warmwasserkessel, der die Wanne einmal füllte, wurde mit Holz geheizt. Samstags stieg der Zöllner zuerst hinein, gefolgt von seiner Frau, danach, wöchentlich wechselnd, die Kinder.

Schon dem Zöllnerkind ist die Grenze unsinnig erschienen. Sie hielt nur auf. Wagen mit Lindauer und Bregenzer Kennzeichen wurden fast immer durchgewinkt, am Stau aber konnten sie sich nicht vorbeimogeln. Der Zöllner liebte die Grenze. Denn die Grenze war Inbegriff jenes höheren Wesens, dem er diente und das er verehrte, dem er seine Existenz verdankte. Wenn Hans im Winter nach der Schule im Linienbus mit den Skiern nach Bregenz zur Pfänderseilbahn hinüber fuhr, war das für ihn kein anderes Land. Von der Bergstation ist bei Föhn sogar Konstanz zu sehen, das vom Ufer aus hinter dem Horizont verborgen liegt.

Ein grenzenfreies Europa empfand der Zöllner als persönliche Bedrohung. Ohne Grenzen war Vater Staat schutzlos, ohne Grenzen war der Zöllner überflüssig. Wenn niemand mehr die Grenzen ernst nahm, nahm auch niemand mehr den Zolloberinspektor Heinrich Achberg ernst.

Als Zolloberinspektor Achberg den Tag kommen sah, an dem die Schlagbäume abmontiert werden würden, bat er um Versetzung. Zum Zollhauptsekretär befördert, diente er dann an der eisernen Grenze, an der noch geschossen wurde. Er verließ das harmlose Land, die Moränenhügel, die Obstgärten, den See. Heimlich hatte er sich beworben, seine Frau und die Kinder dann mit der Tatsache konfrontiert, sich nicht mehr beirren und beknien lassen. Die Tränen der Mutter, als der Wagen der Spedition in die Bregenzer Straße einbog, bleiben unvergesslich.

Hans wäre lieber mit seiner Mutter in Lindau geblieben, selbst für den Preis der Trennung vom Vater. Schon der Gedanke daran war damals verboten. Der Umzug nach Philipsreuth, den er als Deportation empfand, zerstörte die Familie, ohne sie zu trennen. Es gab dann noch eine Grenze mehr auf der Welt, die mitten durch die Achbergs verlief.

Die Absurdität der Grenze: Achberg erinnert sich an den vollständig zugefrorenen See im Februar neunzehnhundertdreiundsechzig nach wochenlanger Extremkälte von Januar bis weit in den März hinein. Die Fasnachtshexen brauchen wollene Unterhosen, um nicht an ihren Besen festzufrieren. Der See ist als arktisches Meer maskiert. Die erste und letzte Seegfrörne des Jahrtausends ist vermutlich auch die letzte vor der sogenannten Klimakatastrophe. Kein Reiter über den Bodensee wird mehr tot vor Schreck vom Ross fallen. In einer Prozession über die zugefrorene Grenzlinie wird die Büste des heiligen Johannes von Hagnau nach Münsterlingen getragen, wo sie bis zur nächsten Seegfrörne bleiben wird, also nach Menschenmaß für immer.

Zwischen Nonnenhorn und Romanshorn überqueren die Achbergs den See an seiner breitesten Stelle. Tausende sind auf dem Eis. Ein Volksvergnügen wie von Brueghel gemalt. Karin, die jüngere Schwester, im Kindersitz vor dem Lenker des Zöllnervaters. Die Pässe haben sie nicht vergessen.

Auf dem Rückweg sind die Satteltaschen der Mutter mit Kaffee aus der Schweiz gefüllt. Vater Staat will Mutter Natur die Show nicht allein überlassen. In der Mitte des Sees, über seiner tiefsten Stelle, wird unerbittlich kontrolliert, und der Zöllner würde am liebsten vor Scham versinken.

Würde Hans ein Kind totfahren, brächte dieser Vater mehr Verständnis für ihn auf als für Steuerflucht.

Selbst in der Erinnerung trägt er Uniform. Bis zum heutigen Tag hasst Achberg Uniformen, die den Blick unweigerlich zum Schulterstück lenken, das den Zolloberinspektor vom Zollhauptsekretär unterscheidet, mehr aber noch vom ranglosen Zivilisten. Selbst der geringste Rang ist noch ein Rang.

Zeitlebens steht Heinrich Achberg auf der Seite des Gesetzes. Nur von Freiheit versteht er nichts. Seiner höchsten Vorstellung von Freiheit gibt der Wohnanhänger Ausdruck, mit dem er sich im Urlaub über die Grenze wagt. Auf einem Campingplatz in Lignano an der Adria wärmt er auf dem Benzinkocher aus Deutschland importierte Dosen-Ravioli auf.

*

Der Michelinstern des Hoyerberg-Schlössle ist verblasst, der Panoramablick von der Terrasse unzerstörbar. Im Westen sackt das Zentralgestirn so dramatisch in den Kitsch, wie man es keinem ernsthaften Künstler durchgehen lassen würde. Es gibt frisch gefangene Felchen aus dem See zu einem erträglichen Wein der Gegend. Klara ist entzückt.

Wenn Achberg etwas empfänglich macht für die Kunst, ist es des Zöllners totale Unempfindlichkeit für das Schöne. In der Wohnzimmerschrankvitrine vermehrt sich der Zoo bunter Glastierchen von den jährlichen Ausflügen nach Murano. Mutter sammelt leere Senfgläser, formt gebrauchtes Silberpapier zu Kugeln, um das wertvolle Material nicht zu verschwenden, und weigert sich, das Besteck mit den angesengten Plastikgriffen wegzuwerfen.

Klingt, als wäre deine Mutter ihrer Zeit weit voraus gewesen, sagt Klara.

Du hättest mich in einem auf ihrer Knitax-Maschine gestrickten Pullover aus aufgetrennter Wolle sehen sollen. So lässt man einen jungen Mann nicht in den Wettkampf des Lebens ziehen.

Wer in dieser Gegend leben dürfe, sollte nicht über Ärmlichkeit klagen, sagt Klara. Der sollte den Mund halten vor Dankbarkeit. Sie könne in dieser See-Berg-Himmelsorgie nur Verschwendung erkennen.

Hans im Glück, nennt sie ihn.

Im Sommer liegt er auf den Brettern des Römerbads und schaut sehnsüchtig zum Segelhafen hinunter. In den Club. Die im Segelclub sind für den Zolloberinspektor Unberührbare. Sein Kleinbürgerstolz hat etwas Lächerliches. Dem Sohn gibt er nie genug Geld für den Skilift mit. Es reicht meist bloß für einen Zehnerblock statt für eine Tageskarte. Die paar Mark müssen auch noch mit Verlust in Schillinge umgetauscht werden. Diese Grenze widerspricht so der Natur, wie der Zöllnervatergeiz der natürlichen Geschwindigkeit auf Skiern.

Nach dem Abitur kann Hans Achberg den Bayerischen Wald nicht mehr sehen. Die Gräber dort hat er seit Jahren nicht mehr besucht.

Der See lässt jetzt keine Wehmut zu. Hier sitzen bleiben und zuschauen, wie der Säntis mit der Nacht verschmilzt, könnte reines Glück sein. Stattdessen beschäftigt ihn die Frage, wie er Klara entkommen könnte, ohne sie zu verletzen. Am besten wäre es gewesen, sich gar nicht erst einzulassen auf den Heimatabend mit Seeblick. Aber natürlich hat die Schmugglerin seinen Dank verdient.

Wo ist übrigens das Geld?

Nur keine Sorge. Sicher in Bad Schachen im Safe; ich schleppe es doch nicht mit mir hier herauf!

Sinnvoller wäre es gewesen, mit dem Geld aus Vaduz von Zürich direkt nach London zu fliegen. Er hat aber eben nicht mit der überaus günstigen Entwicklung der Angelegenheit in Basel gerechnet.

Dort unten die Insel. Zwei Kirchtürme direkt nebeneinander. Eine Brücke, ein Eisenbahndamm. Die in früheren Zeiten von Grenztruppen, heute von Doktor Mangs Nasenklinik beherrschte Hintere Insel. Auch Nasenmang ist ein Beamtenkind. Der Vater: Oberförster.

Vor Susans Nase müsste selbst Mang auf die Knie sinken, denkt Achberg, beugt sich hinüber zu Klara und beißt ihr sanft in die Nasenspitze.

Der Nasenmang hat es geschafft, sein Geld am See zu machen. Zum Operieren lässt er sich, wie man hört, mit dem Hubschrauber aus der Schweiz einfliegen. Auch Linus hat sich hier in der Nähe auf einem Hof eingerichtet, nach Jahren im Ausland. Klara und Hans würden ihn besuchen, befände er sich nicht gerade auf hoher See.

Nicht, dass Achberg neidisch wäre. Er weiß nur ganz

genau, was ihm fehlt. Er ist nirgendwo angekommen. Hier hat er nicht bleiben dürfen.

Wo bist du zu Hause?

Die gewöhnlichste aller Fragen kann er nur so beantworten: Dort ist er zu Hause, wo seine Sammlung ist.

Die Bedienung sagt: I komm grad zu Ihne.

Die Apfel-Nuss-Torte schmeckt nach Butter und Boskopäpfeln, also nach Zuhause. Und Klara hat ein Zimmer mit Safe im Bad Schachener Hotel.

*

Gediegen knarrende Dielen, Terrasse direkt am Dampfersteg. Wäre es ihr Hotel, würde Klara mit Adjektiven werben wie klassisch, großzügig, traditionell.

Lass uns ein paar Meter laufen, schlägt er vor.

Du meinst gehen.

Hier am See heiße es laufen, wenn man gehe. Laufen hieße rennen oder springen. Er springe heute nirgends mehr hin.

Ihr ist es gleichgültig, wie er das nennt, wenn er sich mit ihr bewegt.

Einige Lichter tanzen auf dem See. Leichtes Plätschern an den Ufermauern. Warum kommt Hans nicht selbst darauf, dass sie jetzt geküsst werden muss! Zumal er redet, als sei der ans Hotel grenzende Park für ihn eine Quelle der Erinnerung an Knutschereien mit geschwollenen Gefühlen.

Was ist?, will Klara wissen.

Was soll sein?

Du bist so still, Sweetheart.

Ich genieße bloß.

Haben wir uns nichts zu sagen?

Ums Küssen kommt er nicht herum. Und er erzählt von Helen, der Tochter des Südfrüchtegroßhändlers, mit der er nicht nur zum ersten Mal in einer Kunstausstellung gewesen sein will. Helens Zimmer in einem offenbar verschwenderisch geräumigen Bungalow muss Hans nachhaltig beeindruckt haben. Alles, was nicht weiß gewesen sei, sei azurblau gewesen.

Na dann!

Die Präzision und Passion seiner Linderhofparkküsse kommen an die seiner Südfrüchteerinnerungen nicht heran.

Nach dem Abitur habe er sogar Weihnachten im weißazurblauen Bungalow verbracht, das Grenznest im Bayerischen Wald erst als Arzt wieder besucht. Der Zöllner sei da schon pensioniert gewesen und habe sich mit seinem Sohn am Zöllnerstammtisch gebrüstet.

Hans hat hinauf geheiratet, aber nicht weit genug hinauf, meint er. Helen sei auf Kinder erpicht gewesen, er auf Pharmariesen.

Als ob man das vergleichen könnte. Er drückt sich aber so aus.

Heute gehe ein junger Mann mit Ambitionen zu McKinsey oder Goldman Sachs, seinerzeit habe die Medizin den Königsweg zum Glück versprochen. Chefarzt – als Beruf damals so begehrt wie heute Fondsmanager. Also Studium der Medizin, obwohl keineswegs zum Arzt geboren. Folgerichtig sei er bei Pfizer in Karlsruhe gelandet, dann bei Roche in Basel und schließlich reif gewesen für die Gründung des eigenen Unternehmens. EPHA.

Eva?

EuroPharmaAchberg.

Er habe die Rechte an einem Wirkstoff erworben, der dem Altern der Haut entgegenwirkt. Procellin. Vom Geschäft mit der Schönheit sei es nur noch ein Schritt gewesen zur Schönheit selbst. Die Firma habe ihn bald in die Lage versetzt, größere Beträge in Kunst zu stecken. Nichts sei ihm zugeflogen, nichts in Zweit- und Dritthäuser geflossen, und seiner zweiten Frau, Astrid, habe er Bilder geschenkt statt Juwelen. Die habe sie ihm zwar zurückgegeben, sich aber dafür entschädigen lassen. Alles nur für die Kunst.

Und die Ehe mit Helen?

Hielt keine vier Jahre.

Ausführlicher will es Klara nicht wissen, sondern endlich ins Bett.

Ihm sei alles recht, wenn er mit ihr nur nicht auch noch in den See müsse.

Als sein Kopf zwischen ihren großen Ohren ruht, sagt sie, dass sie glücklich ist.

Je mehr man vom Glück rede, umso unerreichbarer sei es, sagt er. Das sei auch das Einzige, was er vom Glück verstehe.

Wenn du nicht willst, müssen wir übers Glücklichsein kein Wort verlieren, sagt sie.

Glück sei nur ein falsches Wort für Sinn, sagt er.

Ich kann das Geschwafel vom Sinn des Lebens nicht mehr hören, sagt Klara. Mir reicht das gewöhnliche Glück. By the way, das Sammeln ist so sinnlos wie alles andere auch.

Er widerspricht. Durch das Sammeln verstehe er mehr über sich selbst.

Ungerührt, wie sie nun einmal ist, rät sie ihm, in seiner Situation nicht zu zögern und ein paar Bilder zu veräußern.

Welches denn?

Sie denke zum Beispiel an den Rückenakt einer Frau vor dem Spiegel in einem grün gekachelten Bad.

Er wisse bereits, dass sie mit seinem herrlichen Botero nichts anzufangen wisse, könne ihr Fehlurteil aber nicht verstehen.

Entschuldige bitte, sagt Klara. Eine fette Frau, die sich mit ihren Wurstfingern ins Haar greift, links das eingelassene Wasser in der Wanne, rechts ein so armseliges Kloschüsselchen, dass man um dessen Unversehrtheit fürchten muss.

Sie ist nicht fett, mir erscheint sie sogar schlank, sagt Hans.

Den Fleischklops nennst du schlank! Dagegen bin ich eine Fritte.

Höflicherweise sollte er ihr sofort zustimmen. Er aber sagt, Schönheit kenne kein Maß. Mit ihren graziösen Fesseln in zierlichen roten Pumps wirke die Frau geradezu schwerelos, zudem in sich stimmig, also schön. Genau wie du!

Sag das noch einmal, Hans!

Für mich bist du stimmig.

Wenigstens das.

Die Fülle der Frau verweise auf die Fülle des Lebens. Botero verherrliche das Sein. Nichts weniger sei dieses Bild als ein Lobgesang auf die Lust.

Ob Nutte oder Torero: Bei Botero sehen alle gleich aus, sagt sie.

Darauf er: Du solltest für Fülle als Ausdruck des Lebens mehr Verständnis aufbringen.

Das ist natürlich eine Unverschämtheit.

Und was ist das für ein Busch unter ihrer Achsel? Erotisiert der dich auch?

Hans klatscht Klara auf den Po.

Du musst nicht alles anfassen, was dir gefällt. Du kannst sie dir doch auch im Museum ansehen, sagt sie.

Für Hans eine unannehmbare Bemerkung. Die Sammlung sei der Schatten, den er werfe. Man verkaufe nicht seinen Schatten.

Anyway, du hast ein Cashproblem.

Wäre es ihm nur um Rendite gegangen, hätte er seine Firma behalten. Er aber habe sie gegen Kunst eingetauscht.

Hans im Glück!, wiederholt sie.

Schon bald nach dem Löschen des Lichts stiehlt Hans sich davon, was ihr nicht entgeht. Sie hält ihn nicht auf. Wenn er es nicht lassen kann, soll er gehen. Gefühle sind nicht erzwingbar.

Er hat ihr einen beschönigenden Satz auf dem Nachttisch zurückgelassen. *Fülle des Lebens. Fortsetzung folgt. Sorry, ein meeting.*

DREI

Alex Katz: Red Nude, 1988,
Öl auf Leinwand, 228,5 × 305 cm

Betankt mit Koffein und noch mehr Vorfreude, bewältigt Achberg die nächtliche Fahrt und erreicht sein Haus in Grünwald bereits kurz vor halb vier. Im Netz checkt er noch ein für den Flug nach London, aber zum Ausziehen und Zähneputzen reicht die Kraft nicht mehr. Auf dem Überwurf des Bettes fällt er in tiefen Schlaf. Der Wecker reißt ihn aus einem Traum, in dem eine fette Frau tot in der Wanne liegt. Sie hat sich die Pulsadern aufgeschlitzt. Obwohl der Fall eindeutig scheint, legen ihm Polizeibeamte Handschellen an.

Achberg muss sich überwinden, das Bad zu benutzen, schon, weil es so früh ist. Er bereut die Lindauer Zügellosigkeit, die letztlich seiner Angst zuzuschreiben ist, von mobilen Zollfahndern erwischt zu werden. Auch hat er nicht vermeiden können, Klara nach allem, was er ihr in Basel zugemutet hat, Dankbarkeit zu erweisen. Er wird sich Susan in übermüdetem Zustand präsentieren.

Um zehn nach acht also sitzt er schon wieder am Steuer. Rechtzeitig, wie er glaubt, muss dann aber doch fürchten, den Flug zu versäumen, weil er mit der langen Schlange vor den Sicherheitsschleusen nicht gerechnet hat. Die Irrsinnsgeduld der anderen Passagiere macht ihn erst recht ungehalten.

Die Zumutung solcher Kontrollen folgt ja keineswegs der Vernunft. Nötigung, Vergeudung von Lebenszeit, millionenfach, Tag für Tag, überall auf der Welt. Im Namen vermeintlicher Sicherheit lässt sich der mobile Mensch so gut wie alles gefallen. Und weiß gleichzeitig, dass Terroristen eine Bombe bloß am nächsten Postschalter aufzugeben brauchen, um sie ungehindert an Bord eines Flugzeugs zu befördern. Es hängt doch hoffentlich niemand der Illusion an, es werde Leben geschützt, während er sein lebenswichtiges Treffen mit Susan verpasst!

Symbolische Sicherheit. Götzendienst am Staat. Der Passagier als Sicherheitsuntertan einer vermeintlich fürsorglichen Obrigkeit. Alten und Gebrechlichen, übermüdeten Geschäftsreisenden und Frauen mit quengelnden Kindern fummelt man an Hosenbünden, im Schritt und in schweißnassen Achselhöhlen herum und zwingt sie, Zahnpastatuben, Pilzcreme und Rasierwasser in transparenten Beuteln vorzuzeigen. Im Namen der Sicherheit wird erniedrigt und entmündigt.

Obwohl Achberg Gürtel, Geld und Uhr abgelegt hat, löst er ein Warnsignal aus.

Halten Sie sich mit der Hand hier fest und heben Sie einen Fuß nach hinten an, befiehlt der Kontrolleur.

Er ist durchaus in der Lage, für einige Sekunden auf einem Bein zu balancieren.

Schuhe ausziehen.

Wie wär's mit *bitte*.

Wenn Sie mein *Guten Morgen* ignorieren, muss ich Sie auch nicht bitten.

Wortlos donnert Achberg seine Schuhe in die Plastikwanne. In guten Schuhen steckt nun einmal Metall, aber was wissen Uniformierte von guten Schuhen.

Endlich darf er in seinen Sitz sinken, sich festschnallen, den Kopf ans Fenster lehnen, darf Ansagen, Service, den die Armlehne für sich beanspruchenden Nachbarn ignorieren und die Augen erst wieder öffnen, wenn die Küste Englands unter ihm auftaucht.

Auf einmal durchpulst ihn das Gefühl von Freiheit. Er stellt sich vor, in England zu leben, in South Kensington vielleicht, in einem viktorianischen Reihenhaus aus Brickstones mit einem Portal aus weißen Säulen davor und einer zwanzig Jahre jüngeren Weltklasseschönheit darin. Sie wünscht sich ein Kind von ihm, und er würde es ihr nicht abschlagen. Er hat das Bild vor Augen, wie sie zu dritt im offenen Roadster über die Surrey Hills rollen. So ein Rosamunde-Pilcher-Quatsch, zu schön, um wahr werden zu wollen.

Nicht einmal die leise Hoffnung, die Schönste werde ihn bereits in Heathrow empfangen, erfüllt sich. Sie sind ja auch anderswo verabredet. Er braucht sich nur in die Picadilly Line zu setzen und sie am Green Park wieder zu verlassen. Von dort sind es keine fünf Fußminuten bis zur White Cube Gallery on Mason's Yard.

White Cube, weiße Kaaba. Achberg betritt das Heiligtum und gibt seinen Rollkoffer an der Garderobe ab. Im Lower Ground Floor hängen sechs Arbeiten von Jeff Wall. Andächtige Stille, allenfalls Flüstern. Die Lady, zum Niederknien schön, er hat sich nicht getäuscht, ist jedes Opfer wert.

Erst als ihn strafende Blicke treffen, realisiert er, dass sein Handy lärmt. Es aus der Sakkotasche zu ziehen, wagt er nicht, blind schaltet er es ab. Es müsste Susan sein.

Endlich wagt er es, sich an eine der gemessen blickenden Tempelwächterinnen zu wenden, um sich nach dem Preis der Ikone zu erkundigen. Günstigstenfalls ist ihrem Gesicht Mitleid zu entnehmen. Offenbar wird er nicht für einen ernsthaften Kunden gehalten. Er nötigt ihr seine Visitenkarte auf.

Auf dem Handy Susans Nachricht. Sie verspäte sich, verspricht, in dreißig Minuten im Wolseley zu sein. In diesem Moment spricht ihn ein jung ergrauter Herr mit schwarzer Hornbrille an, ohne seinen Namen zu nennen. Die einzige Silbe, die bei Achberg haften bleibt, lautet *SOLD*.

Um den Schock halbwegs zu überspielen, zeigt Achberg auf eine andere Lightbox Jeff Walls, dessen Motiv ihn überhaupt nicht anspricht.

And that one?

Die Brille nähert sich erneut seinem Ohr.

Twohundredandninetythousand.

Dollars, Euro?

Certainly Pounds, Sir. Plus Tax.

Was nützt eine andere Lightbox zu diskutablem Preis, wenn er nur die eine will. Die eine oder keine. Schmerzensmutter ist sie jetzt, die Lady in Black.

Dass ihm ein Bild vor der Nase weggeschnappt wird, ist ihm selten zugestoßen. Er hat zu lange gezögert, hätte die Sache gleich in Venedig perfekt machen müssen. Susan ist dem Deal offenbar doch nicht ganz gewachsen.

Weshalb hat sie ihn überhaupt anreisen lassen? Dazu

fällt ihm nur eine hoffnungsfrohe Antwort ein. Sie hat noch etwas mit ihm vor. Folgt dem Verlust der Lady am Ende der Gewinn?

*

Das Wolseley neben dem Ritz, ein Bogengewölbe mit vergoldeten Jugendstilornamenten über dicken, schwarzen, dorischen Säulen. Die große Uhr mit den römischen Ziffern an der Wand zeigt halb eins. Alle Tische sind besetzt. Während Achberg noch beobachtet, wie der Oberkellner mit gerunzelter Stirn den lückenlos gefüllten Reservierungsplan studiert, steht Susan bereits neben ihm. Ihr Kuss flüchtig, ihr Lächeln geschäftsmäßig. Das goldfischfarbene Haar nicht offen, sondern zur Schnecke gedreht. Blässe, ein Anflug von Schatten unter ungeschminkten, gleichwohl verwirrend wachen Augen. Leidet auch sie? Ein verwaschenes T-Shirt, kupferoxydgrün unter einer teefarbenen Lederjacke voller erkennbar aufwendig hergestellter Verschleißspuren. Was signalisiert Susans Naturbelassenheit? Wir müssen einander nichts vormachen? Oder: Für dich brauche ich mich nicht mehr aufzutakeln? Nein, nein, nein. Sie hat es nur einfach nicht nötig. Ihre Kargheit ist schierer Prunk.

Diese Hände! Finger, die keines Rings bedürfen, weil sie selbst Geschmeide sind. Worauf sie auch deuten, sie lenken doch immer nur alle Augen auf sich selbst. Die Augen! Clarity, Colour, Carat, Cut von höchster Qualität. Mit diesen Augen berührt ihr Geist die Welt. Die Lippen, ohnehin unbeschreibbar, locken, staunen, verlangen, genießen, schmeicheln, kosen, kosten. Lippen einer Nymphe, von einem Zephir bewegt.

Selbstverständlich bietet der Oberkellner den Tisch gleich rechts neben dem Eingang an. Der Tisch, an dem Mick Jagger gelegentlich ein Glas Wein zu sich nehme, wie Susan beiläufig erwähnt.

Jetzt siehst du mich wieder – und dann so ein belegtes Gesicht?

Hingerissen- und Hingeworfensein sähen in ihm nun einmal so aus.

Komm, es ist dein Tag! Du führst die Lady heim. Champagner!

Außer Champagner bestellt sie Soup de Poisson, Achberg das Seven-Hour-Lamb. Ganz so lange müssen sie nicht auf das Essen warten.

Sie nutzt die Zeit, um sich unter dem Tisch mit einem Bein zwischen seinen Knien bemerkbar zu machen. Ihr vom Schuh befreiter Fuß nimmt Platz auf seinem Schoß. Sie mag es sehr, wenn er ihr mit einem Finger zwischen die Zehen fährt.

Endlich kommt das Essen.

Leider sei ihm der Appetit ein wenig vergangen, sagt er, weil er an die verkaufte Lady denken müsse.

Nichts als Ahnungslosigkeit verrät ihr Gesicht. Weiß Susan nicht einmal, was sie versiebt hat? Er berichtet von seinem Besuch in der White Cube.

Cool bleiben, Sweetie. Natürlich sei die Lady verkauft, an ihn, an wen sonst. Sein Vertrauen in sie sei steigerbar.

Sorry, sagt Achberg, es sind die Nerven. Mein Name löste in der White Cube nur Achselzucken aus.

Was hast du dort auch verloren ohne mich!

Sie bestellen beide noch ein Stück Blutorangengugelhupf.

Da wäre noch der Preis, sagt er. Eine andere, ebenso große Lightbox ist für zweihundertneunzig zu haben. Plus Tax. Deutlich weniger als das, was er mit Susan vereinbart hat.

Ein anderes Motiv, ein anderer Preis, sagt sie.

Ungewöhnlich, doch nicht auszuschließen. Sie hat ihre Provision auf den Galeriepreis aufgeschlagen, denkt er, hat aber nicht die Absicht, mit ihr zu feilschen. Handeln passt nicht in die Aura des Kunsthandels. Er käme sich kleinlich vor. Wer handelt, hat es nötig. Wer feilscht, ist kein Mitglied der Kirche. Namhaften Sammlern geben Galeristen stillschweigend Rabatte, weil deren Sammlungen den Marktwert der Arbeiten heben. Achberg ist aber kein namhafter Wall-Sammler. Und außerdem will er ihre, nun ja, Beziehung nicht mit seinem Misstrauen belasten.

Du bist unbezahlbar, sagt er.

Die Schönste zieht eine Grimasse. Eine schönere Grimasse hat er noch nie gesehen.

Der Gugelhupf enttäuscht, banaler Rührteig, überzogen von zuckerigem roten Gelee.

Das Wahre, Gute und Schöne macht eine kleine Steuerhinterziehung doch wenigstens moralisch erträglich, sagt sie.

Wie kommst du denn darauf?, sagt er. Eine Antwort erhält er darauf nicht.

Achberg will sich nicht länger auf die Folter spannen lassen und endlich Gewissheit. Auf zur White Cube! Sofort!

Das sei blöd, sagt sie, sie müsse gleich zum Yoga.

Die Bewahrung ihrer Schönheit verlangt Yoga. Zu festgesetzten Zeiten. Das ist klar. Wie sollte er dafür kein Verständnis aufbringen. Bloß nicht jetzt!

*

Noch immer ist Berlin eine Stadt ohne Salzheber ArtHotel. Klara mag die Hauptstadt nicht. Schon, dass dieser Status pausenlos betont werden muss, ist ihr zuwider. Dieser schnarrende Minderwertigkeitskomplex! Werden etwa Paris und London dauernd als Hauptstädte betitelt? Wahre Metropolen haben das Hauptstadtgetue nicht nötig. Es passt zum kleinkarierten Größenwahn von Provinzpolitikern. An diesen Preis des Umzugs vom Rhein an die Spree hat niemand gedacht.

Sie sitzt Tom in einem Lokal am Ufer des Flusses gegenüber, vor dem *Hauptstadtbüro* eines Fernsehsenders, den Reichstag im Blick, auf dem gleich vier Fahnen flattern müssen, auf jedem der Ecktürme eine.

Tom zeigt keinerlei Interesse an der Hauptstadtphobie der Frau aus Bad Godesberg. Er hat, wie ihr scheint, gar nichts mit Politik am Hut.

Ausflugsboote mit schattenlosen, menschenleeren Oberdecks gurgeln vorbei. Eines heißt Neptun.

Mit einem Neptun, den es in dieses Flüsslein verschlägt, muss man Mitleid haben, sagt Klara.

Sie denke daran, eines seiner Sahara-Videos in der abgedunkelten Ruhezone eines exklusiven Wellnessbereichs zu präsentieren, als Dauerprojektion. Den wahren Grund, weshalb sie Tom und Toms Kunst so dringend kennenlernen will, verschweigt sie ihm. Er gehört doch jetzt praktisch zur Familie. Es ist nicht auszuschließen, dass sie mit ihrer Erklärung den Künstler beleidigt. Das im Sand versackende Timbuktu an der Wand eines Luxusfeuchtgebiets – allein diese Idee kann ihm nicht gefallen.

Tom mache den Fluss der Zeit sichtbar, lobt sie. Wem das gelinge, sei wahrhaft ein Künstler.

Tom sieht sie an und schweigt.

Unverkennbar Hans Achbergs Sohn, die gleichen warmen Augen, die gleiche, etwas vorlaute Unterlippe, dieselbe Art, zu schweigen, wenn ihm etwas nicht passt oder ihn überfordert.

Die Zeit, die ist ein sonderbar Ding, zitiert Klara die Feldmarschallin aus dem Rosenkavalier. Mögen Sie Musik? Musik kann die Zeit zum Klingen bringen.

Wie sie überhaupt auf Timbuktu komme? Er sei nie dort gewesen. Das Video, das sie vermutlich meine, zeige das Schmelzen eines Gletschers in Tirol.

Anyway!

Ob sie sein Vater geschickt habe?

Wie kommen Sie darauf?

Weil der den Timbuktuquatsch erzähle. Er würde Sandkörner in der Sahara zählen, verbreite der. Wie lebensuntüchtig ein Mensch sein müsse, der Sandkörner in der Sahara zähle.

Sinnlos, abzustreiten, dass Hans ihre Neugier geweckt hat.

Hans bewundert Ihre Ernsthaftigkeit, Tom, Ihre Kompromisslosigkeit, Ihre Kunst.

Das glaube sie doch selbst nicht. Ob Hans sie geschickt habe, um ihn auszuhorchen?

Er weiß nicht, dass ich hier bin. Wann haben Sie Ihren Vater das letzte Mal gesehen?

Achselzucken.

Ob Sie es glauben oder nicht, er ist stolz auf Sie. Und fast ein wenig neidisch, weil Sie es schaffen, konsequent für die Kunst zu leben. Was haben Sie sonst so gemacht?

Er drehe erstens keine Videos mehr, sagt Tom. Und zweitens könne er nicht erkennen, dass sich seine Arbeiten als Dekoration für ein Hotel eigneten.

Aber vielleicht für meine Privatsammlung. Zeigen Sie!

Auf Toms Smartphone ist einiges zu sehen. Bleistiftstummel, Federbälle, Nüsse. Eine alte Fahrradpumpe mit Holzgriff. Simple Gegenstände, denen Tom aber eine eigene Würde verleiht.

Toll!, sagt Klara.

Tom sagt: Wissen Sie überhaupt, was ich Ihnen da zeige?

Bleistiftstummel, Federbälle, Nüsse, Readymades in der Tradition von Marcel Duchamp, antwortet Klara.

Falsch.

So sieht es aus.

Was sieht nicht alles so aus wie das, was es nicht ist.

Dann verraten Sie mir das Geheimnis!

Lassen wir es gut sein.

Hans würde es mir erklären. Niemand kann so treffend ausdrücken wie er, was der Künstler sich gedacht haben könnte. Er würde an Ihrer Stelle nun vielleicht über die Aura des Einfachen sprechen. Über den Kern der simplen Dinge. Über den Kern der Materie und des Universums. Über hundert Milliarden Planeten, auf denen wahrscheinlich Leben existiert, während uns die eigene kleine Welt um den Kopf fliegt. Sich an den Dingen selbst zu orientieren sei das einzige Mittel, sich nicht zu verlieren.

In Toms Augen ist ein einfaches Wörtchen zu lesen: Bullshit. Vermutlich ist er nur zu gut erzogen, um es auszusprechen.

Eine Kellnerin stellt ihm das Pfifferlingomelett vor die Nase. Klara hat beobachtet, wie sie es zuvor an anderen Tischen herumgezeigt hat.

Ich hoffe, der Teller hat die Stadtrundfahrt gut überstanden.

Die Kellnerin verteidigt sich: So'n schönet Omelett! Und allet noch druff.

Das herumgezeigte Omelett entspricht keineswegs der vorschriftsmäßig eingerollten, nach Butter duftenden goldgelben Eierspeise dieses Namens, vielmehr handelt es sich um einen von Fett triefenden Pfannkuchen, auf den gebratene Pilze gehäuft sind. Außerdem hat die Besichtigungstour mit dem Prachtteller die Bedienung nicht dazu kommen lassen, Brot zur Verfügung zu stellen.

Möchten Sie es zurückgehen lassen?

Alles bestens, sagt Tom.

Klara hat Beelitzer Spargel bestellt, der nun auch eintrifft. In diesem Augenblick beugt sich ein Mann von hinten über Toms Schulter, zieht ihm den kaum angerührten Teller weg, legt sich damit nach wenigen Schritten aufs Trottoir und befördert die Speise mit der Hand in den Mund. Weit und breit kein Personal, das zu Hilfe eilt. Tom sieht eine Ewigkeit zu, ehe er sich erhebt.

Lassen Sie es sich schmecken, sagt er, dann fotografiert er das Geschöpf.

Alle Augen sind auf das menschliche Stück Vieh gerichtet, das Toms Pfifferlinge in sich hineinstopft. Nicht eine Stimme der Empörung erhebt sich, offenbar ist in der Hauptstadt mit Vorkommnissen dieser Art zu rechnen.

Ich fasse es nicht, sagt Klara, nachdem Tom an den Tisch zurückgekehrt ist.

Faszinierend, wie Hunger die Würde raubt, findet Tom.

Dieser Mensch glaubt, dass ihm zusteht, was er sich nimmt. Was, bitte, hat das mit Würde zu tun?

Wir sind die wahren Asozialen, erklärt Tom.

Gut, sagt Klara, die darüber jetzt nicht diskutieren will, nehmen wir es einfach als ortstypische Folklore.

Inzwischen ist das Personal doch noch auf den Vorfall in seinem Restaurant aufmerksam geworden. Köche und Kellner stehen um den armen Wicht herum, helfen ihm sogar auf die Beine.

Allein die Kellnerin, die zuvor Toms Omelett herumgezeigt und damit offenbar auch den Appetit des Mannes geweckt hat, findet ein tadelndes Wort: Det jeht aber nich.

Wollen Sie nicht noch etwas bestellen?, meint Klara. Sie haben ja gar nichts im Magen.

Tom lehnt lächelnd ab.

Wir suchen uns einen freundlicheren Ort.

Lassen Sie nur.

Ihr ist der Appetit auf den Spargel durchaus auch vergangen.

Auf der Rechnung taucht das verschwundene Omelett dann unversehens wieder auf. Zwölf Euro neunzig. Klara weigert sich, zu bezahlen.

Dann müsse sie leider die Polizei verständigen, sagt die Kellnerin.

Klara wird laut. In einem Restaurant mitten im Regierungsviertel vor Mundraub geschützt zu werden, ist doch wohl nicht zuviel verlangt, nicht einmal in Berlin.

Jetzt hat sie auch noch die Hauptstadt beleidigt, was für sich schon ein Vergehen ist.

Tom legt einen Zwanzigeuroschein auf den Tisch, steht wortlos auf und geht.

*

Während Susan ihren Körper mit Yoga stählt, zieht Achberg seinen Koffer hinter sich her. Bis Earls Court sind es grob geschätzt viereinhalb Kilometer. Eine unvergleichliche Strecke hinunter zur Mall, um den Buckingham Palace herum zum Eaton Square, durchs herrliche Belgravia, dann Chelsea, wo kein Reihenhaus unter fünf Millionen zu bekommen ist, Pfund, nicht Euro, plus Tax, hinüber nach South Kensington. Wenn du in dieser Gegend nicht reich bist, gehörst du zum Personal. Was würde der Zöllner dazu sagen, dass sein Sohn gerade fast eine halbe Million für ein Foto ausgegeben hat?

Achberg fühlt sich agil wie lange nicht mehr. Da strömt ein Stoff durch seine Adern, der ihn in angenehmste Unruhe versetzt. Die Lady in Black gehört ihm und berauscht ihn besser als das Kokain, bei dem er zu Pharmazeiten gelegentlich Zuflucht fand. Die nun in ihm selbst vorkommende Droge produziert Überschuss, an Kraft, an Freude, an Lust. Im Kopf, in den Beinen.

Auf der Old Brompton Road betritt er ein Blumengeschäft, so stylish, wie er noch keines gesehen hat. Er wählt die langstieligste, roteste Rose Englands und trägt sie zur Kasse. Klar, hier ist nicht irgendwo, dennoch übertrifft der Preis der einen Blume alle Maßstäbe. Neunundzwanzigachtzig. Pfund, nicht Euro, für eine einzige, wenn auch makellose, wie von einem alten Holländer gemalte Blüte. Soll er sich lumpen lassen? Warum ihm entgeht, dass es in diesem Tempel der Floristenkunst nicht einmal riecht, jedenfalls nicht nach Mutter Natur, und kein einziges Wassertröpfchen den Marmor netzt? Es muss dem Rausch in seinen Adern zuzuschreiben sein. Er sieht nur die Rose, die roteste Rose.

Aber noch ist der Triumph nicht vollkommen. Susan hat sich leider zum Abend nicht wieder mit ihm verabredet, ihn aber wenigstens auf später vertröstet.

Achberg rollt sein Köfferchen an ihrer Tür vorbei. Number 10 Spear Mews. Das rostrot lackierte Tor einer ehemaligen Kutschenremise, Kletterpflanzen auf weißgetünchten Brickstones, kein Name auf dem Klingelschild aus blankpoliertem Messing. Er lässt es schrillen. Sie scheint nicht zu Hause zu sein.

Er hat im King George am Templeton Place gebucht, kein großartiges Hotel. Das Zimmer, ein Kämmerlein, doch zu Susans Wohnung sind es nur gut dreihundert Meter.

Er liegt auf dem nahezu das gesamte Zimmer ausfüllenden Bett, verurteilt, auf den versprochenen Anruf zu warten, kann ihn nicht erwarten. Hat sie ihn denn schon vergessen, ehe sich die Provision ihrer Beziehung auf ihrem Konto bequem gemacht hat? Achberg wagt es nicht, sie anzurufen. Tatenlos auf dem Bett, malt er sich das Schönste aus.

Schon in der White Cube Gallery, beim Anstoßen auf den gelungenen Abschluss, hat er zu ihr gesagt: In Zukunft nur noch mit dir! Du allein sollst künftig meine Sammlung vervollkommnen.

Der Doppelsinn der Bemerkung ist ihr gewiss nicht entgangen. Die Zukunft gehört ihr. Und wenn er einmal ins Gras beißt, nicht bloß die Zukunft, sondern alles, von Toms Pflichtteil abgesehen. Wenn sie nur will. Nach ihm wäre sie immer noch jung und schön genug, einen anderen Mann zu fesseln.

Sie hat versprochen, sich zu melden. Wie soll er die Stunden des Hochgefühls füllen, wenn nicht mit ihr? Schon wieder und noch einmal durch die Straßen ziehen, krank vor Sehnsucht nach ihr? Die Zeit allein in einem Restaurant verplempern? Das Seven-Hour-Lamb und der Blutorangengugelhupf halten seinen Appetit noch lange im Zaum. Soll er vor Number 10 Spear Mews so lange herumlungern, bis Susan endlich die roteste Rose Englands in Empfang nimmt?

Ich bin ganz in deiner Nähe, Susan. Mach mit mir, was du willst, aber mach es, ehe ich in dieser Zelle verdämmere.

Dann wird er erhört.

Ihre SMS verkündet, dass sie ihn in einem Pub nicht weit von hier erwartet.

Er greift nach Englands kostspieligster Rose und liest erst jetzt die Aufschrift auf der Verpackung: Ashley's Artificial Flowers.

*

The Pembroke. Voll und laut. Männer mit blau-weißen Chelsea-Schals um den Hals. Auf den Fernsehschirmen unter der Decke flimmert grüner Rasen. Achberg entdeckt

Susan in einer Nische auf einem abgeschabten Ledersofa, mit einem Pint Ale vor sich, London Pride.

Das Bier müsse er sich selbst holen.

Die Theke ist eine quadratische Bastion mitten im Raum, es schäumt aus mehreren Zapfhahnbatterien zugleich. Auf der Tafel stehen Roast Leg of Lamb & Yorkshire Pudding & Mint Sauce & Fish & Hand cut Chips & Mushy Pears. Horseradish & Chilli infused Vodka ist Drink of the Day. Achberg begnügt sich ebenfalls mit einem Pint London Pride.

Auf die Lady!

Das Fußballspiel ist zu Ende, die Fans beruhigen und verdrücken sich.

Achberg will jetzt alles wissen über Susan und von Susan. Er beginnt mit einer harmlosen Frage, auch wenn nichts bei ihr harmlos sein kann. Kunstgeschichte, vermutet er, hat sie studiert.

Falsch vermutet. Nicht Kunstgeschichte, sondern Kunst.

Der beeindruckte Achberg sagt, dass er gern etwas sehen würde von ihr.

Es sei vorbei, vorbei mit der Malerei.

Welche Malerei?

Wir malten uns gegenseitig. Der Maler als Modell, das Modell als Maler. Tuma wollte es so.

Der Tuma?

Der. Redete mir ein, wir würden ein gemeinsames, nicht voneinander zu trennendes Werk schaffen.

Wo ist es zu finden?

Nirgends. Clemens zog es vor, seine Arbeiten, ich meine die, auf denen ich zu sehen bin, allein zu verkaufen, hundertmal so teuer wie meine Bilder, also die, auf denen er zu sehen ist.

Nackt auch er?

Darauf habe ich bestanden.

Das erklärt, weshalb deine Bilder, auf denen er zu sehen ist, niemand haben will.

Sein Scherz gefällt ihr.

Ich hätte ihn auffliegen lassen sollen, als er mir unaufgefordert seinen … aber welche kleine Studentin kann es sich leisten.

Tuma sei nicht der Schlimmste gewesen. Polafsky habe sie an den Beinen aufgehängt und Verse von Baudelaire rezitieren lassen. Die Blumen des Bösen. Bis zur Ohnmacht, festgehalten auf Video.

Der große Polafsky.

Und die nackte, naive, kleine Idiotin. Muss ich dir mein ganzes Leben auftischen?

Deine Malerei?

Die hundert und sieben Grüns der niederrheinischen Landschaft bei Kalkar. Die neunundachtzig Blaus des Mittelmeers bei Menton an einem sonnigen Augusttag, nachmittags um halb drei. Dekonstruiert und neu zusammengesetzt. Drei Meter auf einsachtzig. Molekulare Malerei, lange bevor von molekularer Küche die Rede gewesen ist. Kein Mensch habe sich dafür interessiert, nicht einmal McKenny.

Gefriertruhen-McKenny.

Susan ist seine Assistentin, reist mit ihm von einem Gletscher zum anderen, Grönland, Alpen, Südpatagonien, um Eis zu schlagen für die Truhen.

Achberg umrundet mit dem Zeigefinger ein Loch im

Bein ihrer Jeans, ehe er es wagt, das Fleckchen Haut zu berühren.

Mit McKenny war sie nach England gezogen. Für ihn hat sie wochenlang hunderte Splitter einer Granate, die er in einer Betonkiste habe explodieren lassen, mit Blut bepinselt.

Sein Blut?

Er konnte es immer kaum erwarten, bis ich menstruierte. Schrieb ihm irgendwann die Kündigung mit meinem Blut.

Wie hat er geantwortet?

Ich hätte meinen Brief besser in Spencers Galerie ausgestellt.

Spencer de Garmond, der erste Mann in Susans Karriere, der sie für ihre Arbeit bezahlt habe.

Also schwul, denkt Achberg.

Sie habe dann in dessen Galerie in der Savile Row gearbeitet, zuerst als Rezeptionistin, am Ende als Geschäftsführerin.

Susan legt ihr rechtes Bein über sein linkes.

Danach Jewgeni. Jewgeni kaufte das Baudelaire-Video, die deklamierende Susan, aufgehängt an den Füßen.

Jewgeni habe behauptet, nur Kunst zu lieben, die er nicht sofort verstehe.

Dich hat er verstanden.

Dreieinhalb Jahre. London, Lugano, Sardinien, St. Petersburg, New York.

Weshalb habt ihr euch getrennt?

Wenn du alles wüsstest, würdest du nichts mehr von mir wissen wollen.

Einiges glaubt Achberg jetzt schon zu wissen. Eine

imponierende Reihe nicht ganz unbedeutender Männer trägt die Schuld daran, dass Susans Talent nicht ins Künstlersein geführt hat. Im Handel dagegen steht ihr die Schönheit nicht mehr im Weg. Im Gegenteil.

Wer mir nichts, dir nichts drei Pint London Pride verträgt, müsste doppelt so dick sein wie sie. Aber sie isst nichts dazu. Auch er verzichtet an diesem Abend auf feste Nahrung, was nicht ohne Wirkung bleibt. Als sie den Pub verlassen, hält er sich fest an seiner filigranen Göttin. Dort, wo die Spear Mews vom Templeton Place abzweigt, stellt er die überfällige Frage.

No.

Why not?

No.

Susan!

Bei ihr sei nicht aufgeräumt.

Ich räume schon auf.

Sie schüttelt entschieden den Kopf.

Also auf ins King George.

Sweet dreams!

Bitte! In seiner Kammer leide der Vereinsamte. Es bestehe akute Suizidgefahr. Ob sie das mit ihrem Gewissen vereinbaren könne?

Sie kann es nicht und kommt mit.

Das Gemach gibt ihnen keine andere Wahl, als sich sofort aufs Bett zu legen. Nur die Schuhe werden abgestreift, sonst nichts. Sie auf dem Rücken, er in Seitenlage. Sein angewinkeltes linkes Knie berührt ihr Bein. Auf seinem rechten, zur Seite gestreckten Arm ruht ihr Kopf. Indirektes Licht spendet die Nasszelle durch die angelehnte Tür.

Sein Zeigefinger berührt ihre Nasenwurzel und zeichnet die Kontur ihrer Lippen nach. Darauf wendet sie das Gesicht von ihm ab. Seine freie Hand beschäftigt sich mit ihrem Haar, wandert über Hals und Schulter und wird daran gehindert, nach der Brust zu streben. Denn die Schönste dreht sich um zu ihm, öffnet zwei Knöpfe an seinem Hemd.

Sie habe einmal einen Mann gekannt, der bei der leichtesten Berührung seiner Nippel geradezu explodiert sei.

Bei ihm ist das nicht der Fall. Doch reicht seine Tollkühnheit inzwischen dazu aus, sich an ihrem Gürtel zu schaffen zu machen.

Das Küssen sei ihm am liebsten, behauptet er. Solange geküsst werde, könne er auf alles andere beinahe verzichten. Küssen, sagt er, sei seine Weise der Anbetung. Gewissermaßen sein Oratorium.

Die Schönste lässt sich nicht küssen.

Susan erzählt von einem Mann, der sie einmal mit einer ausgesucht hässlichen Frau betrogen, seinen Fehltritt jedoch ohne Not leichthin eingestanden habe. Wie Achberg ihr das erklären wolle?

Er kann es nicht. Aber eine ähnliche Geschichte fällt ihm ein, die er einmal in einem Roman gelesen hat, in dem ein Mann mit der Hässlichen sogar ein Kind zeugt, das er am Ende gemeinsam mit seiner schönen Frau adoptiert.

Weshalb lässt die Schöne sich darauf ein? Weshalb setzte sie den Mann nicht vor die Tür? Alles aus Liebe?

Die Schöne ist so klug, zu wissen, was es für einen Mann bedeutet, mit einer schönen Frau geschlagen zu sein.

Susan versteht. Im Gegensatz zum dummen Blondchen wisse die kluge Schöne, wie hässlich ihr Mann sich bei der Hässlichen benehmen könne, weil ihn keine Verehrung hemme. So nehme die kluge Schöne in Demut die Frucht seiner Verfehlung an, die eigentlich ihrer Schönheit geschuldet sei. Ob er sich das in etwa so vorstelle?

Achbergs Hand rutscht zwischen ihre Schenkel.

Hans, es ist gescheiter, ich gehe!

Ich komme mit!

Du machst die Augen zu!

In deiner Anwesenheit eine Unmöglichkeit.

Deshalb gehe ich ja. Zu deinem Vorteil, Sweetie.

Bleib!

Gute Nacht.

Bitte!

Es ist nicht aufgeräumt bei mir.

Ich könnte auf dem Sofa schlafen.

Bei mir schlafen Männer nicht auf dem Sofa.

Umso besser.

Ich möchte nichts mehr bereuen müssen.

Nichts wirst du bereuen. Ich schwöre.

Für seinen Schwur wird Achberg mit dem schönsten Satz des Abends belohnt: In Zukunft werde er in London nie wieder ein Hotel benötigen. Versprochen.

Noch befindet sie sich auf seinem Territorium. Ihre einzige unbekleidete Stelle besteht aus einem schmalen Streifen oberhalb ihres Gürtels.

Dorthin einen Kuss, einen einzigen!

Noch ehe sie ihre Einwilligung erteilt, führt er seinen Mund zu einem enormen Kuss. Der einzige Kuss verschlingt Minuten.

Bitte bleib!

Ich habe doch nichts bei mir, keine Zahnbürste, nichts.

Nimm meine.

Unmöglich.

Klara war nicht so kleinlich gewesen. Er hat die Bürste danach nicht mehr benutzt.

Kaum hat Susan ihn verlassen, wählt Achberg ihre Nummer, sie nimmt nicht mehr ab. Du wirst in London nie wieder ein Hotel benötigen. An dieses Versprechen geschmiegt, schläft er ein. Die roteste Rose Englands hat er noch immer nicht überreicht.

*

Die Mundraubepisode würde Klara niemand abnehmen, nicht einmal in Bad Godesberg. Ihrer notorischen Berlinphobie würde sie zugeschrieben, als frei erfunden oder zu dick aufgetragen. Die Hungerattacke im Regierungsviertel wäre sogar der Bild-Zeitung zu viel, und selbst in den von stellungslosen Protagonisten wimmelnden Hauptstadtromanen fände sie keinen Unterschlupf.

Klara hätte Tom gern in sein Atelier im Wedding begleitet, doch hat er sich verflüchtigt, als sei sie ihm peinlich, als hätte *sie* sich unmöglich benommen, nicht das Gaststättenpersonal. Am Ende hat sie sich gefühlt, als müsse sie vor Scham unter den Tisch sinken. Sie ist Berlin einfach nicht gewachsen. Tom gegenüber ist ihr das mehr als nur unangenehm.

Es bleiben noch ein paar Stunden, um ihren Ausflug nach Berlin wenigstens stilistisch akzeptabel abzurunden. Schon lange hat Klara vor, das von David Chipperfield rühmenswert restaurierte Museum zu besichtigen.

Architektur kann den Geist einer Zeit festhalten. Hier aber ist sogar gelungen, nicht eine bestimmte Epoche zu fixieren, sondern die Zeit schlechthin. Die Spuren der Geschichte sind in diesem Gebäude nicht übermalt, sondern liegen frei. Außerdem lehrt der Inhalt des Museums, dass in der Raumfolge der aufeinander folgenden Epochen keineswegs der Fortschritt zu Hause ist, sondern nur das ewige Auf und Ab. Die Zeiten der menschlichen Geschichte sind nur Gezeiten.

Klara beschließt, sich nicht zu verlieren zwischen Steinzeit und Römern, sondern sich zu konzentrieren. Worauf sonst, wenn nicht auf Nofretete. In den Sälen der ägyptischen Sammlung sind die Statuen merkwürdigerweise nach ihrer Körperhaltung sortiert. Standschreitfiguren, sitzende, hockende, kniende Figuren. Nur Nofretete bewohnt einen runden Saal für sich allein. Sie ist so schön wie erwartet. In einem Nebenraum stößt Klara auf Zeitgenossen Nofretetes, auf den Künstler Bak und dessen Frau Taheri. Mit unverhohlenem Stolz zeigt der schmerbäuchige, nicht mehr junge Mann auf seine junge, ranke Gefährtin, die er, der bekleidete Mann, nackt vorführt. Vor diesem kaum einen halben Meter hohen Figurenpaar aus Quarzit scheint Klara die Distanz von zweitausenddreihundert Jahren auf einmal wie verschwunden.

Macher und Muse, Meister und Modell, Mann und Frau. Die beiden sind in jeder Hinsicht unzertrennlich. Weil er und sie zusammen mehr sind als nur sie und er. Weil da zwei sich gefunden haben und im jeweils anderen. So lächerlich klischeehafte Vorstellungen erfassen Klara, und sie fühlen sich auch noch an wie eine tiefere Wahrheit. Vielleicht sollte sie Paare sammeln, angefangen bei Adam und Eva. Weil Mann und Frau erst als Paar komplett sind. Klaras Beobachtung: Paare sind anderen Blicken ausgesetzt als Frauen und Männer allein, zuweilen neidischen, oft sehnsuchtsvollen.

Auch Sehnsucht ist eine Sucht. Und Suche.

Wer immer bloß sucht, findet nicht. Das ist wie mit dem Glück. Der Glückssüchtige sucht und sucht und sucht. Womöglich besteht wahres Glück darin, es niemals zu finden, weil Wunschlosigkeit der schnellste Weg ins Unglück ist. Der kann einpacken, dem nichts mehr fehlt.

Wäre dies kein Museum, sondern eine Kirche – was für Klara praktisch kein Unterschied ist –, würde sie vor Bak und Taheri ein Kerzlein anstecken. Sie ruft sich zur Ordnung. Nur nicht gleich sentimental werden; nicht für einen Kerl!

Wer sucht, findet selten, was er gesucht hat.

Das Finden unterbricht nur das Suchen. Anders gesagt: Finden heißt Versuchen.

Klara ist versucht, es mit Hans zu versuchen.

Statt Gedankenschutt zu produzieren sollte sie lieber über die Firma nachdenken. ArtHotel: eine bewährte Marke im Beherbergungsgewerbe, aber nicht in der Kunstwelt. Sie will das Unternehmen in eine andere Dimension führen.

In Berlin aber ist sie wegen Tom.

Also wegen Hans.

Susan, denkt sie, müsste selbst klug genug sein, sich nicht an einen Mann zu verlieren, der sie für eine Göttin hält und an ihr seine Schönheitsstudien betreibt. So etwas kann nur in die Hose gehen. Ein Mann, der einer Göttin verfällt, verliert seinen Willen. Und welche Frau kann das wollen? Falls Susan das nicht kapiert, wird Klara nichts anderes übrig bleiben, als zu ein paar kleinen, schmutzigen Tricks zu greifen.

Aus der Museumscafeteria ruft sie in London an. Wäre sie eine dumme, eifersüchtige Hausfrau, würde sie kein Wort mehr mit Susan wechseln. Klara aber besitzt neben Großmut auch Überblick. Nicht ein einziges despektierliches Wort über Hans. Soll Susan ihn bedienen, wie sie nach Klaras Vorstellung auch Kaspar und Linus bedient.

Anyway.

Sie ruft also Susan an, um sie zu bitten, sich in London um Tom zu kümmern. Er ist es wert, dass sie sich kümmert. Talent allein führt nicht ans Ziel, das muss sie Susan nicht erklären. Der Junge gefällt ihr. Andere haben sich mit Mitte zwanzig auf Business-Schools verausgabt und vor Geldverdienen das Leben schon fast verfehlt. Tom dagegen beobachtet die Welt, ihm ist das genug. Bewundernswert, doch auf Dauer zu wenig. Klara wird sich etwas einfallen lassen.

*

Spear Mews 10. Achberg klingelt, klopft, ruft ihren Namen. Ob sie noch schläft? Es ist fast elf. Auf leichten Druck seiner Hand gibt die Tür nach. Ob sie während der Nacht nicht richtig geschlossen war? Er wagt es, einzutreten, die roteste Rose in der Hand.

Susans Behauptung, sie habe nicht aufgeräumt, trifft den Zustand der Behausung nicht genau genug. Vielmehr sieht es danach aus, als sei die Bewohnerin noch gar nicht richtig eingezogen oder als stehe sie unmittelbar vor dem Auszug. Im Flur ein halbes Dutzend Umzugskartons, Koffer, Taschen unterschiedlichen Formats, stapelweise Zeitungen, Magazine. In der Küche benutzte Gläser, Geschirr im und rund um das Spülbecken, auf dem Boden ein gelber Plastikkorb voller Wäsche neben einer Batterie leerer Flaschen. Auch hier Papierstapel, selbst auf dem Fensterbrett. Auf dem kleinen quadratischen Tisch eine Vase mit einem Büschel Flieder. Susans vortrefflicher Sinn für das Schöne scheint resigniert zu haben vor den Zumutungen des Alltags.

Achberg wagt sich weiter vor. Das anschließende Zimmer liegt im Halbdunkel, da die Fensterläden geschlossen sind. Immerhin ist zu erkennen, dass die Bilder nicht hängen, sondern an den freien Wänden lehnen. Abgesehen von einem aufgeklappten Wäscheständer, ist die Möblierung zum Sitzen bestimmt. Sofa, Sessel, Stühle, unorthodox im Raum verteilt, laden nur deshalb nicht ein, weil sie ausnahmslos als Ablage für Kleidung und Schriftgut benötigt werden.

Susans Stimme lockt Achberg die Treppe hinauf. Es hört sich an, als telefoniere sie. Im Obergeschoss führt die erste offene Tür nach links. Ein Tisch, auf dem ein Computerschirm leuchtet, die Lady in Black als Bildschirmschoner. Verglichen mit den unteren Räumen überrascht hier oben die klar erkennbare Funktionalität. Regale und Kästen des Schweizer Systemmöbelherstellers USM, wie sie häufig in gutgehenden Anwaltskanzleien und Privatpraxen zu finden sind, beherrschen das Zimmer. Rechtecke aus verchromtem Gestänge, gefüllt mit farbigen Blechflächen, hier bunt gemischt: Grasgrün, Goldgelb, Rubinrot, Orange, Enzianblau.

Susans Stimme zieht Achberg weiter. Das Schlafzimmer, geradezu ein Schlafsaal. Ein ungemachtes weißes Kingsize-Bett. Aufgeräumt ist es hier auch, weil es nichts anderes gibt als das Bett und das Bild, das fast eine ganze Wand ausfüllt. Unverkennbar eine Arbeit von Alex Katz. Eine weitere Tür führt ins Bad. Sie ist nur angelehnt.

Susan sitzt in der Wanne und spricht, während sie sich mit den Händen kleine Wellen und Schaumfetzen zufächelt. Irgendwo muss das Handy liegen. Die Stimme aus dem zum Mithören laut gestellten Gerät ist Achberg vertraut.

Lass dir dazu etwas einfallen! Ich könnte beispielsweise einen Nachwuchspreis stiften. Young German Artists. Next Generation. Etwas in der Art. Die ArtHotels als Galerie – ein zweites Kerngeschäft.

Susan erschrickt nicht einmal, als sie Achberg sieht.

Er legt den Zeigefinger auf die Lippen und wedelt mit den Händen hin und her. Susan kapiert hoffentlich.

Auch in den Restaurants ist das Thema noch nicht ausgereizt, sagt Klaras Stimme. Kunst und Essen. Denk darüber nach! Der alte Claim *Schlafen mit Kunst* sei nicht schlecht, doch inzwischen zu müde. *Wachen Sie auf mit Kunst*! oder so, leuchte ihr eher ein.

Susans Lippen formen: Na komm schon herein.

Achberg setzt sich zu ihr auf den Wannenrand. Das allerdings geht ihr zu weit. Susans Geste ist unmissverständlich.

Weg da, setz dich auf die Kloschüssel!

Er setzt sich nicht. Betäubt von ihrem Anblick sinkt er

in die Knie. Während sie telefoniert, findet seine Hand ihr angewinkeltes Knie. Sein Hemdsärmel taucht ein. Unangenehm scheint es Susan nicht zu sein.

Ich bekomme gerade Besuch, sagt sie, ein Freund aus Deutschland.

Achberg schüttelt gequält den Kopf.

Beziehungsweise ein Kunde, sagt Susan.

Dann wolle sie nicht länger stören, tönt es aus dem Gerät.

Die Rose da, ist die für mich?

Endlich darf er sie überreichen, die roteste Rose Englands. Susan schnuppert kurz an ihr, ehe sie vergeblich versucht, die Blütenblätter abzuzupfen, um sie in der Wanne zu verstreuen. Die Rose weigert sich.

Nun also sieht Achberg die Schönste zum ersten Mal ganz.

Mit allen Susannas im Bade, die die Kunst der Welt geschenkt hat, kann sie es aufnehmen. Die nicht kleinen, doch kompakten Brüste, gekrönt von fast hoflosen rötlichen Knospen, sind allenfalls mit der Idealbrust der Gabrielle d'Estrées des Meisters von Fontainebleau zu vergleichen. Auf dem Gemälde fassen die Finger einer zweiten Frau nach einer der herrlichen Himbeeren, genau wie es Achberg jetzt macht. Er zittert vor Erregung, einer doch von der Niedrigkeit des Geschlechtlichen vollkommen befreiten Erregung.

Susans Klaps scheucht ihn aufs Klosett.

Anyway, sagt die Stimme aus dem Telefon. Mit leisem Knacken ist das Gespräch zu Ende.

Verwirrt stürzt Achberg aus dem Bad, zurück in den Schlafsaal, wo er nun gebannt vor dem Gemälde des Alex

Katz steht, das er auf einmal mit ganz anderen Augen sieht als noch wenige Minuten zuvor.

Zweimal ein und dieselbe Frau, überlebensgroß, gemalt in leicht unterschiedlicher Haltung in zwei aufeinander folgenden Momenten einer Bewegung. Sie schreitet nach links. Zwischen den beiden Akten nichts als hellgelbe Leere. Die untere Bildkante verläuft knapp über den Knien. Beide schreiten ins Licht, beider Rücken liegt im Schatten, doch zugleich leuchten beide Susannen wie von innen heraus, so als habe Katz das Wesen der Schönheit selbst auf die Leinwand gebannt.

Man sagt, schöne Frauen zwängen dazu, sie nackt sehen zu wollen. Bisher hat Achberg diese Theorie stets angezweifelt. Aber nun wird er sich Susan niemals mehr anders vorstellen können. Und zwar so: Susan, doppelt gemalt von Alex Katz. Mit diesem Gemälde wäre sie immer bei ihm.

Auf einmal steht sie in einem weißen Bademantel in der Tür.

Was hast du in meinem Schlafzimmer zu suchen?

Den Katz! Den muss ich haben.

Du glaubst wohl, dass du alles kriegst, was dir gefällt, Sweetie.

Ihr Lächeln treibt ihn noch in den Wahnsinn.

Er fasst nach ihr.

Es ist zu früh am Tag für Sex.

Gestern war es dir zu spät.

C'est la vie!

*

Susan muss versprechen, ihn in München zu besuchen, schnellstmöglich. Bevor er sie verlässt, sucht er noch einmal das Bad auf, beziehungsweise den stillen Ort.

Sämtliche Flächen am Waschtisch, auf dem Fensterbrett, in einem hohen Regal, sind mit Döschen, Fläschchen, Tuben, Tiegeln, Flakons besetzt. Öle, Pasten, Tinkturen, Cremes, Fluids und Milks, Shampoos, Parfüms und Eau de Toilettes. Eine Abteilung gilt ausschließlich der Pflege der Haut, eine andere der Pflege der Hände, eine weitere der des Gesichts. Awakening body treatment, cellular performance body firming cream, vital light day illuminating anti-aging comfort cream, beneficiance fluid, enriched balancing softener, hydrochange eye essence, anti-blemish solutions spot treatment gel, essential tinted moisturizer, biorhythm body responsive, dosage gluco active, purifying mask, advanced marine biology day cream, revitalizing comfort cream, Mandel-Johanniskraut, silky purifying milky soap, fresh moisture mist, relaxing body cream, youth activator, intensive eye anti wrinkle-care, ultracalm serum, silk peeling powder, thermo-reactive intense nutrition masque, masque intense, good night energy hand cream. Achberg übersieht auch nicht die Batterie der Haarpflegemittel, vom instant spray on shine bis zum chroma rich smooth hair shampoo und dem sheere red hairrepair. Es folgen Parfüms, Badeöle, Badezusätze anderer Art, dann die Schminkutensilien.

Auf den ersten Blick sieht das alles nach heillosem Durcheinander aus, doch jeder einzelne Gegenstand dient einer höheren Macht. Der höchsten überhaupt.

VIER

Philippe Bradshaw: Two Birds
in a Bath, 2000, Kettenvorhang,
Aluminium, 300 × 330 cm

Achberg liebt das Knistern, das entsteht, wenn er den aus tausenden Aluminiumelementen zusammengefügten Vorhang teilt, jedes einzelne Kettenglied Pixel eines Bildes, das nur aus der Distanz zu erkennen ist. In der Nähe der mattschimmernden, leicht schwingenden Fläche löst sich die Darstellung auf. Sie durchquerend, wird der Betrachter Teil des dreidimensionalen Objekts. Auf der Rückseite trägt der Vorhang das Bild seitenverkehrt noch einmal. Die barbusigen Damen Gabrielle d'Estrées und ihre Schwester. If you see it only as an image, it's kitsch, sagt ihr Nachschöpfer, Philippe Bradshaw, der leider einer Droge erlag. Ein kühles, zugleich sinnliches Spiel mit einem uralten Meisterwerk. Größte Opulenz aus einfachsten, industriell gefertigten Teilen. Jeder Vorhang, dieser erst recht, verbirgt und lockt, schließt ab und öffnet. Ketten, erst recht diese, fesseln und entfesseln die Begierde.

Das Schönste an der Kunst ist, dass sie das Unverstehbare verständlich macht, ohne es zu erklären. Wäre es nicht banal, würde Achberg sagen: Es ist wie mit Frauen und der Liebe.

Wie schade, dass *Two Birds in a Bath* nicht mehr in seinem Haus zu finden ist, das jetzt Astrids Haus ist. Es ist ihm nichts anderes übriggeblieben, als den Kettenvorhang ins Lager zu verbannen, wo er wie alle anderen Arbeiten in maßgeschneiderten hölzernen Kisten aufbewahrt wird, die mit dem Brandzeichen AC markiert sind. Achberg Collection.

Zur Feier des Tages jedoch hat Herr Schiedel dieses und eine Reihe anderer Werke zur Freude Achbergs befreit. Stephan Balkenhols aus Pappelholz geschlagene Frau. Thomas Ruffs weiblicher Rückenakt, der gegen Astrids Willen auch noch im Schlafzimmer hing, als die Erotik sich längst verflüchtigt hatte. Und natürlich auch die Arbeit von Katz, die sich bereits in seinem Eigentum befindet, *Michelle:* Halbporträt einer noch jungen Frau in violettem Pullover vor so intensivem Grün, wie Irlands Wiesen in dem Augenblick, in dem die Sonne zwischen den Wolken hervorbricht.

Der Vorhang, die Skulptur, das Foto und das Gemälde bilden jetzt das Empfangskomitee für das neue Familienmitglied, die Lady in Black. Sie ist, als Leihgabe deklariert mit anderen, für eine Ausstellung im Haus der Kunst bestimmten Arbeiten, unauffällig durch den Zoll gekommen. Auch Jeff Walls Lightbox muss leider im Depot bleiben, dieser ironische Lobgesang auf die Schönheit, wie beiläufig aufgenommen, aber bis in die letzte Finesse inszeniert. Nein, Achberg hat sich nicht getäuscht in ihr, einem Werk vollendeter Schönheit, nur ist leider zu Hause kein Platz für sie. Dort müssen demnächst noch andere Arbeiten *Red Nude* weichen.

Herr Schiedel wird alles wieder sorgfältig verpacken. Die Lagerhalle in einem Gewerbegebiet zwischen Ober-

und Unterhaching ist mit allen notwendigen Sicherheitsvorkehrungen ausgestattet.

Achberg hat gelegentlich mit der Idee gespielt, ein abgelegenes Herrenhaus zu kaufen, dort, wo Herrenhäuser noch erschwinglich sind, in Schottland vielleicht oder Irland. Dort wäre Platz für die komplette Sammlung, dort könnte er mit ihr leben, sie nicht nur besitzen. Es wäre das Beste, hier alles zu beenden.

Gegen München wäre einiges einzuwenden, freilich nicht an so einem Tag. Der Himmel schimmert wie Fallschirmseide. Ein Jammer, dass Susan nicht hier sein kann. Erst am Morgen hat ihn die Hiobsbotschaft per SMS erreicht. Ihre Absage in letzter Minute. Wie befürchtet. Alles ist vorbereitet gewesen für ihren Besuch, sogar ein zweites Fahrrad.

Allein macht er sich auf den Weg. Auf der Isarbrücke hält er einen Augenblick an, schaut hinunter zum renaturierten Fluss, zu den Badenden, die auf Kiesbänken liegen wie Seelöwen. Hunde bellen, auf dem parallel strömenden Kanal treibt ein Ausflugsfloß, die Luft trägt Blasmusik ans Ohr. Seit an der Brücke Gitter angebracht worden sind, muss, wer es unbedingt will, von den Eisenbahnschienen eine Etage höher hinunterspringen. Immer, wenn Achberg mit dem Gedanken spielt, ist die Großhesseloher Brücke erste Wahl.

Doch des Lebens Lust sprudelt gerade. Nur fünf Minuten sind es bis zur Waldwirtschaft. An der Schänke holt er eine helle Maß und dazu ein Schnittlauchbrot, nimmt im hinteren, ruhigeren Teil des Gartens Platz, wo die scheppernde Dixielandband erträglich klingt und vom Tal der grüne Fluss heraufglänzt. Er prostet der schwarzen Lady im Lager zu, dann schwappt der erste Schwall in den erhitzten Mann.

An einem Nachmittag mitten in der Woche ist der Garten nicht stark besucht. Ihm fällt auf, wie viele Frauen hier allein sitzen. Fast alle haben die Sonnenbrille ins Haar geschoben und trinken Bier, wenn auch meistens aus Halbe- oder Weißbiergläsern. Wer mit dem Rad da ist, legt seinen Helm neben den Krug oder auf die Bank. Eine Zeitlang beobachtet Achberg einen Mann, etwa in seinem Alter, das lange graue Haar zum Schweif gebunden, der gebrauchtes Geschirr auf einem Servierwagen sammelt. So ähnlich stellt er sich Tom in zwanzig Jahren vor.

Darf ich?

Bitte!

Eine Frau setzt sich ihm am anderen Ende des langen Tisches gegenüber. Sie hätte mühelos einen freien Tisch gefunden, aber im Biergarten hockt man gern beieinander. Achberg nimmt ihre Annäherung als Kompliment, zumal sie keinen üblen Anblick bietet. Kurzes kastanienbraunes Haar, ein weißes Herrenhemd fällt über Bluejeans. Wenn sie lächelt, zeigt die junge Frau eine Menge gesundes Zahnfleisch und Mäusezähnchen, die Stupsnase gibt ihr etwas Kindliches. Etwa so alt wie Susan könnte sie sein, also Mitte dreißig. Auf ihrem Tablett ein gehäufter Teller saftiger Radispiralen und ein Halbekrug, gefüllt mit einer rosa Flüssigkeit.

Rhabarberschorle, sagt sie ungefragt, als habe sie seinen Gedanken erraten.

Wenn das Ihr ganzes Geheimnis ist, sagt er.

Sie sehen aus, als seien Sie mit dem Fahrrad da, erwidert sie.

An einem Helm ist das nicht zu erkennen. Schon aus ästhetischen Gründen würde Achberg nie einen aufsetzen. Schwitzt er so unmäßig, dass man die Fortbewegungsart auf Anhieb erraten kann?

Achberg ist nicht auf ihre Bekanntschaft aus, aber die Höflichkeit verlangt, ein paar Worte zu wechseln.

Sind Sie öfters hier?

Nicht so oft, wie ich wollte, sagt sie.

Sie wären mir bestimmt aufgefallen, sagt er.

Danke. Aber ich gehöre nicht zu den Frauen, die Ihnen auffallen.

Wären Sie ein Gemälde, könnte ich mich todsicher an Sie erinnern.

Das ist leider ungalant, ihm aber so herausgerutscht. Bilder, die ihm gefallen, vergisst Achberg tatsächlich nie.

Kunstexperte?

Anscheinend nimmt sie ihm den Lapsus nicht übel.

So würde ich es nicht ausdrücken, sagt er.

Ab jetzt werden Sie sich an mich erinnern. Wetten?

Es ist an der Zeit, einander vorzustellen: Achberg, sagt Achberg, und reicht ihr die Hand. Er erntet das Lächeln einer Sphinx.

Worin sind Sie Expertin?

Sie meinen, womit ich mein Geld verdiene? Sagen wir mit Informationen.

Eine Journalistin. Das würde zu ihr passen.

Kann man davon anständig leben?

Es soll sich witzig anhören, klingt aber herablassend. Achberg spürt es, wenn auch zu spät.

Kommt darauf an, was Sie unter anständig verstehen, sagt die Frau.

Ich bin niemand, der Angst davor haben müsste, in der Zeitung zu stehen, sagt er.

Kann sich schnell ändern.

Wollen Sie mir nicht doch Ihren Namen verraten?

Alexa.

Auf ihren vollen Namen will Achberg nicht bestehen, ist nun aber in Zugzwang: Ich bin Hans.

Weiß ich doch, sagt sie.

Klar, sagt Achberg, Informationen sind Ihr Geschäft.

Man kann auch anständig davon leben, wenn man es geschickt genug anstellt.

Irgendwie lebt heute jeder von Informationen, sagt er. Prost, Alexa!

Ja, doch, sie gefällt ihm.

Entscheidend ist, was man mit den Informationen anstellt, sagt sie.

Da kann er nur zustimmen.

Nehmen wir die Immobilienblase, sagt sie. So gut wie jeder wusste, dass sie platzt, aber kaum jemand stieg rechtzeitig aus.

Wem sagen Sie das! Sie sind Finanzberaterin?

Ja, lacht Alexa, so könnte man es nennen.

Er nickt ihr aufmunternd zu.

Was würden Sie mir raten?

Meine Informationen könnten Ihnen zum Beispiel helfen, Steuerzahlungen zu vermeiden.

Was wäre daran Besonderes? Eine ganze Branche lebt von legalen Steuertricks. Der Tag ist viel zu schön für so ein garstiges Thema.

Es sind aber spezielle, persönliche Informationen.

Noch immer kapiert Achberg nicht, doch die Begegnung beginnt ihn zu amüsieren.

Er wolle davon nichts hören, sagt er, sondern sich auf das Wichtige im Leben konzentrieren.

Das wäre?

Für ihn seien zwei Dinge wirklich von Bedeutung. Erstens die Kunst.

Achberg legt eine Pause ein.

Und das andere?

Schönheit, sagt er.

Oh, sagt sie, da haben Sie sich die beiden kostspieligsten Vergnügen ausgesucht. Sind Sie geschieden?

Auch das.

Doppelt kostspielig. Sie haben eine junge Geliebte?

Nehmen Sie es an?

Ruinös, falls Sie kein Patent zum Gelddrucken haben.

Achberg verrät, dass er seine Firma verkauft habe, um sich ganz der Kunst zu widmen.

Ich weiß, sagt sie.

Achberg sieht sie eine Weile lang schweigend an.

Woher kennen wir uns?

Es spielt keine Rolle, sagt sie. Sie haben der Verschwiegenheit Ihrer Bank vertraut.

Allmählich beginnt es zu dämmern.

Achberg nimmt noch einen Schluck aus dem Maßkrug und steht auf.

Ein Termin, leider, sagt er und wünscht einen erfolgreichen Tag.

Vor den Tatsachen sollten Sie nicht davonlaufen.

Wer sind sie?

Alexa.

Ihr Lächeln ist reiner Spott.

Alexa von Scheyn.

Wie Geldschein? Oder Anschein?

Scheyn mit Ypsilon.

Servus, Frau von Scheyn.

Sie stoppt ihn mit dem Umschlag, den sie aus der Tasche zieht und über den Tisch schiebt, einen Umschlag von der Art, wie sie in Behörden für interne Post Verwendung finden, mittelbraun, mit Löchern auf der Rückseite, damit zu sehen ist, ob sich ein Aktenstück darin befindet, auf der Vorderseite umrandete Felder, in die der jeweils nächste Empfänger eingetragen wird. Nur in einem einzigen Kästchen steht ein Name in aufrechten Druckbuchstaben. DR. ACHBERG. Oben auf dem Kuvert der Bundesadler und: *Der Bundesminister der Finanzen*.

Jemand erlaubt sich einen üblen Scherz mit ihm. Achberg hütet sich, den Umschlag auch nur zu berühren. Dennoch setzt er sich wieder hin.

Wenn ich Ihnen einen Gratisrat geben darf, werfen Sie bitte einen Blick auf das Schriftstück.

Er fasst den Umschlag noch immer nicht an.

Was wollen Sie?

Wenn Sie den Verstand benutzen, kommen Sie leicht darauf, dass ich auf Ihrer Seite stehe. Als loyale Bürgerin sollte ich meine Informationen besser den Finanzbehörden zur Verfügung stellen, was auch einträglich wäre. Sie kennen den Marktwert, er ist der Presse zu entnehmen. Die zuletzt bekannt gewordene Datendisk soll für eins Komma acht Millionen Euro unterwegs gewesen sein. Keine Bange, Hans, ich verkaufe nicht an den Staat, sondern mache Ihnen ein Angebot.

Sie wollen mich also erpressen, Frau von Schwein!

Bitte! Das ist nicht unser Stil.

Schweyn mit Ypsilon, wenn es unbedingt sein muss.

Machen Sie jetzt keinen Fehler, Herr Doktor Achberg.

Er rührt den Umschlag nicht an.

Wenn es Ihnen lieber ist, reden wir über Kunst, sagt sie. Es wäre wirklich ein Jammer, sollten Sie Ihre Sammlung wegen einer Unbesonnenheit verlieren.

Bei mir ist nichts zu holen, sagt er.

Eine Menge gesundes Zahnfleisch lacht ihn an.

Ein blöder Spruch aus früheren Zeiten fällt ihm ein: Was ist Erfolg? Ein Drittel Sein, ein Drittel Schein, ein Drittel Schwein. Schwein in doppelter Bedeutung. Alte Unternehmerweisheit.

Was verlangen Sie?

Gemessen an Steuernachzahlung, Zinsen und der verdienten Strafe wäre es ein ausgesprochen fairer Preis.

Sie macht ihm die Rechnung auf. Überschlägig habe er in Liechtenstein zwölf Millionen angelegt.

Aus regulären, versteuerten Einkünften!

Das entziehe sich ihrer Kenntnis. Die Rede sei nur von den Kapitalerträgen, vorsichtig gerechnet eine Million im Jahr. Sie sprächen über Steuerverkürzung im Umfang von rund einer halben Million Euro pro Jahr. Sechs Jahre lang, weshalb es sich juristisch gesehen um sechs eigenständige Delikte handele. Als Mehrfachtäter komme er mit einer Geldstrafe kaum davon, schon gar nicht angesichts der von ihm verursachten Schadenshöhe. Wenn er ihr nicht glauben wolle, möge er seinen Steuerberater oder Anwalt fragen.

Die Beträge sind frei erfunden!

Achberg bereut, dass er sich überhaupt auf die Debatte eingelassen hat.

Sie verlange kein Geständnis, sagt Frau von Scheyn, sie wolle ihm nur erheblichen Ärger und enorme Unkosten ersparen. Für ihre Bemühungen erlaube sie sich, ein bescheidenes Honorar zu berechnen. Fünfhunderttausend.

Sie ist wahnsinnig, denkt Achberg.

Ich habe das Geld nicht, sagt er.

Das interessiere den Staat leider nicht. Zur Debatte stünden Millionenzahlungen plus Freiheitsstrafe.

Weshalb geben Sie sich überhaupt mit mir ab, wenn die deutschen Behörden Ihren Diebstahl noch besser entlohnen?

Vielleicht aus politischer Überzeugung. Ich stehe auf Ihrer Seite.

Lächerlich! Sie wollen doppelt kassieren. Erst bei mir, dann beim Staat. Für wie dumm halten Sie mich?

Doch eigentlich leuchtet Achberg das Geschäftsmodell ein. Auf einer CD befinden sich Daten mehrerer hundert, womöglich einiger tausend Opfer. Nur wenige müssten erpresst werden, um ein Vielfaches dessen zu erlösen, was der Staat für die ganze CD bezahlen würde. Zwar wäre der Aufwand beträchtlich, doch das Risiko bliebe überschaubar. Die Opfer kämen in Teufels Küche, gingen sie zur Polizei.

Wenn Sie nur eine Sekunde lang nachdenken, Hans, ist die Sache alternativlos.

Alternativlos ist gar nichts, sagt er. Ich könnte auch von der Großhesseloher Brücke springen.

Verlieren Sie jetzt bloß nicht die Nerven. Wegen so einer Geschichte wirft man das Leben nicht weg. Und den schönen Tag wollen wir uns doch auch nicht verderben.

Auf der Visitenkarte, die sie ihm neben das nur halb verspeiste Schnittlauchbrot legt, ist außer ihrem Namen nichts zu finden.

Scheren Sie sich zum Teufel, sagt Achberg.

Aber Alexa schreitet bereits davon.

*

Achtung Schutzbereich. Fotografieren verboten. Zuwiderhandlungen werden mit bis zu 500 Euro bestraft. Hohe Mauern auf beiden Seiten der Straße, dahinter die Gebäude des Bundesnachrichtendienstes. Einige tausend Beamte werden nach Berlin in ein hässliches Betonmonster ziehen, dafür werden Steuern vergeudet. Achberg strampelt am alten Hauptquartier der Verschwender vorbei, kurvt durch den Ortskern von Pullach, dann durch den Park, rollt schließlich die stark befahrene, kurze, steile Straße zur Isarbrücke hinab.

An der einzigen Kehre fährt ein Wagen dicht auf. Obwohl er gefahrlos überholen könnte, bleibt der Wagen hinter ihm. Achbergs hohes Tempo verlangt, dass er sich ganz aufs Lenken konzentriert und sich nicht umdreht. Auch auf der Brücke will der Wagen ihn noch nicht passieren. Unmittelbar danach beginnt der nahrhafte Anstieg nach Grünwald. Achberg schaltet herunter, stampft hinauf mit brennenden Schenkeln, als gelte es sein Leben. Jetzt erst prescht der dunkelblaue Mercedes an ihm vorbei, ausgerechnet in dem Augenblick, als ein Möbelwagen entgegenkommt. Achberg würde gegen die Leitplanke geschleudert, spränge er nicht ab. Eine Hupe höhnt, als mache sich jemand lustig über den alten Sack, der Tour de France spielen muss. Ein Einschüchterungsversuch. Auf der steilen Abfahrt von Pullach herab durch den Wald wäre er leicht vom Rad zu stoßen gewesen und wahrscheinlich gegen einen Baum geprallt. Er sollte doch besser Helm tragen.

Die letzten Meter zum Ortsrand hinauf schiebt Achberg das Rad, ehe er nach links in die Dr.-Max-Straße einbiegt. Es sind jetzt nur noch wenige hundert Meter bis zu seinem Haus. Er wählt jedoch einen Umweg, gelangt über die Kastanienallee und die Zeillerstraße zum Hochuferweg und kehrt erst über die Dr.-Engelsperger-Straße zur Dr.-Max-Straße zurück. Ein dunkler Mercedes steht am Straßenrand.

Achberg wendet sofort. Am Hochuferweg stellt er sein Rad an den Lattenzaun eines Villengrundstücks, den Sattel als Trittfläche nutzend, überwindet er ihn. Efeubewachsene Stämme geben ihm Deckung. Unbemerkt erreicht er den Schuppen, dessen Rückseite direkt an sein Grundstück grenzt. Über einen Gartentisch stemmt er sich auf das schwach geneigte Pultdach, von dem er sich aufs eigene Territorium hinunter lässt. Der Eingang der mittleren der drei miteinander verbundenen Häuser im Landhausstil ist von der Dr.-Max-Straße nicht einzusehen.

Achberg fühlt sich beschmutzt, gedemütigt, bespuckt, ja, vergewaltigt. Es ist jetzt nichts mehr wie zuvor. Ein Rauschen im Kopf, aber nicht wie nach drei Litern Bier, eher wie nach drei Litern Kaffee. Kurz vor dem Zerspringen fühlt er sich und zugleich wie gelähmt, verwirrt, verstört und unfähig, sich zu setzen und den Verstand zu benutzen. Das muss aber sein. Auf dem Parkett streckt er sich aus, bemüht, den Atem zu kontrollieren. Vor ihm Judith, das Haupt des Holofernes in der einen, das Messer in der anderen Hand.

Zum ersten Mal ist er Opfer eines Verbrechens, und wenn er sich zur Wehr setzen will, braucht er nur die Polizei um Hilfe bitten – dann ist er gleich erledigt. Alexa von Scheyn – allein der Name die reinste Verhöhnung! Es scheint, als sei die Erpresserin – oder vielmehr, da es sich vermutlich nicht um eine Einzeltäterin handelt, die Erpresser – mit einer bisher nicht bekannt gewordenen Geschäftsidee auf dem Markt. Die Ware wird portionsweise vertrieben, der Gewinn vervielfacht. Das Motiv der Täter spielt keine Rolle, es dürfte sich um gewöhnliche Geldgier handeln. Was also, wenn das angeblich antifiskalische Motiv nur der Täuschung dient?

Jetzt geht mit mir die Phantasie durch, wehrt Achberg den Gedanken ab. Aber so ganz aus der Welt ist er nicht. Könnte er nicht tatsächlich einem Agent provocateur der Steuerfahndung aufgesessen sein? Zum Glück hat er gegenüber der angeblichen Frau von Scheyn nichts zugegeben, keine ihrer Unterstellungen bestätigt, auch nicht, dass sein Geld bei einer Liechtensteiner Bank liegt. Wer weiß schon, ob die Zahlen auf dem Papier im Umschlag des Bundesfinanzministers überhaupt stimmen oder ob sie frei erfunden sind. Wie soll er es so schnell nachprüfen?

Er hat beschlossen, das Papier in dem gelöcherten Aktendeckel nicht anzurühren, und daran hält er sich. Er wäre ohne Hilfe seines Steuerberaters nicht einmal in der Lage, festzustellen, ob es sich um eine Fälschung handelt.

Zielt die Aktion nur darauf ab, ihn so in Panik zu versetzen, dass er sich stellt? Würde sich ein professioneller Erpresser verhalten wie Alexa von Scheyn? Vor allem weckt Achbergs Misstrauen, dass sie über die Einzelheiten der vorgeschlagenen Transaktion kein Wort verloren hat. Auf ihrer Karte steht nicht einmal eine Telefonnummer.

Und wie schafft man sich einen Erpresser vom Hals, wenn die Polizei als Freund und Helfer ausfällt?

Allmählich kommt Achberg zur Besinnung. Endlich wählt er die Nummer seines Anwalts. Er wird sogleich zu ihm durchgestellt, was nicht immer der Fall ist.

Um größeren Schaden abzuwenden, rät Höfel zur unverzüglichen Selbstanzeige, zur Offenlegung sämtlicher Liechtensteiner und Schweizer Kontostände unter Angabe der Steuernummer, am besten gleich per Fax.

Wie kommen Sie darauf, ich könnte auch noch Konten in der Schweiz unterhalten?

Er meine ja nur. Was er ihm vorschlage, sei die Rückkehr zur vollständigen Steuerehrlichkeit. Signalisieren Sie umfassende Kooperationsbereitschaft und begleichen Sie umgehend die entzogene Summe per Barscheck!

Was heißt entzogen? Was umgehend? Woher nehmen? Vollständig gestehen kann er doch nur, dass er vollständig den Überblick verloren hat. Und der Barscheck ist wohl ein Witz.

Er werde mit der Bußgeld- und Strafsachenstelle im Finanzamt reden, schlägt der Anwalt vor. Die Bußgeld- und Strafsachenstelle gehöre zum Finanzamt, nicht zur Justiz. Ein wesentlicher Unterschied.

Um wie viel geht's denn?

Achberg sagt, auf eine Million mehr oder weniger könne er sich nicht festlegen.

Auweh, sagt der Anwalt. Dann kommen wir um den Staatsanwalt tatsächlich nicht herum.

Und ich lande im Loch.

Die Strafbefreiung sei in der Tat juristisch fragwürdig, muss Höfel dozieren. Grundsätzlich erspare ein Geständnis dem Täter nicht die Strafe. Dies aber sei bei Steuerstrafsachen dennoch häufig der Fall, weil der Staat seinen fiskalischen Interessen Vorrang einräume. Achberg nütze dem Staat im Gefängnis am wenigsten. Deshalb wäre eine Selbstanzeige bei der Strafzumessung in jedem Fall strafmildernd zu berücksichtigen, sein Schuldeingeständnis, seine Reue, sein guter Wille, den Schaden gutzumachen. So also versucht ihn Höfel zu beruhigen.

Wenn ich noch schnell eine Bank überfalle, könnte es klappen, sagt Achberg.

Hauptsache, Sie verlieren jetzt nicht Ihren Humor, sagt Höfel.

Deshalb verhandeln wir besser mit den Erpressern statt mit dem Staatsanwalt.

Tun Sie's nicht!

Im Übrigen, so Höfel, stammten die meisten Hinweise auf Steuersünder nicht von den berüchtigten CDs, sondern von rachsüchtigen Frauen.

Ich gestehe nichts, und ich bereue nichts, sagt Achberg.

Nichts ist zu wenig, sagt Höfel.

Was schlagen Sie vor? Anzeige erstatten gegen Frau von Scheyn, von der wir nicht einmal den richtigen Namen wissen? Falls sie der Polizei ins Netz geht, verbessert sich meine Lage erst recht nicht, allenfalls werden ein paar Leidensgenossen mit in die Sache hineingezogen.

Achberg sei verständlicherweise ein wenig durcheinander, meint Höfel. Er verspricht, sich bei der für alle Daten-CDs zuständigen Bochumer Staatsanwaltschaft vorsichtig zu erkundigen, ob bereits gegen Achberg ermittelt werde.

Sie wecken nur schlafende Hunde!

Eine Chance, mittels Selbstanzeige aus der Geschichte herauskommen, besteht nur, solange noch nicht gegen Sie ermittelt wird, sagt Höfel.

Was, wenn ich mich anzeige, Bochum aber noch gar keine Daten hat?

Dann bekommt Bochum die Daten von Ihnen.

An dieser Stelle will Achberg wissen, ob es nicht besser sei, unterzutauchen und auzuwandern.

Höfel lobt die Robustheit seines Humors.

Es spricht also alles dafür, auf die Erpressung einzugehen.

Dann ist Ihnen nicht zu helfen, sagt Höfel.

Worauf Achberg der Kragen platzt. Hören Sie, Herr Rechtsanwalt! Wir werden die Verwertung kriminell beschaffter Informationen anfechten, notfalls bis zum Europäischen Gerichtshof für Menschenrechte in Den Haag. Vater Staat als Hehler und Komplize und das in einem Rechtsstaat, Höfel! Wollen Sie das bestreiten?

Er bestreite alles, was Achberg wünsche, sagt Höfel.

*

Linoleum. Schmutziges Olivgrün. Starke Schleifspuren von scharrenden Füßen. Acht senkrechte Stäbe im Abstand von zehn bis zwölf Zentimetern, ein horizontaler Stab auf halber Höhe des quadratischen Fensters. Rechts vom Fenster die Kloschüssel, links das Waschbecken. Unterhalb der Maueröffnung ein winziger Fernsehempfänger. Die Fernbedienung in Griffnähe auf dem Tisch, einem an der linken Wand befestigten Klappbrett. Davor ein Schemel. An der rechten Wand der Zelle das schmale Bett. Decke und Kissen tagsüber im Bettkasten verstaut. Die Prozessakten im Spind neben dem Waschbecken. Etwa dreieinhalb auf zweieinhalb Meter Fläche.

Achberg liegt auf dem Bett, starrt gegen die betongrau getünchte Decke, auf den Streifen Himmel jenseits der Stäbe. Vollzug ist Entzug. Die größte Qual besteht im Nichtvergehenwollen der Zeit. Auf der schmalen Scheuerleiste an der Wand über dem Bett sind Fotos seiner Lieblingsarbeiten befestigt. Natürlich auch *Red Nude*.

Höfel hat abgeraten, ein Original mitzubringen, nicht einmal eine schlichte kleine Zeichnung. Nichts sei hinter Gittern sicher. Selbst anständige Kleidung während der U-Haft provoziere den Neid der Strafhäftlinge, den sie womöglich nicht unbeschadet überstehe. Das Essen, meint Höfel, würde Achberg erträglicher finden als befürchtet. Nicht besonders ausgewogen, nicht besonders gesund, aber genießbar, etwa wie in einer Jugendherberge. Ein weiteres Foto klemmt an der Unterseite zwischen Leiste und Wand. Immer, wenn er aufwacht, sieht er als erstes Susan.

Leider besitzt er noch immer kein einziges Foto von ihr. Es wird höchste Zeit, eines aufzunehmen. Erst einmal in Haft, wäre es zu spät.

Aus den düsteren Gedanken schreckt ihn das Telefon. Die Scheyn!

Es ist Klara.

Störe ich?

Du störst nie.

Ist was?

Was soll sein?

Du klingst seltsam. Anders seltsam als sonst.

Ich habe noch gar nichts gesagt.

Ich kenne dich.

Gegen dieses Argument einer Frau ist schwer anzukommen. Doch warum sollte er sie nicht ins Vertrauen ziehen? Wenn es hart auf hart kommt, kann er auf Klara bauen.

Bist du allein?, fragt sie.

Wer sollte denn da sein?

Die, deretwegen du so neben dir stehst.

Klara, ich werde erpresst. Von einer Frau von Scheyn. Scheyn mit Ypsilon. Details unmöglich am Telefon.

Klara beweist sofort ihre Stärke. Sie bemitleidet ihn nicht, sie packt an.

In einer Stunde bin ich bei dir.

In einer Stunde schon?

Bin zufällig in München. Da lasse ich dich doch nicht allein, Sweetheart, das wäre ja noch schöner.

*

Der Tag hat eine böse Wendung genommen. Am Morgen rechnete Achberg noch mit Susan. Das Bad glänzt, das Bett ist frisch bezogen, Champagner kaltgestellt. Dann der Schlag aus heiterem Himmel. Jetzt erscheint ihm Champagner unangemessen. Er tauscht ihn gegen Grauburgunder aus. Klara muss jeden Augenblick an der Haustür klingeln. Stattdessen vibriert das Handy.

Sweetie!

Susan!

Sie wolle bloß seine Stimme hören.

Jetzt muss er sich zusammenreißen, damit sie ihm das Desaster nicht anhört.

Ich schätze, sagt sie, du lässt die Lady keinen Augenblick mehr aus den Augen.

Welche Lady?

Die, in die du dich verloren hast.

Ach, ich … bin …

Hallo, Herr Achberg! Was hat dich denn so verwirrt? Die Lady in Black ist endlich bei dir, und du rufst nicht einmal bei mir an?

Versuchte es.

Ist sie nicht wunderwunderschön?

Sie ist wirklich … warum bist du nicht gekommen?

Wo bleibt die Begeisterung? Aber ich spüre es schon. Kaum gefreit, schon bereut. Du bist inzwischen vernarrt in *Red Nude*. Keine Bange, ich finde eine Lösung.

Susan, ich muss mich gerade auf etwas ganz … bin busy.

So sorry.

Es hört sich an, als mache sie sich lustig über ihn.

Er sei ihr gerade unheimlich nah.

Wie ist das jetzt wieder zu verstehen? Sie tönt aufgekratzt.

Du bist doch nicht etwa auch in München?

Das fehlte gerade noch.

Tut mir echt leid, sagt Susan. Vielleicht kommen wir ja auch so miteinander auf Touren.

Wärst du hier, wäre der Tag anders gelaufen.

Jetzt bist du anderweitig verabredet, stimmt's?

Natürlich nicht. Du ahnst nicht, wie ich …

Dann machen wir es ganz schnell, Sweetie. Du darfst mich überall berühren.

Am Telefon?

Am Telefon. Hast du noch nie am Telefon …?

Können wir nicht später …

Fass mich an!

Ich soll …

Stell dich nicht so an! Ich sage dir jetzt, was du mit mir machst.

Susan, ich stehe gerade etwas unter Druck.

Glaube ich gern. Mach endlich!

Achberg meint, ein leichtes Stöhnen zu vernehmen.

Ja, mach!

Ich mach doch gar nichts.

Dein Zeigefinger wird frech.

Soll ich ihn zurückpfeifen?

Lass ihn! Er schaut sich nur da und dort um.

Dort auch?

Nicht die feine Art, einer Dame den Finger dorthin zu stecken, sagt sie. Wie fühlt es sich an?

Wie soll es sich schon anfühlen. Susan, was soll das?

Nimm dir alles, was du brauchst!

Wenn du wüsstest, was ich jetzt gerade brauche.

Worauf wartest du noch.

Es klingelt.

So hat es kommen müssen. In seiner Not legt Achberg

einfach auf. Schon während er zur Haustür geht, hört er das Handy erneut. Susan ist mit ihm noch nicht fertig.

Klara drückt ihn so innig, als handle es sich um einen Trauerfall. Das Telefon scheint sie nicht zu stören.

Jetzt erzähl!

Der Anwalt rate zur Selbstanzeige.

Anwälte müssten so reden. An einem ordentlichen Verfahren verdienten sie am meisten.

Während er das Gröbste berichtet, lässt sie seine Hand nicht los. Sie macht ihm keinen Vorwurf, urteilt nicht, verurteilt schon gar nicht. Allein ihre Anwesenheit sorgt dafür, dass er nicht durchdreht.

Wir können jetzt erst mal gar nichts tun, sagt sie, außer nicht verrückt zu werden. Wie aber wird man nicht verrückt, wenn jemand sechshunderttausend Euro erpresst?

Noch ist nichts passiert, sagt Klara. Eine Frau von Scheyn mache Wind. Das sei alles. Außerdem sagt Klara, sie könne etwas im Magen vertragen.

Er bekommt keinen Bissen hinunter und bestellt telefonisch Ente für sie. Süßsauer.

Er müsse aber etwas essen, sagt sie.

Macht es dir etwas aus, das Bestellte bei Long Men selbst abzuholen, ich muss das Telefon bewachen.

Long Men?

Goldene Brücke.

Sie lacht.

Was daran so komisch sein soll, bleibt ihm ein Rätsel.

Während sie die Ente abholt, deckt er den Tisch, entkorkt den Grauburgunder, legt eine CD auf, John Coltrane, A Love Supreme, nimmt das kleine Kunstbuch von Fischli und Weiss zur Hand, das nur aus Fragen besteht, und blättert zerstreut darin herum. *Findet mich das Glück?*

Die Türklingel lässt ihn zusammenfahren. Natürlich Klara.

Ist dir auf der Straße ein blauer Mercedes aufgefallen?

Sie will nichts bemerkt haben.

Wahrscheinlich sieht er Gespenster. Wäre ja nur normal.

Nudelsuppe hat sie ihm mitgebracht, damit er etwas in den Magen bekommt.

Die Suppe tut gut, der Wein besser.

Entspann dich!

Sie liegt dann mit ihm im Bett und passt gut auf ihn auf. Frau von Scheyn ruft nicht mehr an. Susan auch nicht.

FÜNF

Lucian Freud: Woman with
Eyes Closed, 2002, Öl auf Leinwand, 30,5 × 25,4 cm

In Judiths rechter, reich beringter Hand steckt das lange Messer wie ein Zepter. Die linke Hand, ins lockige Haar gekrallt, hält das Haupt des Feldherrn, der gesagt haben soll, es wäre eine Schande, ein solches Weib vorbeizulassen, ohne mit ihr verkehrt zu haben. Das Vermeiden dieser Schande hat Holofernes mit dem Leben bezahlt. Als biblischer Fall von militantem Feminismus steht Judiths Mord bei Klara in hohem Ansehen, nicht als patriotische Tat.

Sie liegt noch im Bett, als sie die Entfesselte auf dem hochformatigen Gemälde betrachtet, einer modernen Version eines ihr unbekannten Künstlers nach Hans Baldung Grien. Üppig gelocktes Rotblond, maliziöses Lächeln, mädchenhafte Brüste. Das rechte, seltsam ums linke herum geschlungene Bein verschattet die Scham, ohne sie zu verdecken. Klara mag das Bild nicht. Es bleibt weit hinter Gustav Klimts Darstellung zurück, Judiths von doppelter Lust glühendes Gesicht, Lust am gerade genossenen Sex mit Holofernes, Lust am gerade vollzogenen Töten.

Hans ist schon wach, stellt sich jedoch schlafend.

Bleib ruhig liegen, sagt Klara, ich finde mich schon zurecht.

Sie gleitet aus dem Bett und sieht sich um.

Das also ist sein Domizil. Tatsächlich nicht opulent, auch wenn es so scheinen will. Im Grunde nur zwei Räume. Im oberen Geschoss bilden Bad und Schlafzimmer eine Einheit. Weißer Marmor, sehr kühl, das Bett so frei in den Raum gestellt wie die an einen römischen Sarkophag erinnernde Wanne. Kleider und Schuhe in einer angrenzenden Kammer, denn der Kunst darf kein Schrank in die Quere kommen. Die Bilder hängen ohnehin zu dicht beieinander.

Das ist im Erdgeschoss nicht anders. Eine offene Küche, Esstheke, zwei schwarze Le-Corbusier-Sofas auf Rotahornparkett, keine Teppiche, keine Vorhänge, keine Blumen, nirgends eine Kerze oder sonst ein gewöhnlicher Gebrauchsgegenstand. Für Kunstbände nur ein niedriges Regal. Freier Blick auf Kunst. Geschmack kann man Hans nicht absprechen, Wohnlichkeit ist etwas anderes. Trotz all der Frauen ringsherum fehlt ein lebendiger weiblicher Geist, der diesen Ausstellungsraum in eine Wohnung verwandeln würde.

Klara lässt zwei Tassen Nespresso aus der Maschine laufen und nimmt den Kaffee mit hinauf ins Schlafbad. Hans sitzt im Bett, starrt vor sich hin wie noch nicht ganz da.

Kein Wunder, dass du vor so einer blutrünstigen Frau schlecht schläfst, sagt Klara.

Auf dem Unterteller, den sie ihm reicht, das Kärtchen.

Das da lag vor der Tür.

Alexa von Scheyn. Auf der Rückseite mit der Hand in Druckbuchstaben: Zwölf Uhr. Pinakothek der Moderne. Kein Wort davon, wie das Geld übergeben werden soll.

Wir stehen das gemeinsam durch, sagt Klara.

Die Zeit sei zu knapp bemessen, um die Summe aufzutreiben, meint er.

Das wissen auch die Erpresser. Sie halten dich auf Trab, klar. Du gehst da hin, und dann sehen wir weiter.

Hans bringt kaum ein Wort heraus. Klara knetet seinen Nacken.

Es gibt keinen Grund, zu verzweifeln, du aber machst ein Gesicht, als sei Tom entführt worden.

Lass ihn aus dem Spiel!

Ich meine doch nur, es geht nicht um ein Menschenleben, sondern bloß um Schotter.

Dann sei ja alles kein Problem. Er stöhnt.

Du fährst mit mir, sagt Klara.

Hans aber besteht darauf, den eigenen Wagen selbst zu steuern, vermutlich fühlen sich Männer dabei am sichersten.

Du hättest den Kopf frei, wenn ich fahre. Aber wie du willst.

Allein will er sein.

Hans verlässt das Haus zunächst nur, um das Fahrrad zu holen, das er am Tag zuvor am Zaun der Villa abgestellt hat, dummerweise nicht abgeschlossen. Wie befürchtet, kommt er ohne Rad zurück. Kurz darauf hört Klara ihn mit kreischenden Reifen auf der Rampe der Tiefgarage. Danach macht sie sich selbst auf den Weg.

Sie findet einen Parkplatz in der Theresienstraße, einen Katzensprung nur von der Pinakothek der Moderne entfernt.

Da Hans nicht in der Lage gewesen ist, für Frühstück zu sorgen, plagt sie Hunger. An der Theke der Museumscafeteria holt sie sich ein Stück Mohnkuchen und einen Cappuccino, und da alle Tische besetzt sind, fragt sie ein weibliches Paar, ob sie sich dazusetzen darf. Die Frauen mit identischen grauen Kurzhaarfrisuren verwehren es ihr nicht, stellen nur ihre Unterhaltung ein. Ohnehin herrscht eine seltsam sakrale Stimmung in der dreieckigen Halle mit den haushohen schlanken Betonsäulen. Ein Museumsbau wie der von Stephan Braunfels benötigt nicht unbedingt Kunst, um zu beeindrucken, das schafft er ganz allein.

Über die sich nach oben weitende Prachttreppe in der großen Rotunde steigt Klara hinauf zur Kunstsammlung. Von dort oben kann sie diagonal durch den ganzen Bau sehen. Ganz in der Nähe fällt ihr eine Lightbox von Jeff Wall auf. *Fight on the sidewalk.* Zwei Männer raufen, ein dritter schaut unbeteiligt zu. Die ganz oben um die Rotunde herumlaufende Galerie erreicht Klara über eine schmale gewundene Treppe. Sie beobachtet tief unter sich Mütter mit Kinderwagen, einen Mann in einem Rollstuhl, eine Gruppe älterer Herrschaften auf mitgebrachten Klappsitzen, die den Worten eines Führers lauschen, Schulkinder, die mit ausgebreiteten Armen auf dem Boden liegen und einen Stern bilden. Aber niemand ist zu sehen, von dem Klara annehmen könnte, an anderem interessiert zu sein als an einem Museumsbesuch.

Um Punkt zwölf erscheint Hans am Fuß der Prachttreppe. Er hält das Handy ans Ohr. Was er wohl mit wem gerade jetzt so dringend zu besprechen hat? Eine Aufseherin in blauer Uniform sticht auf ihn zu, Hans steckt das Telefon sofort weg, offenbar gilt dessen Verwendung hier als so etwas wie Gotteslästerung. Er steigt die grandiose

Treppe hinauf, weshalb ihn Klara vorübergehend aus den Augen verliert. Sie verlässt ihren Beobachtungsposten und geht zur Hauptebene hinab. Irgendwo im Labyrinth der Säle wird Hans eine Nachricht empfangen, zwischen den Filz- und Fettobjekten des Joseph Beuys vielleicht. *Das Ende des 20. Jahrhunderts:* ein mit Basaltblöcken gefüllter Raum, in dem Klara Hans tatsächlich wiederfindet.

Sie verhält sich wie eine gewöhnliche Museumsbesucherin, lässt ihn aber jetzt nicht mehr aus den Augen. Ihr fällt eine attraktive Bohnenstange auf, die mit ihrem Smartphone so gut wie jedes Bild aufnimmt. Auch, wenn es erst so aussieht, kümmert sie sich nicht um Hans; nur er kann es nicht lassen, ihr hinterher zu starren.

Die wunderbaren Frauendarstellungen in diesen Sälen kennt Klara von früheren Besuchen. Es muss etwas bedeuten, dass die Erpresser ausgerechnet hier mit Hans Kontakt aufnehmen. Klara kann sich nicht vorstellen, dass er in dieser Umgebung irgendetwas unternimmt, was seine Sammlung gefährden würde. Hier ist die Droge hochdosiert, nach der er süchtig ist. Die Augen des *Lustmörders* blitzen unter dem Bett hervor, auf dem Heinrich Maria Darringhausen das Mädchen und die Katze, auf den Nachtkasten daneben den Pfirsich und die Pistole gemalt hat. Karl Hubbuchs langbeinige *Wilde Hilden* lehnen lässig an einer Wand, und die blanken Brüste von Max Beckmanns *Frau mit Mandoline* korrespondieren mit den Formen des Instruments. Beckmann ist überhaupt der größte Frauenmaler. Überwältigend seine *Große Sterbeszene*. Um die ausgemergelte Leiche herum hat er die Trauernden gruppiert, zusammengekrümmt auf einem Stuhl und händeringend am Kopfende; beherrscht aber wird das Werk vom prallen Gesäß einer nackten jungen Frau, die mit gegrätschten Knien vor der Toten hockt. Tod und Eros. Hans steht lange davor.

Aber nichts geschieht.

Er setzt seinen Rundgang fort, verschwindet kurz hinter einem Vorhang. Das Video, das dahinter gezeigt wird, liebt Klara. Auf der Orgelempore einer gotischen Kirche spielt ein Orchester ein Stück von Bach, dazu gibt ein gemischter Chor schauerliche Töne von sich, mehr Stöhnen, Krächzen, Brummen denn Gesang, was den Dirigenten jedoch nicht irritiert. *Gesangsstunde II* von Artur Zmijewski zeigt nämlich den Chor einer Gehörlosenschule, Mädchen und Jungen in Schuluniformen. Auf einmal stürzt Hans durch den Vorhang und blickt verstört nach allen Seiten. Klara ist sofort bei ihm.

Im Dunkel des Videoraums sei er an der Schulter berührt worden, habe jedoch niemanden erkennen können.

Die einen sind taub, die anderen blind, sagt Klara.

Doch Hans hat seinen Sinn für Humor ebenso eingebüßt wie seine Lust an den Rätseln der Kunst. Klara führt ihn zurück zur Gesangsstunde. Im flackernden Licht der Projektion liegt ein weißes Kärtchen auf dem Boden. Hans bückt sich.

Die vertraute Visitenkarte. Auf der Rückseite handschriftlich in Blockbuchstaben: ZRH. 1000 × 500, NN. RIMOWA TROLLEY ALU 64 × 43 × 24 cm, 2 R. LH 666. 15. 7.

Vor Aufregung ist Hans außerstande, die Botschaft zu entziffern. Klara übersetzt sie ihm. Die Erpresser nehmen die Lieferung der Summe morgen nach Ankunft von LH 666 am Flughafen Zürich/Kloten gern in Empfang. Sie wünschen den Betrag in einer bestimmten Stückelung nicht nummerierter Euro-Noten in einem genau bezeichneten Aluminiumkoffer der Marke Rimowa.

Wozu der spezielle Koffer?

Hans kapiert gar nichts. Klara geleitet ihn zum Durchatmen in die Cafeteria hinunter. Dort organisiert sie auf ihrem iPhone die Flüge. Business Class.

Verdammt früh am Morgen!

Es ist ihre einzige Beschwerde.

Hans stellt sinnlose Fragen. Warum die Geldübergabe nicht irgendwo in München stattfinden könne?

Es ist doch nicht schwer zu begreifen, dass es da erstens nichts mehr zu diskutieren gibt und zweitens keine Zeit zu verlieren ist. Während Klara handelt, spinnt Hans abwegige Ideen.

Er besitze eine Pistole.

Mit der willst du bezahlen?

Die Pistole habe er, nicht das Geld.

Es wäre Mord. Willst du dich schon wieder unglücklich machen wegen einer Frau? Das *schon wieder* streichen wir.

Es wäre Notwehr.

Glaubst du, damit würdest du die Erpresser los?

Nein. Aber der Gedanke tut gut.

Du benötigst deinen Kopf für sinnvolle Überlegungen.

Er nennt Klara furchtbar vernünftig.

Als erstes brauchen wir das Geld, sagt sie.

Ist der Wisch in der Mappe überhaupt eine solide Grundlage für Verhandlungen?

Ihr reicht ein kurzer Blick.

Ich fürchte ja, sagt sie, an deiner Stelle würde ich die Sache nicht auf die leichte Schulter nehmen.

Mit wem haben wir es überhaupt zu tun?

Gute Frage, sagt Klara, aber nicht zielführend. Es bringt uns keinen Schritt weiter, darüber zu spekulieren, wer Alexa von Scheyn oder ihre Hintermänner sein könnten. Jetzt geht es um Bares.

Wenn die Gangster das Geld schon in Zürich übernehmen wollen, läge es doch nahe, mir die Gelegenheit zu geben, es zuvor in Liechtenstein zu besorgen, sagt Hans.

Ich stecke in ihnen nicht drin, sagt Klara, außerdem haben wir keine Zeit für theoretische Überlegungen. Ich mache das Geld locker.

Hans protestiert sofort. Das könne er nicht annehmen.

Hast du eine bessere Idee?

Er wolle mit ein paar Leuten sprechen, Freunden, Bankberatern.

Ich kriege das hin. Ich will es wenigstens versuchen.

Wo willst du es hernehmen? So einen Betrag abzuheben, verstößt gegen das Geldwäschegesetz. Es sei denn, du schaltest die Polizei ein. Ich schlage vor, du besorgst den richtigen Koffer. Ich kümmere mich um den Rest.

Vielleicht spürt Hans trotz seiner Panik, was Klara für ihn leistet. Und weshalb sie alles gibt. Dafür will sie nicht das größte aller Worte in den Mund nehmen. Entweder er fühlt es, oder er fühlt es nicht. Er muss jetzt gar nichts sagen. Bitte! Wie es in ihm aussieht, kann sie sich denken. Für seine Gefühlsstürme zwischen Ohnmacht und Zorn bringt sie jedes Verständnis auf. Er kann auf sie zählen. Dass sie seine Zuneigung nicht kaufen kann, weiß sie auch.

*

Klara hat es in den vergangenen Stunden geschafft, fünfhunderttausend Euro zu besorgen. Wie, ist Hans schleierhaft. Er fragt nicht nach den Details, wundert sich bloß. Und muss Klara bewundern, die darüber hinaus auch noch Häppchen von Dallmayr mitgebracht hat, Rehpastete mit Preiselbeeren, Schinkenröllchen mit grünem Spargel. Serviert wird an der Esstheke.

Hans rührt nichts an.

Morgen wird alles gut, sagt Klara und schmatzt ihm herzhaft auf den Mund, ehe sie in einen Garnelenschwanz beißt.

Wir schließen einen Vertrag, sagt sie.

Was für einen Vertrag?

Ich will nicht, dass du mir gegenüber mit einem schlechten Gewissen herumläufst oder gar mit übertriebener Dankbarkeit. Deshalb machen wir jetzt aus der Sache ein glasklares Geschäft.

Hans versteht noch immer nicht.

Du leistest für mein Geld eine Sicherheit.

Klara zeigt auf das kleine Bild über der Esstheke. Lucian Freud. *Woman with Eyes Closed.*

Sie hat es schon am Abend zuvor kaum aus den Augen lassen können. Wenn sie Hans um ein Bild beneidet, dann um dieses, das vielleicht kleinste, aber aufregendste seiner Sammlung. Klein ist es gemessen an den anderen Leinwänden Lucian Freuds, auf denen meist nackte Menschen merkwürdig verkrümmt auf zerknüllten Laken liegen, aufgedunsen oder heruntergemagert, mit wie entzündet wirkenden Geschlechtsteilen, verbraucht und abgenutzt, doch voller Lebensgier. Würde und Wahrheit widersprechen einander nicht, wenn man malen kann wie Freud.

Woman with Eyes Closed. Das Porträt einer Frau. Schläft sie oder ist sie nur in Gedanken versunken? Eine Landschaft von Gesicht. Satte Pinselstriche, erdfarben, rot, gelb, violett, weiß, orange, lassen die Struktur der Knochen unter dem Fleisch erkennen. Klara wäre lieber von Lucian Freud gemalt als von seinem Großvater analysiert worden, obwohl es vermutlich auf dasselbe hinausliefe – nur mit unterschiedlichen Mitteln.

Sogar die Queen hat sich von Freud malen lassen, mit Krone, die auf dem Bild so mit ihrem Haar verschmilzt, als sei sie mit dem Ding schon auf die Welt gekommen. Wahre Künstler nehmen keine Rücksicht auf das Selbstbild ihrer Modelle. Man benötigt gesundes Selbstbewusstsein, sich so treffend gemalt zu ertragen. Kompensiert wird das sichtbare Elend nur vom glanzvollen Namen des Künstlers, der sein Opfer gewissermaßen in die Kunstgeschichte befördert. Klara hat es nicht nötig, sich stundenlang im Spiegel zu betrachten. Sie weiß auch so, wer sie ist. Anyway.

Freud hat seine Modelle ausschließlich im legendären Atelier in Holland Park gemalt. Auf Fotos sind Berge von Bettwäsche zu sehen, die er zum Säubern der Pinsel benutzt hat, mit Farbe zentimeterdick beschmierte Wände, ein Sessel und Matratzen wie aus dem Sperrmüll. Der Ort hat jedoch die Porträtierten verwandelt, ja, verzaubert. Klara erinnert sich an ein berühmtes Bild von Lucian Freud: *Der Maler und sein Modell*. Der Maler nackt auf dem Bett, das angezogene weibliche Modell stehend vor ihm, einen Pinsel in der Hand.

Painting is always about power, zitiert Klara Freud, dann erläutert sie Hans ihren Vorschlag.

Ich stelle dir die Summe bar zur Verfügung, dafür bekomme ich *Woman with Eyes Closed*, bis du mir das Geld zurückzahlen kannst.

Sein Gesicht verwandelt sich in ein Schreckens- und Trostlosigkeitsgelände, wie es Lucian Freud nicht eindrucksvoller hätte darstellen können.

Zu deiner Beruhigung, Sweetheart: Ich verpflichte mich selbstverständlich, es nicht zu veräußern. Es bleibt in der Familie, auch wenn du mir nichts zurückzahlen kannst. Sollten wir einmal zusammenziehen, hast du es jeden Tag vor Augen, wie mich selbst.

Hans wirkt willenlos.

Oder hast du eine Idee, wie du bis morgen früh fünfhunderttausend Euro in bar auftreiben kannst? Dann mach bitte auch nicht so ein Gesicht!

Bevor sie ins Bett gehen, werden die Geldbündel in den nagelneuen Koffer gepackt, viel Platz bleibt nicht, um sie mit Kleidungsstücken zu drapieren.

Hans hat sich seit dem Schock in der Waldwirtschaft nicht mehr rasiert. Klara findet, dass es ihm steht. Der Gram gibt seiner Männlichkeit Kontur. Sie reibt ihre Wange an seinen Stoppeln. Ein wenig mehr Dankbarkeit könnte er schon zeigen in dieser Nacht. Doch sie versteht seine Mattigkeit, verlangt auch im Bett nicht zu viel und nimmt die Sache so weit wie möglich selbst in die Hand.

*

Als Hans Achberg am nächsten Morgen aus unruhigen Träumen erwacht, erfasst ihn auf einmal der dringende Wunsch, nie wieder etwas mit Geld zu tun haben zu wollen. Er ist es durchaus gewohnt, mit Gedanken an Geld aufzuwachen, aber dass die in ihm nun einen so starken Widerwillen verursachen, hat er noch nie erlebt, nicht einmal in Situationen stärkster Anspannung und Übermüdung.

Was ist mit mir geschehen, denkt er. Ist es ein Traum? Wie wäre es, wenn ich noch ein wenig weiterschliefe und alle Narrheiten vergäße?

Es wird Zeit, sagt Klara.

Der Gedanke an Geld stößt ihn so sehr ab, dass er sich vorstellt, ein Kind zu sein oder entmündigt oder ein Mönch in einem Bettelorden. Alle Lasten des Lebens fallen von ihm ab, sobald er sich einbildet, mit Geld nicht mehr in Berührung kommen zu müssen. Und schon hockt wieder der Dämon auf seiner Brust, der ihn zum Sklaven seines Geldes abrichtet. Im Bett wird er mit dem Nachdenken zu keinem vernünftigen Ende kommen. Doch verzögert ein leichtes Unwohlsein, ein Schwindel, das Aufstehen. Sein Körper fühlt sich in eine Lage versetzt, in der er sich kaum bewegen kann.

Los jetzt, Hans! Alles o.k.?

Was soll schon o.k. sein?

Das Wetter ist umgeschlagen, es regnet in Strömen. Auf der Autobahn geraten Klara und Hans wegen eines

Unfalls bei Neufahrn in einen Stau. Sie aber hat die Störungsmöglichkeit einkalkuliert, und es besteht kein Grund zu der Besorgnis, das Flugzeug zu versäumen.

Es gibt genug andere Sorgen. Der Koffer ist gerade eine Nummer zu groß, um als Kabinengepäck durchzugehen. Das Geld hätte auch in eine kleinere Tasche gepasst. Klara versucht, Achberg zu beruhigen; das Risiko, das Handgepäck bei der Personenkontrolle öffnen zu müssen, wäre größer, als den Geldkoffer aufzugeben.

Wie recht sie hat, stellt sich gleich heraus. In der Aufregung hat Achberg sein Necessaire ins Handgepäck gesteckt. Jetzt muss er den Aktenkoffer öffnen, und es werden ihm Nagelfeile und Schere abgeknöpft.

Sie sitzen nebeneinander, Klara am Fenster, Achberg auf einem Mittelplatz. Ihre Hand greift nach seiner Hand, als gelte es Flugangst zu besiegen. Über das, was ihn bewegt, darf er mitten unter Leuten nicht sprechen.

Irgendwie kommt Klara darauf, von ihrer Liebe zu London zu erzählen. Drei Jahre hat sie an der Themse verbracht, mit Arnfried, der gerade zu der Zeit im Dorchester arbeitete, als des großen Anton Mosimanns Stern aufging. Mosimann aus Twann, der heute in seinem eigenen Privatclub *only for members* kocht. Sie schwärmt noch immer von dessen Rendez-vous de fruits de mer à la crème de basilic, dem Perdrix aux raisins de muscat, den unvergleichlichen Feuilletés aux framboises. Dabei ist sie damals noch nicht so verfressen gewesen wie heute.

Ob sie nicht einfach nur still sein wolle, fleht Achberg. Er kann jetzt nicht nur nichts zu sich nehmen, sondern auch kein Wort übers Essen vertragen.

Landung auf die Minute. Achberg tigert am Gepäckband auf und ab. Klara verliert die Koffer nicht aus den Augen. Und schon schnappt sie sich ihn, den nagelneuen Rimowa aus schimmerndem Aluminium.

Und nun?

Hab Geduld, Hans! Bitte!

Sie warten, bis alle anderen Passagiere ihr Gepäck in Empfang genommen haben.

Sie flögen um Viertel vor vier zurück, teilt Klara mit. Vorsichtshalber habe sie diesen Flug bereits gebucht.

Was macht man mit fünfhunderttausend Euro einen halben Tag lang in Zürich?

Man wird sie los, sagt Klara.

Mit dem Taxi fahren sie in die Stadt.

Bitte kein Rösti, kein Geschnetzeltes, keine Bahnhofstraße, überhaupt kein Klischee, sagt Hans.

Ja, was denn dann? Ins Café Sprüngli am Paradeplatz?

Ich bin schon bedient, sagt Hans.

Du musst keine schlechte Laune verbreiten, rügt Klara. Ich bin mir sicher, wir erhalten bald einen Anruf. Möchtest du einen Witz hören, den man sich in der Schweiz erzählt? Wie kommt man am leichtesten zu Bargeld? Man muss nur beobachten, wie Deutsche am Paradeplatz aus den dort liegenden Banken kommen, ins Sprüngli gehen und dort ihre Aktenkoffer neben sich auf den Boden stellen, um an der Ladentheke Luxemburgerli zu kaufen. Jetzt muss man nur noch schnell zugreifen.

Sie sitzen dann nicht vor Schümlikaffee und Rüblitorte, sondern auf Achbergs speziellen Wunsch in den Bänken des Großmünsters und meditieren vor Sigmar Polkes atemberaubenden Fenstern aus dünn geschnittenen Halbedelsteinen, die den berühmteren Fenstern von Chagall drunten im Fraumünster, wie Klara findet, um Längen voraus sind. Und zu essen gibt es danach nichts Schweizerisches. In einer Bodega nicht weit von Zwinglis altem Amtssitz, lässt es sich Klara schmecken. Jamón Ibérico, fett, mürb und würzig.

Hans, du musst essen!

Er kann nur flüssige Nahrung zu sich nehmen. Nach dem zweiten Glas Wein kommt er auf die Idee, nachzusehen. Mit dem Koffer verschwindet er auf der Toilette, öffnet ihn, schließt ihn mit zitternden Händen. Kreidebleich kommt er zurück.

Hans! Musstest du dich übergeben?

Er kann sich kaum noch auf den Beinen halten.

Hans!

Du hast den falschen Koffer vom Band genommen, stöhnt er.

Den falschen? Bullshit!

Das Geld ist weg.

Nicht das Geld, nur der richtige Koffer, stellt Klara ungerührt fest.

Sie klappt den Koffer mitten in der Wirtsstube auf. Gefüllt ist er mit guter Schweizer Schokolade. Pralinen von Sprüngli und Lindt.

Klar, sagt sie, die Koffer wurden vertauscht. Der hier sieht genauso aus wie der andere.

Aber weshalb?

Es gibt diesen Koffer dutzendfach.

Und das Geld?

Achbergs Stimme ist nur noch ein mattes Röcheln.

Beruhige dich! Das Geld ist dort, wo es hin soll. Die

richtigen Empfänger haben den Koffer vertauscht. Wozu sonst hätten sie von dir genau dieses Modell verlangt?

*

Auch *Women with Eyes Closed* passt wie angegossen in diesen Koffer, einschließlich Rahmen und Luftkissenhülle. Klara besteht darauf, das Bild in genau diesem Koffer mitzunehmen. Sie hat das Recht dazu.

Achberg hat noch nie ein Meisterwerk aus seiner Sammlung verloren. Wie viel es tatsächlich wert ist, lässt sich nicht feststellen, solange es nicht auf dem Markt angeboten wird. Weniger als fünfhunderttausend, wie Klara vermutet? Für Achberg ist es so oder so unbezahlbar.

Sie nascht von den Pralinen und telefoniert dabei endlos mit ihren Töchtern, mal mit der einen, mal mit der anderen. Und sie rückt nicht mehr von Achbergs Seite.

Er versucht, seine Gedanken auf *Red Nude* zu fokussieren. Es hilft ja nicht, zu resignieren. Das Leben geht weiter. *Red Nude*: Als hätte Susan Modell gestanden. Wie er sie finanzieren soll, steht auf einem anderen Blatt. Aber das ist es, was Achberg jetzt an sich selbst gefällt, dass er sich nicht einmal in der niederschmetterndsten Situation die Freude an der Kunst nehmen lässt. Es gibt Wichtigeres als Erpresser und Steuerfahnder.

Wenn erst einmal *Red Nude* im Haus ist, wird er Susan immer vor Augen haben, wenn er in der Wanne oder im Bett liegt. Die blutrünstige Judith und der unvorsichtige Holofernes müssen weichen.

Ich brauche dringend Schlaf, sagt Achberg. Nimm es mir nicht übel.

Klara hat verstanden. Sie packt, was noch zu packen ist, und bringt es hinaus zu ihrem Wagen.

Sie habe noch eine Überraschung für ihn, sagt sie und öffnet die Heckklappe. Komm, fass an!

Es ist ein in Luftpolsterfolie gehülltes Paket, gut einen Meter lang.

Damit er heute nicht ganz allein sein müsse. Enjoy!

Als er im Haus das Paket öffnet, kommt die Arbeit ans Licht, die Klara seit Basel immer wieder erwähnt hat. Der zentralasiatische Mona-Lisa-Verschnitt. Altmeisterlich gemalt, von hoher handwerklicher Qualität, doch leider nicht Achbergs Fall.

Morgen schon wird er ihn ins Lager einliefern.

SECHS

Anselm Kiefer: Purificatio Dissolutio Coagulatio, 2011, Öl, Emulsion, Acryl, Schellack, Kreide und Blei auf Leinwand, 190 × 380 × 10 cm

Um die millionenschweren Werke vor Brand zu schützen, wird der Luft in den Hallen nachts Sauerstoff entzogen. Achberg aber kommt es vor, als sei schon jetzt, am späten Vormittag, nicht mehr genügend verfügbar. Womöglich macht ihm aber auch nur die Höhenluft zu schaffen auf diesem Gipfel der Gegenwartskunst. Wildromantische, vegetationslose, umwölkte Schroffheiten, aufgetürmt aus zentimeterdicken Schellackschichten. Objekte aus Blei sind in die Steilwände montiert, ein Unterseeboot, eine übergroße Klistierspritze, ein altertümliches Blasinstrument. Dazu rätselhafte Kreideschriften.

als Arche verließ es die Strasse, so wardst du gerettet ins Unheil … Athanor … das Salz der Erde … Dissolutio… tönend wie des Kalbs Haut die Erde … Ek-sistence …

Exciting!

So powerful!

Immer wieder was Neues!

Such an European spirit!

Einer, der die Welt zertrümmert.

Und sie neu zusammensetzt!

Absolutely!

Kannst du mit so einem Monsterbild überhaupt etwas anfangen? Ich meine, hast du dafür Platz?

Tönend wie des Kalbs Haut die Erde: You know what it means?

Should I?

Ich versteh's nicht.

Du musst nicht alles verstehen.

Über allen Gipfeln ist Ruh, versteh ich ja auch.

Siehst du!

Der Künstler im anthrazitgrauen Gehrock.

Erster Adorant: Hinter allen Gipfeln Großes, Unaussprechbares!

Zweiter Adorant: Nie zuvor solche Massive!

Der Künstler: Durchaus bereits in den Siebzigern.

Über eine Version des Massivs steht geschrieben: *Das himmlische Jerusalem*. Im Tal darunter: *Gaza*. Zum bequemeren Verständnis ist eine Kalaschnikow auf die Leinwand montiert.

Zweifellos ein Großereignis der Saison, diese Vernissage. Achberg erkennt es schon an den Limousinen, die sich in einem Gewerbegebiet Salzburgs stauen. Dabei ist die Präsentation der fast sechs Meter breiten und vier Meter hohen Leinwände nur der Auftakt. Zwei Stunden später folgt die Eröffnung in der Galerie am Mirabellgarten mit etwas kleineren Formaten, darunter dem Gemälde, auf das es Achberg abgesehen hat. Die Kreideschrift im Bild lautet *A.E.I.O.U.*, und eine riesige Säge aus Bleiblech haftet am Berg. Es ist derselbe Gebirgsstock wie auf allen anderen Arbeiten der neuen Werkgruppe.

Das Opus wird für siebenhundertfünfzigtausend Euro angepriesen. In einigen Monaten wird es auf dem Sekundärmarkt vielleicht das Doppelte wert sein. Die Farbe ist noch kaum trocken, da gelten Anselm Kiefers Arbeiten schon als klassisch.

Eindeutig kein Bildnis einer Frau. Achberg hat auch nicht vor, es seiner Sammlung einzuverleiben. Er will es bloß haben, um es später mit Gewinn versteigern zu lassen. Diesmal kann Susan leider nicht helfen.

Sein Problem ist: Großsammler und Museumsdirektoren haben sich in den vergangenen Tagen bereits vor Ort oder im Netz einen Eindruck verschafft und sich als Kaufinteressenten vormerken lassen. Der größte Teil der neuen Werkgruppe ist schon zu Beginn der Vernissage praktisch vergeben. Da ein gewissenhafter Galerist wie Bartholomäus Zorc darauf achtet, dass die Arbeiten seiner Künstler nicht in die Hände gewissenloser Spekulanten fallen, die nur darauf aus sind, sie mit Gewinn weiterzuveräußern, weiß Achberg, dass er nicht als erste Adresse gilt. Die Galerie verdankt ihm zwar einige Verkäufe, als Kiefer-Sammler aber ist er bisher nicht aufgefallen. Andere stehen vor ihm.

Doch scheint ihm das Glück gewogen. Ein Mitarbeiter der Galerie setzt ihn vertraulich davon in Kenntnis, dass ein Sammler aus den Vereinigten Staaten seine Vormerkung für *A.E.I.O.U.* nicht aufrecht halte. Das lässt darauf schließen, dass der Preis zu hoch angesetzt ist. Achberg bräuchte dringend Klaras Rat.

Die Leute hier amüsieren ihn mehr als die Breitwandschinken. Man muss nur genau hinsehen, dann sind sie zu entdecken, die roten Socken unter Maßanzugshosenbeinen, die über blütenweißem Hemdkragen hinwegschwingende Männermähne, sublime Abweichungen von der Konvention, minimale Verwegenheiten und Eitelkeiten, durch die Sammler den Anspruch auf eigenes Künstlertum mehr und weniger dezent, mehr und weniger gelungen zum Ausdruck bringen. Künstlerkollegen Kiefers dagegen erkennt Achberg auf den ersten Blick an ihrer demonstrativen Hemdsärmeligkeit.

Glockentöne. Ständig läuten Glocken in Salzburg. Jetzt untermalen sie die Szene auf der Bühne der Kunst, inszeniert als Amalgam aus Party, Weiheakt und Wichtigtuerei. Wer leidenschaftlich sammelt, braucht so ein Event nicht, denkt Achberg. Wer es braucht, sammelt vor allem Aufmerksamkeit.

Basic Error. Nicht mit Kreide geschrieben, sondern mit Swarovski-Steinen auf die Bluse einer Sammlerin genäht. Ein eierschalenfarbener Doppelreiher aus Leinen. Ein Schlangenhautoverall.

Achberg ist weder ergriffen von der Kunst des Megamythomanen noch von seinem Gefolge, dessen Privatvermögen zusammengenommen an das Bruttosozialprodukt eines kleineren Nationalstaats heranreichen dürfte.

Ein launiger Experte spricht. Der Professor amüsiert sich über *decadent folks*, rühmt des Künstlers *poetic metaphors*, die er für *quite political in a way* hält, und stimmt am Ende seiner Rede eine Arie aus Samson und Dalila an. Man ist schließlich bei den Salzburger Festspielen.

Der Vorhang zum dritten Akt hebt sich nach Einbruch der Dunkelheit in einem fürstlichen Anwesen an der Schlossallee Hellbrunn. Fackeln leuchten Achberg den Weg.

Er durchquert die Eingangshalle der ockergelben Villa, tritt erneut ins Freie, steht nun auf einem Balkon, und genießt den wahrhaft fürstbischöflichen Anblick des tiefer gelegenen Parks. Zu seinen Füßen ein ovales Brunnenbecken – das große Auge eines wohlgefälligen Gottes. Seine Wimpern sind lange Tafeln, weiß gedeckt, von Kerzenlicht erhellt. Die in der Tiefe des Raums gestaffelten Großplastiken kann Achberg mühelos den namhaftesten Meistern der Gegenwartskunst zuordnen; zweifellos streben sie alle ihrer Unsterblichkeit entgegen. Gleichwohl wird ihr Werk überragt von der majestätischen Eiche vor mondhellem Himmel. Diesen Zauber könnte der beste Champagner nicht steigern. Es tut auch ein gewöhnliches Glas Wein. Die Großzügigkeit des sich stets bescheiden als Diener und Liebhaber der Kunst gebenden Geschäftsmannes zeigt sich gerade nicht im Demonstrieren von überflüssigem Luxus, sondern einzig im Privileg, das er denen gewährt, die in dieser Stunde an diesem magischen Ort zugelassen sind.

Ehe Achberg auf einer der beiden geschwungenen Treppen zum Park hinabschreitet – Geringeres als Schreiten ließen sie nicht zu –, nimmt er im Inneren des Schlösschens die Stufen hinauf zu den oberen Etagen. Madame Picasso stellt sich ihm vor, was weder Zufall noch Theater sein kann, an diesem Wunderort darf alles nur authentisch sein, geleitet den Gast mit gereiftem Charme durch die private Kollektion des Händlers, die diesen als Hohepriester des Erlesenen bestätigt. Alle Ehrfurcht vor den Dingen der Gegenwart muss jedoch im zweiten Stock verstummen, im Originalambiente eines Saals, in dem einst der junge Mozart konzertierte, heute, Madame

Picasso erwähnt es, gelegentlich Lang Lang. Mit der uralten Eiche im Park hätte Achberg sein Leben gern getauscht.

*

Zu Klaras Auftritt ist die Suppe bereits serviert. Zu spät aus Bad Godesberg weggekommen, dann noch vom Stau auf der Autobahn zwischen Brunntaldreieck und Holzkirchen aufgehalten, hat sie die Doppelvernissage versäumt.

Kein Drama. Sie wird ja sechs Tage lang in Salzburg bleiben, drei Opern, zwei Konzerte besuchen. Hans ist ihr offizieller Begleiter. Auch heute bei Bartholomäus. Hans selbst hat es vorgeschlagen. Nicht, um sich in ihrem Glanz zu sonnen, sondern weil er sich in die dumme Idee verbissen hat, mit Kiefer zu spekulieren. Sie hat ihm dringend abgeraten, aber es ist ihm nicht auszureden gewesen.

Hans also zu ihrer Linken. Zu ihrer Rechten Paul, ein Galerist aus Chelsea, Manhattan, der hinreißend charmant Obamas Elend erklärt. Wie alle nichtvegetarischen Amerikaner liebt auch Paul Tafelspitz. Noch mehr liebt er *apple strudel*. Es wird jedes Jahr Tafelspitz und apple strudel aufgetragen. Danach wird getanzt. Anselm ist heute der König der Berge, und Bartholomäus kann ihm keinen Wunsch abschlagen, das Tanzen so wenig wie den Hubschrauber, mit dem er vom Haus auf dem Berg nach Salzburg hinunter transportiert wird und wieder hinauf wie ein Staatspräsident.

He's so romantic, sagt Paul.

Er lässt seine Puppen tanzen, sagt Klara.

Ein Discjockey legt Scheiben der Sechziger und Siebziger auf. Cliff Richards, Beatles, Beach Boys. Auf dem eigens ihm zu Ehren installierten Tanzboden zeigt sich Anselm unermüdlich. Keine Nummer lässt er aus und keine Dame. Kundinnenbetreuung wäre ein allzu schnödes Wort dafür, Kommunion ein allzu pathetisches. Der Weltklasseromantiker erkundigt sich bei Klara, wie das Hotelbusiness denn so laufe und berichtet von Überlegungen, Frankreich aus steuerlichen Gründen zu verlassen.

Hans vermittelt ihr den Eindruck, als sei ihm die Hopserei peinlich. Anyway. Als dann allerdings Simon and Garfunkel an der Reihe sind, taut er auf. *Like a bridge over troubled water.* Klara legt die Arme um seinen Hals. Schwofen wie vor vierzig Jahren. Cheek to cheek.

*

Darf man in diesem unbegreiflich gelungenen Ensemble aus Kunst und Natur noch rauchen? Achberg wagt es, zumal Schwärme winziger, beutegieriger Mücken die Nacht bevölkern. Er verdrückt sich dazu in den hinteren Teil des Geländes, wo er auf ein Schwimmbecken stößt. In die steinerne Umrandung sind lateinische Sentenzen eingelassen, in hellen, metallenen Lettern blitzt eine weitere herauf vom Grunde des Pools. Ehe Achberg ein Wort entziffern kann, spricht Liz ihn an.

Es ist nicht Frau von Scheyn. Es ist Liz. Sie ist allein. In den vergangenen Jahren hat Kaspar die Festspiele nie versäumt.

Leider sei er in einem erbarmungswürdigen Zustand, berichtet sie.

Was ist geschehen?

Ob Hans sich an Kaspars Giacometti-Skulptur erinnere?

Wer sie einmal gesehen hat, vergisst sie nicht mehr, antwortet er.

Kaspars größte Liebe, sagt Liz. Wer sie ihm nehme, nehme ihm mehr als sein Eigentum. Am Montag sei es geschehen, vor vier Tagen, laut Protokoll um elf Uhr fünfzehn.

Etwa fünf Stunden zuvor, erzählt Liz, sei sie aus dem Schlaf gerissen worden, ausnahmsweise nicht von Sorgen, sondern von ungewohnt heftigen Geräuschen. Motorenlärm, Türenschlagen, Stimmen. Vom Schlafzimmerfenster habe sie ein weißes Campingmobil mit einer ungewöhnlich großen Antennenschüssel auf dem Dach beobachtet, unverzüglich ihren Anwalt aus dem Schlaf geklingelt und ihn gebeten, die Polizei zu verständigen. Die habe sich in diesem Augenblick allerdings bereits auf dem Anwesen befunden; die Fernsehleute mit dem Übertragungswagen hätten es rechtzeitig erfahren.

Stell dir vor, acht Fahrzeuge rollen in die Einfahrt, als ob es sich um den Großeinsatz gegen einen Drogenboss handelte, zwei graue Transporter, drei Zivilfahrzeuge und drei Streifenwagen. Kaspar schläft noch in seinem Zimmer, nahm ich an.

Um ihm den Schock zu ersparen, sei Liz im Bademantel die Treppe hinabgesprungen, um zu öffnen. Ein gutes Dutzend Beamte, teils bewaffnet in Uniform, teils in Zivil. Eine penetrante Person mit einer Dauerwelle wie aus Draht gewickelt habe ihr ihren Dienstausweis unter die Nase gehalten. Dr. Silvana Hellbrügge, Staatsanwältin.

Liz schluckt schwer, sosehr quält sie die Erinnerung.

Und dann?

Guten Morgen, wir haben hier einen Durchsuchungsbeschluss gegen Herrn Kaspar Freithaler.

Liz zieht dazu eine Fratze.

Unverzüglich unterrichten solle sie Kaspar. Sonst tun wir es!

Was bleibt dir anderes übrig als zu parieren, sagt Achberg.

Die Frisur habe darauf bestanden, zwei ihrer Krieger mit hinaufzuschicken. Begründung: Fluchtgefahr. Lächerlich! Um einen Rest von Anstand bittend habe sich Liz Kaspars Schlafzimmer genähert. Die Tür habe bereits offen gestanden. Von einem Überfallkommando sei dieser Mann anscheinend nicht aus der Ruhe zu bringen. Er habe bereits mit Horn telefoniert, dem Anwalt. Die Beamten hätten nicht gewagt, ihn dabei zu unterbrechen.

Der unerschütterliche Kaspar!, sagt Achberg.

Der Anfang vom Ende, sagt Liz.

Kaspar habe die Beamten darum gebeten, seine Privatsphäre zu respektieren. Leider vergeblich. Man untersagt ihm zu duschen, sich die Zähne zu putzen und zu rasieren, anziehen muss er sich unter Beaufsichtigung.

So viel zu den Menschenrechten in unserem angeblichen Rechtsstaat, kommentiert Achberg. Er spürt den Zorn aufsteigen, kann die Gemeinheit spüren, die den Freund traf.

Er hat sich das alles gefallen lassen?

Mit bewundernswerter Noblesse, sagt Liz.

Sorgfältig habe Kaspar die lichtblaue Krawatte zum zementgrauen Anzug gewählt, den cognacbraunen Krokogürtel zu cognacbraunen Oxfordschuhen. Nachlässigkeiten hätte er sich als Zeichen von Schwäche niemals erlaubt.

Wie verhält man sich richtig in so einer Situation?

Kaspar wusste es, sagt Liz. Und ich weiß es inzwischen auch.

Achberg stellt sich unwillkürlich vor, wie es ihn selbst trifft. Er wäre vollkommen ratlos.

Es gebe klare Regeln, sagt Liz, Kaspar habe sie ihr sofort mitgegeben. Wenn du gefragt wirst, ob du mit der Mitnahme von Akten, Papieren, Rechnern einverstanden bist, antwortest du was?

Wohl oder übel Ja, ich könnte es ja nicht verhindern.

Fehler! Du darfst auf gar keinen Fall zustimmen. Stimmst du zu, gilt die Mitnahme von Gegenständen als Sicherstellung. Gegen eine Sicherstellung hilft dann nicht einmal mehr der liebe Gott. Was gegen den erklärten Willen der Beschuldigten mitgenommen wird, ist nicht sichergestellt, sondern beschlagnahmt. Gegen eine Beschlagnahmung wiederum stehen Rechtsmittel zur Verfügung.

Woher soll ich das wissen?

Es kommt genau auf solche Spitzfindigkeiten an, sagt Liz. Ohne Anwalt bist du verloren.

Nichts freiwillig herausrücken, nichts unterschreiben, den Mund halten, rekapituliert Achberg. Kein Sterbenswörtchen! Ruhe bewahren! Dich nicht provozieren lassen!

Glaub mir, wenn es soweit ist, bist du nicht mehr klar im Kopf, sagt Liz.

Achberg schlägt nach einer Mücke in seinem Nacken.

Im Nu sei alles auf den Kopf gestellt gewesen. Die Frisur habe sich das Esszimmer als Kommandozentrale ausgesucht. Stapel von Papieren auf dem großen Nussbaumtisch, Bündel noch nicht gefalteter Kartons zum Abtransport des beschlagnahmten Materials lehnen an der Wand. Wenn der Art-Deco-Tisch den geringsten Kratzer abbekomme, zerkratze sie ihr die Visage, habe Liz getönt, Kaspar sie zur Mäßigung ermahnt.

Ich bewundere Kaspars Kaltblütigkeit, sagt Achberg.

Die Geschichte ist noch nicht zu Ende, sagt Liz. Am Anfang habe er tatsächlich den Durchsuchungsbeschluss regungslos durchgelesen.

Den Durchsuchungsbeschluss?

Gegen Kaspar Freithaler wird nach den Paragraphen soundso und soundso Durchsuchung angeordnet. In diesem Stil!

Unfassbar, sagt Achberg. Was hat Kaspar nicht alles für diesen Scheißstaat getan. Hunderte von Millionen Abgaben und Steuern sauber bezahlt, großzügig geschenkt und gestiftet.

Und dann diese Behandlung, nickt Liz.

Die Dauerwelle habe erklärt, sie suche Unterlagen, die Kaspars schwere Straftaten belegten, Schriftverkehr, Bankdokumente, Depotauszüge etc. im gesamten Anwesen einschließlich aller Nebengebäude. Gleichzeitig würden Kaspars Firmenbüro, seine Berliner Repräsentanz, sowie Philipps Wohnung durchsucht.

Nicht einmal euren Sohn lassen sie in Ruhe.

Sicher ist nur das Refugium in Klosters. Offenbar wird die ganze Republik gerade umgegraben nach den Millionen, die Kaspar dem Staat angeblich vorenthält.

Was unternahm eigentlich euer Anwalt?

Gute Frage. Horn traf erst nach einer geschlagenen

Stunde ein. Liz habe ihn gebeten, sofort den Justizminister einzuschalten. Oder den Finanzminister. Am besten beide. Kaspar hat ihnen mehr als nur einen Gefallen getan. Ihn aber lässt die barbarische Willkür kalt.

Wofür bekommt er sein Geld?

Horn habe sich tatsächlich beschwert über die Unerhörtheit, ihm sei die Zufahrt zum Grundstück zunächst verweigert worden. Das sind doch wohl Kindereien, Frau Kollegin!

Kollegin!, ereifert sich Achberg.

Die Bullen, so Liz, hätten in jedem einzelnen Raum ein Durcheinander veranstaltet, in den Gästezimmern, in der Küche, sogar im Bügelraum. Allen gleichzeitig auf die Finger zu schauen sei unmöglich. Vor nichts machten sie Halt, vor nichts zeigten sie Respekt, nicht vor dem Wäscheschrank, nicht vor privaten Fotoalben und Briefen. Sie hätten einander sogar ihren Schmuck vorgeführt! So ein Klassenkampfflittchen habe sich einen Ring angesteckt, ein Collier an den ungewaschenen Hals gehalten. Als Liz dazwischenfunkte, habe ihr Horn auch noch Vorwürfe gemacht, statt auf der Stelle eine Dienstaufsichtsbeschwerde einzulegen.

Ja, dürfen die das denn?, sagt Achberg.

Sie dürfen so gut wie alles.

Wie ist das möglich unter einer bürgerlichen Regierung?

Das ist gut, sagt Liz.

Gut, wieso?

Weil es genau meine Worte gewesen sind. Willst du Horns Antwort hören? *Er* habe die ja nicht gewählt. Sie sei auch noch so dumm gewesen, Kaffee zu offerieren.

Eigentlich sei der Kaffee bloß für Horn vorgesehen gewesen, damit der endlich in die Puschen komme. Aber dann habe sie auch der Frisur und den Bullen warme Getränke angeboten, Kinderstube könne man leider nicht verleugnen. Unterdessen sei Kaspar in der Bibliothek in seinen Sessel versunken und habe in einem Kunstkatalog geblättert, als interessiere ihn der Überfall nicht.

Hat der Anwalt denn gar nichts unternommen?

Schon. Dabei sei es um Details gegangen. Immerhin Details. Auf dem sogenannten Schlagnahmeverzeichnis steht: »Zwei Tüten mit DVDs«. Horn besteht darauf, genau zu zählen und jede einzelne DVD aufzuführen. Das mache jetzt leider Arbeit. Es sind exakt dreihundertweißnicht DVDs. Und genau dreihundertweißnicht will er wieder zurückhaben. Alles Beschlagnahmte ist zu versiegeln, darauf achtet Horn. Sein Pochen auf pedantische Korrektheit, offenbar das einzige Mittel der Gegenwehr.

Ich hätte sinnlos herumgebrüllt, sagt Achberg. Man hätte einen Arzt rufen müssen, um mich zu beruhigen.

Er wirft seinen Zigarettenstummel mit einer heftigen Bewegung in den Pool.

Das ist ein Kunstwerk, Hans!

Sorry. Ich spüre eben alles am eigenen Leib.

Als sich die Beamten auch für die Autos interessiert hätten, habe Horn ihr Vergnügen gestoppt, sich auf den Sitzen ihres Porsche auszufurzen. Von Automobilen habe nämlich kein Wort in dem Durchsuchungsbeschluss gestanden. Also weg mit den Wichsgriffeln vom Lenkrad. Hätte Liz gewusst, dass die Autos tabu sind, hätte sie ihre heiligsten Sachen im Porsche in Sicherheit gebracht, sagt sie.

Danke für den Tipp, sagt Achberg.

Dann räum bitte auch die Knarre weg, falls du zufällig eine herumliegen hast. Kaspar hat seine seit Jahren unangerührt in einer Schreibtischschublade. Ein sogenannter Zufallsfund. Unerlaubter Waffenbesitz. Und wie die Bullen feixten!

Am Ende der Tortur habe sich Kaspar geweigert, seinen guten Namen unter irgendeinen Wisch zu setzen. Seine Seelenruhe habe die Frisur erst richtig heiß gemacht. Entweder er äußere sich zur Sache, oder … Daraufhin habe Horn Kaspar dringend geraten, freiwillig mitzugehen. Andernfalls hätte sie einen Haftbefehl aus der Tasche gezogen.

Achberg streichelt Liz mitfühlend den Oberarm. Die ist mit ihrem Katastrophenreport noch immer nicht zu Ende.

Das Schlimmste steht Kaspar erst bevor. Der Arrest.

Also doch!

Hätte man Kaspar selbst eingesperrt, wäre es für ihn erträglicher gewesen, sagt Liz. Man habe aber den Giacometti aus dem Haus befördert, in den *dinglichen Arrest*, so heiße das, weil nach Ansicht der Frisur die Gefahr bestanden habe, dass Vermögen zu Lasten des geschädigten Staates zur Seite geschafft werde.

Schon ihre Sprache macht mich wahnsinnig, sagt Achberg.

Der blöde Advokat habe dazu bloß genickt, berichtet Liz. Ausgerechnet am Giacometti, am Bronze-Körper einer Frau habe die Staatsmacht ihr Mütchen gekühlt.

Achberg schüttelt entsetzt den Kopf.

Der Wert der Figur betrage sechsundzwanzig Millionen Euro, habe die Frisur behauptet. Unsinn! Der letzte

Giacometti dieser Größe unter dem Hammer habe gerade einmal sieben Millionen gebracht.

Ein unverkäufliches Kunstwerk hat einen unschätzbaren Wert, aber doch keinen Preis, sagt sie. Nicht alles auf dieser verdammten Welt ist käuflich.

Es geht nicht in verblödete Beamtenschädel hinein, dass der Materialismus Grenzen hat, sagt Achberg.

Jetzt sei es leider vorbei gewesen mit Kaspars Beherrschung. Kaum hat der Staatsmob den Giacometti aus dem Haus geschleppt, sei der stolze, bis dahin fabelhaft beherrschte Mann zerbrochen, er habe gewinselt und geweint, sei nicht mehr zu beruhigen gewesen, auch nicht mit der Zusicherung, nur Fachspediteure legten Hand an die Skulptur, der Staat sei schließlich nicht an einem Wertverlust interessiert.

Liz weint jetzt auch.

Achberg nimmt sie in den Arm.

Die Frisur hat ihn auf dem Gewissen, sagt Liz.

Kaspar wird es überleben, sagt Achberg.

Er ist nicht mehr der Kaspar, den du kennst, sagt Liz.

Achberg ist, nachdem er die Geschichte gehört hat, auch nicht mehr der Achberg, der er einmal gewesen ist.

*

Kaum hat er Liz wieder nach vorn gebracht zu den Tischen am Brunnenoval, macht Achberg kehrt zum Pool. Es wird Zeit, mit Susan zu telefonieren, dort kann er es ungestört tun.

In Salzburg ist es Viertel nach elf, in London Viertel nach zehn. Susan nimmt nicht ab. Sie sind verabredet … aber nach seiner Zeit oder nach ihrer?

Als er aufblickt vom Telefon, sitzt Klara auf der Umrandung des Beckens. Sie wird doch jetzt nicht mit ihm da hinein wollen. Zuzutrauen wäre es ihr.

Kann ich behilflich sein …

Dieser Tonfall! Als sei er ihr eine Erklärung schuldig, weshalb er sich unerlaubt von ihr entfernt habe.

Kaspar geht es nicht gut, sagt er.

Ich weiß, sagt sie. Liz hat mir alles erzählt.

Klara zündet sich eine Zigarette an und qualmt so theatralisch wie in einem französischen Spielfilm in Schwarz-Weiß. Die Hand auf Höhe der Schultern, der glühende Punkt in der Nacht. Fragil trotz Korpulenz. Der DJ hat *Michelle* aufgelegt.

Wo übernachtest du?, fragt sie.

Den Namen seines Hotels an der Ausfallstraße nach Süden will er ihr nicht zumuten. Zu Beginn der Festspiele ist es nicht leicht, etwas Günstiges zu finden.

Du kannst nicht mehr fahren, sagt Klara.

Sie wohnt im Sacher, wo sonst. Aber er lässt sich heute auf nichts mehr ein. Es scheint ihr nicht zu passen. Noch ehe sein Gutenachtkuss ihre Lippen erreicht, zieht sie hastig an der Zigarette und stößt ihm den Rauch ins Gesicht.

Im Hotel wählt er erneut Susans Nummer. Nichts. Seine Kurzmitteilung besteht aus einem Fragezeichen. Eine halbe Stunde später schickt er zwei Fragezeichen, um eins, in England ist es Mitternacht, drei. Er nimmt an, dass sie nicht zu Hause ist.

Kurz darauf vibriert sein Handy.

Entschuldige bitte, sagt Klara. Ich weiß, wie du dich fühlst, die Geschichte mit Kaspar geht dir zu allem anderen an die Nieren. Es ist besser, ich komme.

Danke, es ist wirklich nicht nötig.

Ihn quält durchaus noch immer die Befürchtung, eine Daten-Disc könnte bei den Finanzbehörden gelandet sein. Seit Liz ihm von Kaspars traumatischem Erlebnis erzählt hat, ist seine Angst davor dramatisch gestiegen. Aber darüber will er jetzt nicht klagen, damit er nicht noch einmal von Klara hören muss, dass er sich unnötige Sorgen mache.

Mit ihm sei wirklich nichts mehr anzufangen, sagt sie und legt auf.

Genau genommen hat er es mit zwei übermächtigen Gegnern zu tun: Vater Staat und Mutter Natur. Einer von beiden kommt ihm immer in die Quere. Unglücklicherweise ist er nicht mit dem Temperament von Linus gesegnet, der sich mit beiden amüsiert wie ein Torero mit den Stieren.

Ohne Hoffnung wählt er noch einmal Susans Nummer.

Hi, Sweetie!

Es klingt, als freue sie sich maßlos über seinen unerwarteten Anruf.

Immer, wenn ich an dich denke, sehe ich *Red Nude*, sagt er.

Die stehe neben ihrem Bett, sagt Susan, und immer, wenn sie sie sehe, denke sie an ihn.

Ich wäre jetzt gern bei euch beiden.

Heuchler! Du bist viel lieber in Salzburg.

Warum kannst du nicht hier sein!

Weil sie sich weder etwas aus Anselm Kiefer noch aus Wolfgang Amadeus noch aus Schickimicki mache.

Aus mir machst du dir wohl auch nichts.

Du hast doch Klara.

Falls ich in London wirklich kein Hotel mehr benötigen sollte, sitze ich schon morgen früh im Flugzeug.

Dann müsste er sich entscheiden, wozu er absolut nicht in der Lage sei.

Eifersüchtig auf Klara? Lächerlich.

Die habe ihn am Wickel, behauptet Susan.

Eine uralte Freundin, es lohnt sich nicht, darüber auch nur einen Satz zu verlieren. Ich sitze allein in meinem Hotel. Und du?

Sie schaue sich gerade Schneewittchen an.

Märchenstunde?

Es masturbiere, und die Nasen der sieben Zwerge sähen aus wie dicke, fette Pimmel.

Paul McCarthy, der zottelige Zausel. Ein neuer Ausstellungskatalog?

Hier! George W. Bush, wie er gerade ein Schwein fickt. Mechanische Installation aus Fiberglas, Hartschaum, Silikon, Metall, in einwandfreiem technischen Zustand inklusive Handbuch zum Preis von ... Bush ist eine Okkasion!

Was du nicht sagst. Vögelnde Präsidenten machen kein Schwein mehr an. Und wer will denn noch sehen, wie ein betagter Künstler sich in Hackfleisch wälzt und Barbiepuppen in den Hintern steckt.

Er wisse doch, dass sie etwas übrig habe für ältere Herren.

Er ignoriert den Satz.

McCarthys phallisch-anal besetzter, expressionistischer Symbolismus attackiert eine triebgesteuerte Politik, die die Welt in den Ruin treibt, liest Susan vor. Aber sie wolle nicht den Eindruck erwecken, als sei sie schon wieder auf Telefonsex aus. Dazu sei er nicht in der richtigen Stimmung.

Am nächsten Morgen erfährt Achberg in der Galerie, dass *A.E.I.O.U.* verkauft, eine andere Arbeit im gleichen Format dagegen überraschenderweise noch zu haben sei. *Purificatio Dissolutio Coagulatio*. Der Titel, in Kreide über den Gebirgsstock geschrieben, beziehe sich auf drei von zwölf Stufen des *Opus Magnum*, also der Umwandlung eines Stoffes in Gold, wie ihm ein promovierter Mitarbeiter der Galerie im lässigen Tonfall des Eingeweihten erklärt. Die alchemistische Transmutation von Materie: Ausdruck innerer Wandlung.

Einmontiert in die mächtige Bildwand ist diesmal ein kleiner Käfig, in dem ein Ei aus Gips liegt. Wie man Öl, Acryl, Schellack, Kreide und Blei in Gold verwandelt, versteht dieser Künstler wie kaum ein zweiter. Dennoch will Achberg dessen Kunst heute noch weniger überwältigend vorkommen als gestern.

Kaufen oder nicht kaufen? Wenn er auf Kiefers Alchemie wirklich bauen könnte. Ist Kieferkaufen tatsächlich seriöser als Börsenzocken?

Achberg verzichtet. Vielleicht ein Fehler. Im Übrigen wäre ein Kiefer'sches Monumentalopus etwas, was dem Staatsanwalt als beeindruckende Beute erscheinen könnte. Auf so etwas Hohem stehen Beamte. So entkäme am Ende mit Kiefers Hilfe *Red Nude* dem dinglichen Arrest. Aber auch von dieser Überlegung lässt sich Achberg nicht mehr umstimmen.

*

Nur ein Steinway steht auf der größten Opernbühne der Welt. An den Tasten Daniel Barenboim, das Genie im weißen Anzug, und die Netrebko, die genau so aussieht, wie sich ihre Lieder anhören. Brokat, bodenlang, bordeauxrot zu Rimski-Korsakow vor der Pause, schwarzer Samt zu Tschaikowsky nach der Pause.

Dazwischen vergleicht Hans den Liederabend mit einer Buttercremetorte. Er ist wirklich keine leichte Kost für einen Gentleman, der musikalisch, sagen wir, ein wenig unterernährt ist. Klara ist nicht entgangen, dass ihm gelegentlich die Augen zufallen. Dann wäre es freilich gescheiter, wenn er seinen Senf für sich behielte, statt damit die russische Kirschtorte, wie er die Netrebko nennt, zu bekleckern. Sie hat etwas zugelegt, aber muss man das diskutieren? Soll er es hinunterschlucken und später nachspülen. Der Abend ist superb, Klara stolz darauf, überhaupt Karten ergattert zu haben, sie will sich das Hochgefühl nicht nehmen lassen, schon gar nicht von Hans, dem sie die Eintrittskarte geschenkt hat.

Klara trägt eine ultramarinblaue Wucht von Kleid. Schulterfrei. Über ihren großen Ohren prangt ein Fünfkaräter.

Mouthwatering, sagt Hans.

Er bemüht sich vergeblich. Zwar ist es immer wieder ein Erlebnis, gestandene Herren mit großen Augen vor ihrer Auslage stehen zu sehen, doch Hans will sie heute das Kompliment nicht abnehmen. Anyway.

Sie ist nicht allein mit ihm. Die anderen Girls: Lady Lucy, vorbildlich restauriert, von der zartbitteren Melancholie des russischen Kulturguts wie aufgedreht. Sophie, die, wie sie sagt, selbst mit vorgehaltener Pistole ihren

Gatten nicht in dieses Konzert gebracht hätte. Friederike, wie auch die anderen auf Klaras Kosten im Konzert, hat eine ausgeklügelte Art, sich zu bedienen. Als Präsidentin irgendeines Board of Friends schnorrt sie höchst professionell für gute Zwecke, hält sich selbst für den besten Zweck und für unwiderstehlich. Die drei ohne Anhang. Klara bezweifelt, ob es eine gute Idee gewesen ist, mit Hans aufzukreuzen. Ihre ursprüngliche Absicht ist es gewesen, dass die Girls ihn in die Mangel nehmen. Ob er den Härtetest besteht, werden sie ihr nicht verheimlichen.

Klara hat einen Tisch in der Blauen Gans reserviert.

So viele blaue Gänse habe er noch nie in einem Raum gesehen, sagt Hans.

Einen so billigen Gag hätte er besser für sich behalten. Doch die Girls kreischen vor Vergnügen.

Wenn er will, kann Hans so charmant sein, nur heute wird das nichts mehr. Die Girls provozieren ihn auch noch.

Sophie: Er sammelt ausschließlich schöne Frauen.

Friederike: Nicht alles, was schön ist, macht lange Freude.

Lucy: Sprichst du von mir oder von dir?

Sophie: Schön ist, was scharf macht.

Das ist Klara zu billig. Sie versucht, das alberne Geschwätz zu stoppen. Nicht einfach. Wenn der Riesling aus der Wachau die Gedanken in den Unterleib spült, ist das Niveau in der Hose.

Unter keinen Umständen sei Geilheit mit Schönheit zu rechtfertigen, sagt Klara.

Friederike: Hört euch das an!

Lady Lucy: Erstens die Schönheit, zweitens die Moral.

Achberg: Paris wählte Aphrodite, nicht Pallas Athene.

Obwohl dankbar, dass Hans wenigstens versucht, sachlich zu diskutieren, muss Klara ihm dennoch widersprechen. Sie wolle nur an Susanna im Bade erinnern, an die alte Geschichte über eine unbestreitbar schöne wie moralisch integere Frau.

Die biblische Susanna lebte einst in Babylon. Jung, schön, reich, begabt mit allem, was das Herz begehrt. Doch ich sollte anders beginnen, denn es handelt sich um eine Kriminalgeschichte. Zwei würdige, weise, gelehrte, gerechte, ergraute, alte Richter verkehren im Haus des reichen Kaufmanns Jojakim. Dessen Frau Susanna bringt sie um den Verstand. Warum planscht sie auch halbnackt im Pool herum?

Sophie: Damals gab es schon Pools?

Stellt euch einen arabischen Garten vor, Wasserbecken, Brunnen. Susanna ist fromm und treu, sie hat sich nichts vorzuwerfen. Nur die Männer haben ihre Hormone nicht im Griff.

Lady Lucy: Obwohl sie schon so alt sind.

Es genügt den älteren Herren nicht, lüstern gaffend durch die Büsche zu schleichen. *Ihre Gedanken gerieten auf Abwege, und ihre Augen gingen in die Irre,* heißt es in der Bibel. Was, glaubt ihr, was sie tun?

Friederike: Sie besorgen es sich selbst.

Damit begnügen sie sich leider nicht. Sie lauern Susanna auf und stellen sie vor die Wahl. Entweder lässt sie sich von den beiden vögeln oder verleumden. Sie habe Ehebruch mit einem jungen Mann begangen, behaupten die weisen, gerechten, ergrauten Richter. Ihnen wird man glauben, Susanna nicht.

Lady Lucy: Wie müssen wir uns das vorstellen – als flotten Dreier oder schön der Reihe nach?

Wären die beiden handgreiflich geworden, hätten wir es nicht bloß mit Erpressung, sondern mit Vergewaltigung zu tun. Ihr ahnt, was sich nun abspielt.

Sophie: Endlich kommt Susanna ihr Mann zu Hilfe.

Darauf warten wir selbst in der Bibel vergebens. Nein, die Richter sagen unter Eid aus, sie hätten Susanna in flagranti erwischt. Ihr droht die Steinigung. Bis doch ein Mann zu Hilfe kommt, Daniel, der Prophet, der prompt ein juristisches Prinzip erfindet, das bis heute gilt. Er verhört die beiden falschen Zeugen getrennt voneinander. Der eine will Susanna mit ihrem Liebhaber unter einer Zeder, der andere unter einer Eiche gesehen haben. Beide Zeugen sind somit als Lügner überführt und werden selbst verurteilt.

Friederike: Was willst du uns damit sagen?

Hans kann es euch erklären.

Er sei nicht bibelfest, sagt der, kenne die Story nur aus der Kunst. Dürer, Rubens, Tizian. Vor allem Tintorettos Susanna im Kunsthistorischen Museum Wien habe er lebhaft vor Augen. Unwiderstehlich. Für dieses Bild würde er sich ein Bein abhacken lassen.

Lady Lucy: Nur nicht den Schwanz. Ohne den wäre das Bild wertlos.

Klara lässt sich von den Geschmacklosigkeiten der Girls nicht irritieren. Immer haben sich die größten Künstler über die arme Susanna hergemacht. Auf ihren Gemälden kommen die Täter als harmlose Randfiguren mit Glatze und Brille davon. Susanna dagegen steht im Licht, betrachtet sich selbstgefällig im Spiegel, betört von der eigenen Schönheit. Tintoretto hat sie am gemeinsten gemalt, Hans hat recht, so unwiderstehlich ist sie, dass den Erpressern die schändlichen Lügen und niederen Instinkte leicht vergeben werden. Sind nicht eigentlich sie die Verführten? Sie können nicht anders, als ihre Blicke in Susannas Fleisch zu bohren. Doch nicht nur sie sind Spanner. Alle sind es, die dieses Kunstwerk betrachten. Und bei Tintoretto ist wirklich alles zu sehen. Fünf Fassungen sind erhalten. Ein Renner. Porno für die frommen und gebildeten Stände.

Sophie: Sag, warum ereiferst du dich so?

Versteht ihr denn gar nichts? Ich kenne nur ein einziges Gemälde, das Susanna als Opfer zeigt. Da sitzt sie auf einer steinernen Bank, wehrt verzweifelt die beiden Männer ab, die sich bedrohlich über sie beugen. Wer hat es gemalt? Wisst ihr es? Weißt du es, Hans? Du weißt doch sonst alles über Frauen in der Kunst!

Hans weiß es nicht, auch die Girls sind blank.

Artemisia Gentileschi! Klara, nun ganz Posaune vor Jericho: Eine Frau!

In der Kunst geht es nicht um Moral, sagt Hans.

Habt ihr das gehört! In der Kunst geht es nicht um Moral! Dann ist es keine Kunst. Oder Kunst, die nichts wert ist.

Friederike: Jetzt übertreibst du wirklich. Die halbe Kunstgeschichte besteht aus nichts anderem als der Verherrlichung von Sex. Venus und Mars, Venus und Amor, Amor und Psyche, Kirke und Odysseus, Neptun und

Nymphe, Alkibiades und Glycere a tergo. Aber bitte auf Lateinisch!

Lady Lucy: Du kennst dich aus!

Sophie: Zeus mit wem weiß Gott nicht alles …

Lady Lucy: Mit Leda, dem Schwan.

Sophie: Der Schwan *ist* Zeus, my dear!

Das Gelächter will gar nicht mehr aufhören.

Götterärsche, Nymphenvulven. So gebildet sind die Girls jetzt, dass sie alle etwas beizutragen haben. Nur Klara nicht.

Friederike: Reden wir über schöne Männer! Michelangelos sterbender Sklave.

Lady Lucy: Antonella da Messinas Heiliger Sebastian durchbohrt mir schier das Herz.

Klara geniert sich, so lärmen die Girls. Das Schreckschraubenquartett mit einzelnem Herrn ist zum Amüsement der übrigen Gäste avanciert.

Die vier, Klara wohl eingeschlossen, wären eine dankbare Vorlage für eine Kinokomödie mit Meryl Streep als Lady Lucy. Die wilde Entschlossenheit, ihrem Verfall Vergnügen abzugewinnen, hat etwas Hysterisches. Je mehr sie schrumpeln, desto wilder wuchert ihre Verzweiflung. Alle Girls sind auf Sex aus. Das unterscheidet sie nicht von Hans. Der trägt schon länger nichts mehr zur Debatte bei. Ist wohl auch besser so. Ob er sich überhaupt vorstellen kann, mit einer Frau zusammen zu leben, die beinahe so alt ist wie er? Einmal hat er den Tisch verlassen, nachdem sein Handy vibriert hat. Klara ist es nicht entgangen.

Zur Verabschiedung sagt Friederike: Das Vergnügen ist für dich ja noch nicht zu Ende.

Beneidenswert, findet auch Sophie.

Drei saftige Küsschen von Lucy treffen Hans nahe am Mund; es entgeht Klara wieder nicht.

Hans begleitet sie über die Fußgängerbrücke ans andere Ufer der Salzach.

Die Seele der Musik schwinge in ihm nach, behauptet er.

Er glaubt wohl, seine Dankbarkeit noch ein wenig aufpolieren zu müssen. Bloß jetzt keinen russischen Seelenschmus, denkt Klara.

Ist dir die Netrebko nicht zu fett?

Hans hat dazugelernt und dementiert.

Ich weiß, was dir an ihr gefällt, sagt Klara. Ihr Stich ins Ordinäre. Das lieben Männer an Frauen, die fett sind.

Dann sitzen sie an der Bar im Hotel Sacher in einem voluminösen Sofa vor dem Kamin, jeder in seinem Eck, und rühren sich nicht an. Ein langgedientes Ehepaar hätte es nicht besser hingekriegt.

Eines will Hans doch noch wissen: Was sollte der Scheiß mit Susanna im Bade?

Muss ich es dir wirklich erklären? *Seine Gedanken gerieten auf Abwege, und seine Augen gingen in die Irre.*

Wenn du möchtest, gehe ich mit dir hoch, sagt Achberg.

Es ist der erbärmlichste Satz des Abends.

SIEBEN

Alberto Giacometti:
Femme de Venise VIII, 1956, Bronze,
121 × 15 × 33 cm

Aufmunterung erwartet jetzt Achberg von Höfel. Moralische Unterstützung. Einen Hauch Zuversicht. Einen aufbauenden Satz. Sie werden schon nicht eingesperrt! Etwas dieser Art.

Es kommt nichts.

Das Einzige, was der Anwalt anmerkt, lautet: Achberg sei zum Glück nicht Zumwinkel. Zumwinkel ein großer Fisch, aber kein großer Fall. Achberg ein großer Fall, aber eben nicht Zumwinkel.

Wenn das ein Trost sein soll! Zumwinkel wird zur Schande der Nation erklärt, von der Neidpresse in Stücke zerrissen und gesellschaftlich erledigt, wandert aber nicht in den Bau, sondern bloß in die eigene Burg.

Falls es überhaupt zu Ermittlungen komme, bestehe an Achberg kein öffentliches Interesse, behauptet Höfel.

Da bin ich aber beruhigt, sagt Achberg. Ich wandere dann nur in den Bau, aber kein Hahn kräht nach mir.

Er verstehe nicht, sagt Höfel, weshalb Zumwinkels Verteidiger die CD aus Liechtenstein als Beweismittel akzeptiert hätten. Er an seiner Stelle wäre bis vor den Europäischen Gerichtshof gezogen.

Hätte das geholfen?

Eher nicht, gibt Höfel zu.

Danke für das Gespräch.

Mit Höfel ist er bedient, wenn es hart auf hart kommt, denkt Achberg. Vergeblich versucht er, in den Schlaf zu finden. Seit er erpresst worden ist und von Kaspars Kampf weiß, sieht er sich schon einem humorlosen Kunstbanausen als Richter ausgeliefert, die Drahtfrisur klagt an.

Höfel würde von ihm verlangen, den zerknirschten Sünder zu geben, der um ein gnädiges Urteil winselt.

Achberg würde sich lieber nicht erniedrigen lassen, würde die Dinge beim Namen nennen, notfalls selbst das Wort ergreifen. Sein Kopf arbeitet bereits wie verrückt am Plädoyer.

Unrechtsstaat!

Das böse Wort ist leider unvermeidbar.

Die von ihrem Sitz schnellende Staatsanwältin.

Der entgeistert an die Decke stierende Verteidiger.

Der die Bemerkung strikt zurückweisende Vorsitzende.

Die Unruhe im Publikum.

Achberg darf sich nur nicht entmutigen lassen.

Hohes Gericht! Das eigentliche Vergehen, für das ich abgeurteilt werden soll, wird in der Anklageschrift mit keinem einzigen Wort erwähnt. Sie wissen, weshalb. Weil ich gegen ein ungeschriebenes Gesetz verstieß.

Dennoch ein Gesetz, ja, in diesem Land das höchste Gesetz überhaupt, heiliger als die Zehn Gebote. Ich verstieß gegen das Gebot der sozialen Gerechtigkeit. In diesem, unserem Lande setzt soziale Gerechtigkeit die gewöhnliche Gerechtigkeit außer Kraft!

Rechtsanwalt Höfel, durch die vor den Mund gehaltenen Finger zischend: Hören Sie schon auf!

Achberg fährt unbeirrbar fort.

Weil dieser Staat über jedes vernünftige Maß hinaus nimmt und gibt, enteignet er die einen und entmündigt die anderen. Wahre Gerechtigkeit würde die Freiheit beschützen.

Rechtsanwalt Höfel mit rotem Kopf: Haben Sie den Verstand verloren?

Ein geldsaugendes und geldspeiendes Ungeheuer: So nennt ein deutscher Philosoph diesen Staat. Neid und Missgunst legitimieren seine Herrschaft der Enteignung und Entmündigung. Neid, hohes Gericht, ist eine der sieben Todsünden, nicht anders als Gier. Vater Staat propagiert eine Todsünde als Tugend. Die Geplünderten *ballen die Fäuste in der Tasche,* schreibt Peter Sloterdijk, der Philosoph, und hält das Ausbleiben eines *antifiskalischen Bürgerkriegs* für ein Dressurergebnis, *das jeden Finanzminister des Absolutismus vor Neid hätte erblassen lassen.* Sie aber dienen dieser Dressur – nicht dem Recht!

Kommen Sie endlich zur Sache, weist ihn der Vorsitzende kühl zurecht.

Ich bin bei der Sache, schleudert ihm Achberg entgegen. Sie wollen die Sache nur nicht wahrhaben!

Darauf der Richter: Das Gericht interessiert sich nicht für Ihre abstruse Vorstellung von Gerechtigkeit. Hier geht es allein um das Gesetz.

Einverstanden, Hohes Gericht! Sprechen wir vom Gesetz. Warum bricht der Staat sein eigenes Gesetz und paktiert mit Verbrechern? Weil es ihm nicht um das Gesetz geht, sondern um Geld. Mit Vorteilen für den Fiskus wird der Rechtsbruch gerechtfertigt. Ich sage: Geldgier im Kostüm des Gemeinwohls bleibt Geldgier! Ich sage:

Der Staat, der sein eigenes Gesetz ignoriert, wird zum Unrechtsstaat. Unrechtsstaat. Unrechtsstaat …

Achberg schreckt aus finsteren Gedanken auf. Schlafen kann er noch immer nicht, es dämmert bereits. Schon lange ist er nicht mehr mit den Hühnern auf gewesen. Als er noch die Firma geführt hatte, war er immer früh aus dem Haus gegangen, fleißiger als der fleißigste seiner Angestellten. Seit er aber sein Leben nur noch dem Wahren, Guten und Schönen zur Verfügung stellt, hat er diese hässliche Gewohnheit abgelegt. Die innere Harmonie dem Erwerbstrieb zu opfern, kommt nicht mehr in Frage für ihn. Doch von seinen Furien aus dem Schlaf gerissen, findet er nicht mehr zurück. Holofernens Haupt in Judiths Hand starrt auf ihn herab. Er zieht die Decke über den Kopf, was auch nicht hilft. Nach vergeblichem Kampf gegen die Zumutungen des heraufziehenden Tages schaltet Achberg den Fernseher an.

Muntere Moderatorinnen, so munter, dass es wehtut. Geschminkte Ahnungslosigkeit. Mitten hinein in unerträgliche Politikersprüche platzt Kaspar. Das betagte Schwarz-Weiß-Foto muss vor Jahren aufgenommen worden sein, öffentliches Interesse an seiner Person ist ihm von jeher zuwider gewesen. Mit der Aufnahme werden offenbar Nachrichten aus seinem Unternehmen illustriert. Ist doch etwas dran an den Verkaufsgerüchten? Noch ehe Achberg das Gerät lauter gestellt hat, ist die Nachricht vorüber. Er will wissen, worum es geht, holt das Versäumte aus dem Smartphone. Kaspar ist von einem Zug erfasst worden, beziehungsweise soll er sich vor einen Zug geworfen haben.

Sein erster Gedanke: Unmöglich. Ausgeschlossen. Irrtum. So wie sich Kaspar noch in Venedig über den Bärentatzenkrebs hergemacht hat, kann von Lebensüberdruss keine Rede sein. Über den im Pool des nordischen Pavillons dümpelnden toten Sammler hat Kaspar doch genauso gelacht wie er.

Dann dringt der Schock in ihn ein. Kaspar tot! Der Freund. Der gute Freund. Eben noch hätte Kaspar ihm geholfen, wäre nicht Klara so resolut in die Bresche gesprungen.

Ihr legendäres Gefecht muss neun oder zehn Jahre her sein. Am Ende hatte Tom Wesselmanns *Great American Nude #26* Kaspar gehört. Seitdem sind sie Freunde gewesen. Beste Freunde. Noch im Mai hatte Kaspar ein Gemälde von Francis Bacon erbeutet, was nicht auf Verzweiflung schließen lässt, allenfalls auf ein gewisses Faible für Verzweiflungskunst.

Auf Spiegel online wird bereits eine Erklärung des Konzerns verbreitet. Kaspar Freithaler habe *für seine Familie und Firmen* gelebt und gearbeitet. Zweimal liest Achberg den Satz, ohne ihn zu verstehen. Wer für Familie und Firmen lebt, darf sich nicht umbringen. Kaspar wollte immer das letzte Wort haben. Jetzt haben es andere.

Die durch die Finanzkrise verursachte wirtschaftliche Notlage seiner Firmen. Nicht mehr handeln zu können, habe den leidenschaftlichen Familienunternehmer gebrochen.

Jüngere Meldungen, die jetzt die Spekulationen beflügeln, waren auch Achberg nicht entgangen. Doch hieß es auch, Kaspar habe sich mit einem Dutzend Banken geeinigt, frisches Geld sei unterwegs gewesen. Als ob frisches Geld einen Menschen daran hindern könnte, sich vor einen Zug zu werfen.

Wer von denen, die jetzt Kaspars Ende deuten, hat ihn wirklich gekannt? Ein paar Marotten werden hervorgezerrt und aufgebauscht, wie die, er habe die Angewohnheit gehabt, in der Bahn zweiter Klasse zu reisen, weil doch die erste auch nicht schneller fahre. Geizig, raffgierig, verschroben – so will man ihn sehen.

Selbst die Zeitung aus Frankfurt, die Achbergs Bedarf an Welterklärung deckt, muss Kaspars Firma *verworren, undurchschaubar, verschachtelt* finden und den Herrscher des Unternehmens, aus dem jetzt ein *Imperium* gemacht wird, nicht bloß öffentlichkeitsscheu, sondern *geheimniskrämerisch.* Eine *Verschwiegenheitsstrategie* habe Kaspar betrieben, geglaubt, *in einer Welt zu leben, die seinen eigenen Gesetzen und seinem Willen folgte,* und außerdem die *Kunst* beherrscht, *Steuerschlupflöcher* auszunutzen, ja, in dieser *Kunst* geradezu ein *Geschäftsprinzip* erkannt. Seit wann ist Notwehr Kunst? Ist es verboten, *die Rechtswissenschaft gezielt im Geschäft* einzusetzen? Dieser ekelhafte Ton! Der Neidton.

Was von wem da alles geschrieben und behauptet wird! Wäre er Liz, würde er die Wahrheit hinausschreien.

*

Fuck. Die erste Silbe, die Liz herausbringt.

Sie hat die Polizei im Haus und am Hals, die Beisetzung ist zu organisieren, die Firma zu stabilisieren. Wut ist gesünder als Verzweiflung.

Die Ermittler schlössen einen Unfall aus. Obwohl Kaspar keinen Brief hinterlassen habe, kein Tagebuch, nicht einmal eine Notiz, spreche alles für Selbstmord.

Wer so abhaut, denkt Klara, muss es nicht auch noch erläutern. So einen Abgang erklären zu können, wäre bereits Grund genug, dazubleiben. Was sich beschreiben lässt, lässt sich ändern.

Tot ist tot. Es gibt jetzt Wichtigeres, als über die Motive Kaspars zu spekulieren. Liz traut Philipp die Leitung der Firmengruppe nicht zu. Das hat sie Klara schon früher anvertraut, jetzt wiederholt sie es. Der Sohn hat sich in keinem anderen Unternehmen bewährt, ist immer den bequemsten Weg gegangen. Der König ist tot, es lebe der König? Das Fragezeichen muss erlaubt sein. Und das Geschäft schert sich nicht um Pietät.

Es imponiert Klara, dass mit Liz nicht die üblichen Mutterinstinkte durchgehen, sie in dieser scheußlichen Situation den Kopf behält und die Lage nüchtern einschätzt. Klara weiß, was in Liz vorgeht.

Ask me!

Sie ermuntert Liz, die Sache selbst in die Hand zu nehmen. Sie wäre nicht die erste Witwe, die ein Unternehmen erfolgreich führt, auch ohne vorher Verantwortung geübt zu haben.

Liz beschuldigt sich selbst, den Ernst der Lage nicht erkannt, auf professionelle Hilfe nicht bestanden zu haben.

Rede dir bloß nichts ein! Die Frage nach Kaspars Seelennot stellt sich heute doch völlig anders, sagt Klara.

Doch Liz lässt sich die Selbstvorwürfe nicht nehmen. Sie hätte spüren müssen, was in Kaspar vorgeht. Schon vor Wochen sei sie nachts einige Male in einem von ihm verlassenen Bett aufgewacht. Sie habe Kaspar dann entweder an seinem Schreibtisch gefunden oder vor Giacomettis Femme.

Hat er denn geahnt, dass sie ihm abgenommen werden würde?

Er hat von ihr gesprochen wie von einer Geliebten. Von der blühenden Farbigkeit ihrer Patina, von ihrem Geheimnis. Davon, dass die Figur auf mysteriöse Weise einen Raum um sich schaffe, den man nicht betreten dürfe.

Das hat dich beunruhigt. Klar.

Kaspar habe bei jeder Gelegenheit erwähnt, dass Giacometti in seinen Modellen Göttinnen gesehen hätte. Und zugleich unentwegt über sein eigenes Scheitern geklagt und seine Plastiken bis zum Guss ständig verändert habe. Kaspar habe sich auf geradezu absurde Weise mit dem Künstler identifiziert und seine Firmen für ständig zu verändernde, niemals ganz geglückte Plastiken gehalten. Er habe das Unternehmen als das von ihm geschaffene Kunstwerk verstanden. Und Giacomettis Femme sei eine Art Fetisch der Firma, ihre Schutzpatronin. Sie in eine Kiste in irgendeinem Lagerschuppen einzusperren, habe Kaspar als Schändung seines Lebenswerks empfinden müssen. Als schlechtes Omen allemal.

Aber die Firma war doch schon in Schieflage?

Er habe an ihre Rettung geglaubt bis zu dem Tag, als im Morgengrauen die Frau mit der Drahtfrisur vor der Tür gestanden sei. Liz habe vor, einen Abguss der Femme auf sein Grab zu stellen.

Klara gefällt die Idee.

Hätte die Polizei seine Pistole nicht beschlagnahmt, hätte er sich nicht vor den Zug werfen müssen, sagt Liz.

Wäre das denn für dich ein Unterschied?

Dieser Tod passt nicht zu ihm.

*

In Deutschland wolle er nicht einmal begraben sein, hatte Kaspar in Venedig getönt. Und nicht einmal sterben. Es geschah auch nicht in Rosenheim, sondern in Klosters.

Achberg hält nicht bei der Kirche auf der Kuppe, sondern rollt weiter, hinab in den Ortskern. Den Wagen stellt er auf dem im Winter überfüllten, heute aber bis auf wenige Fahrzeuge leeren Parkplatz bei der Seilbahn ab und überquert zu Fuß die schmale Brücke. Dreißig Meter unter ihm rauscht ein Wildbach. Weshalb hat Kaspar sich nicht hier hinabgestürzt? Hätte dieser Sprung nicht weniger Überwindung gekostet, als sich vor die Rhätische Bahn zu werfen?

Jenseits der Brücke steigt der Ziehweg durch den Wald an, im Winter sind es die letzten Meter der Abfahrt. Noch im März waren sie gemeinsam vom Weißfluhgipfel nach Klosters hinabgerauscht, Kaspar hatte gejuchzt vor Vergnügen.

Einige hundert Meter weiter oben stößt Achberg auf die Trasse der Bahn. Wie bewältigt einer die letzten Meter seines Lebens? Taumelnd, wie in Trance, kalt entschlossen? Ein rotes Grablicht funkelt neben den Gleisen. Zertrampelte Vegetation, getrocknetes Blut. Was auch immer hier geschehen sein mag, es hat ein Durcheinander von Spuren hinterlassen. Fragmente eines roten Absperrbandes, ein zerknülltes Tempotaschentuch, eine Zigarettenkippe, ein Apfelbutzen, ein weißes Stück Karton, festgehalten von einem Büschel Gras. Achberg bückt sich und hält eine Visitenkarte in der Hand. Susan Palmer, Art Adviser.

Schwer verhallt Donner zwischen den Bergen; er hat Achberg schon nach Klosters hinauf begleitet. Er lässt das Auto an der Bergbahn stehen, geht durch die Bahnhofsunterführung. Als er den Vorplatz überquert, beginnt es zu schütten. Die steile, schmale Straße hinauf zur Kirche verwandelt sich binnen weniger Minuten in einen Sturzbach. Achberg stülpt sich die Kapuze der Regenjacke über den Kopf.

Wie beabsichtigt, kommt er spät. Bestattungen sind ihm ein Gräuel. Die Trauernden sind zusammengerückt, ducken sich unter den von Böen attackierten Schirmen. Prasseln, Glucksen, Gurgeln.

… eine Welt geraten, die nicht mehr die seine …

Vom Grab weht der Wind Satzfetzen an Achbergs Ohr.

… laute Zeichen eines leisen Mannes …

Dann Jagdhörner, als sei ein großes Tier erlegt worden. Fehlten nur noch grölende Männer in schwarzen Fräcken und mit Zylinderhüten auf groben Schädeln, die mit einem Kranz über Gräber torkeln. So eine Dürrenmatt-Groteske wäre die angemessene Performance eines Kaspar zu Dank verpflichteten Künstlers.

Blödsinnige Gedanken. Was hat überhaupt ein ortsfremder Selbstmörder auf diesem Gottesacker verloren? Hat Kaspars Großzügigkeit den Ruheplatz mit schöner Aussicht ermöglicht?

Jetzt erst entdeckt er Klara. Sie steht ganz in der Nähe. Und erst als er sich ihr nähert, erkennt er ihre Verkleidung. Als Lady in Black ist sie erschienen, als Wolke aus schwarzer Spitze, als viktorianisches Triumphgeheul im Tal der Tränen.

Er berührt sie am Arm. Sie schlägt den Schleier zurück. Dann spürt er ihre Tränen auf seiner Wange. Oder sind es Regentropfen?

Hans!

Sie schluchzt.

Pschschscht!

Man dreht sich nach ihnen um. Besser sie schweigen. Lange dauert es nicht mehr, bis der Gewitterguss das trostlose Ritual zu seinem Ende getrieben hat. Schon teilt sich die Menge, um Pfarrer und Ministranten hindurchzulassen. Liz hat sich Beileidsbekundungen am Grabe verbeten.

Bestattungen ehren die Toten und dienen den Überlebenden. Linus scheint es zu gefallen, mit Susan aufzutreten. Seit Achberg ihre Visitenkarte am Tatort gefunden hat, rechnet er mit ihr. Dass sie in Linus eingehakt aufkreuzt, überrascht ihn dann aber doch, und es tut ihm weh. Sie hatte ihn also angelogen, als sie ihm absagte, vorgab, verhindert zu sein.

Als er mit Susan am Telefon über Kaspars Tod sprach, hätte ihm auffallen können, dass sie Kaspar besser als nur flüchtig gekannt haben musste. Niedergeschlagen hatte sie sich angehört. Aber als er ihr dann angeboten hatte, sie am Flughafen Zürich abzuholen, um gemeinsam nach Klosters hinaufzufahren, hatte sie abgelehnt. Sie sei leider verhindert. Achberg hatte es ihr nicht abgenommen, allerdings vermutet, es mit einem jener Geschöpfe zu tun zu haben, die es nicht fertigbringen, den Tod an sich heranzulassen. Goethe war nicht einmal in der Lage gewesen, der Beerdigung der eigenen Frau beizuwohnen.

Als Susan Achberg sieht, führt sie die Faust zum Mund, als müsse sie husten. Er versteht das Zeichen. Schweigen soll er, sie bloß nicht anrühren und möglichst so tun, als sehe er sie zum ersten Mal in seinem Leben. Dann darf er sie auch mit den Augen verschlingen, wie praktisch alle Männer, die ihr begegnen.

Linus stellt ihn ihr vor.

Dr. Johannes Achberg, ein Mann mit beneidenswerter Nase für Qualität.

Ach ja?, sagt Susan.

Ach ja, sagt Achberg.

Hans, das ist Susan Palmer. Sie hat Kaspar beraten. Jetzt darf man es ja verraten.

Wie weit die Beratung gegangen ist, interessiert nicht mehr.

Susan reicht ihm die Hand und umarmt Klara. Zu sagen haben sich die beiden Frauen im Augenblick nichts.

Was Susan anhat, gehört verboten – aus einem anderen Grund verboten als das, was Klara trägt, deren Spitze offenbar dazu dient, Achberg zu provozieren und neben der Schönsten nicht ganz zu verblassen. Susans schwarzes Lederkostüm dagegen ist ganz schlicht gehalten, zum Verrücktwerden schlicht. Das Oberteil mit tiefstem V auf blanker Haut. Selbst wenn am Ende alles Bemühen vergeblich gewesen sein sollte, wird Achberg noch auf dem Sterbebett an sie denken, unabhängig davon, wer dann zufällig seine Hand hält. Wozu dann überhaupt eine Hand, wenn er doch ihr Bild vor Augen hat, das letzte Bild. *Red Nude*. Diese Vorstellung rührt ihn so sehr, dass ihm die Tränen kommen.

Kaspars Tod geht uns allen verdammt nah, versucht ihn Klara zu trösten.

*

Der Leichenschmaus in der Chesa Grischuna. Gerstensuppe, Kalbsschnitzel nature an Salbeisoße, Rösti, dazu ein tadelloser Aigle. Bodenständig. Die Venedig-Connection sitzt an einem der Tische beieinander, einschließlich Susan, die tut, als gehöre sie dazu. Sie hat zwischen Linus und Klara Platz genommen, Hans gegenüber. So fragend und anbetend er auch alle dreißig Sekunden ihre Augen sucht, Susan registriert es ungerührt. Klara entgeht nicht, wie Hans sich auch unter dem Tisch bemüht. Susan zieht ihr Bein zurück.

Gesellige Runden lindern die Trauer, wenn nach langer, quälender Krankheit gestorben worden ist, nicht aber nach solch katastrophaler Erschütterung. Umso mehr bewundert Klara der Witwe Disziplin. Keinen Tisch lässt Liz aus, jedem Trauergast schenkt sie ein Maß ihrer schier unerschöpflichen Aufmerksamkeit.

Ungeniert fragt Linus sie nach der Zukunft des Unternehmens. Darf das, kaum ist der Verzweifelte unter der Erde, wirklich an diesem Tisch abgehandelt werden?

Liz antwortet ausweichend, wie sonst. Zu ihrem Vorteil sei Kaspar der Auffassung gewesen, sie müsse nicht alles wissen.

Sie sind sich in letzter Zeit wohl generell ein wenig aus dem Weg gegangen, nachdem Liz erstmals ohne Kaspar in Salzburg gewesen ist und er davor ohne sie in Venedig, glaubt Klara.

Wenn es für sie ganz eng wird, kommst du an Männer nicht mehr heran, sagt Liz.

Es hört sich fast schon verbittert an.

Auch was mit Kaspars Sammlung geschehe, ist eine naheliegende, wenn auch nicht die dringlichste und nicht gerade feinfühligste Frage. Die Deutschlandchefs von Sotheby's und Christie's sind Teil der Trauergesellschaft, als witterten sie die Auktion des Jahres. Würden die Werke einzeln versteigert, würde Kaspars Lebenswerk zerschlagen. Die Bedeutung großer Sammlungen übersteigt den Wert der Summe ihrer Stücke. Eine Sammlung ist mehr als nur ein Erbe, sie ist ein Vermächtnis. Doch Klara enthält sich jeden Kommentars gegenüber Liz. Über die ökonomische Zwangslage der Familie Freithaler kann sie ja doch nur spekulieren.

Was bietet Trost? Nichts. Dieses Ende lässt sich nicht beschönigen. Miteinander heulen ist nicht wirklich hilfreich. Gerade deshalb redet Klara ohne Rücksicht darauf, wie es bei Liz ankommt.

Du brauchst keinen Grund fürs Abhauen, sagt sie, du brauchst einen Grund fürs Bleiben. Sie hält Verzweiflung für die äußerste Form von Egoismus. Unter keinen Umständen würde sie Bea und Tina im Stich lassen, auch wenn sie sich nicht einbilde, die Töchter könnten vor Verzweiflung vergehen über den Verlust ihrer Mutter. Die beiden, sagt sie, kommen gut ohne mich aus, ich dagegen kann nicht sterben, ohne zu erfahren, was aus ihnen, ihren Männern und Kindern noch alles Großartiges werden wird. That's what keeps me alive. Sie ist schlicht zu neugierig zum Abdampfen. Doch, doch, auch sie weiß, wie sich das anfühlt, wenn man anfängt, darüber nachzudenken, wie man sich umbringen könnte. Man will sich ja nicht unnötig quälen. Solange man Angst vorm Sterben hat, ist alles o. k. Es gibt Tage, da will man die Augen gar nicht erst aufmachen. Aber sie kann sich an keinen Tag ihres Lebens erinnern, wirklich an keinen, an dessen Abend sie nicht gewusst hätte, dass er sich gelohnt hat.

Einmal, erzählt Klara, habe sie tatsächlich damit begonnen, einen Abschiedsbrief zu verfassen. Lang und länger sei er ihr geraten, ja, sie habe mit dem Schreiben gar nicht mehr aufhören wollen.

Solange der Abschiedsbrief nicht geschrieben ist, gibt es einen Grund, am Leben zu bleiben. Solange ich schreibe, bin ich. Erst, wenn es nichts mehr zu erzählen gibt, ist Sense.

Als ihr die Tinte ausgegangen ist, hat sie sich neue besorgt. Es liegt noch herum, ihr Abschiedsbuch, und sie nimmt es zur Hand, wenn es ihr wieder mal bescheiden geht.

Niemand unterbricht Klaras Monolog. Niemand kommentiert ihn. Niemand fügt ihm ein Wort hinzu. Klara fragt sich nicht, weshalb, denn eigentlich spricht sie zu sich selbst.

Später sagt sie zu Hans: Lass uns an die Luft gehen, ich halte es hier nicht mehr aus.

Nach wenigen Metern, an der Kreuzung mit der Durchgangsstraße nach Davos hinauf, kommt sie zur Sache.

Es läuft also nicht.

Was läuft nicht?

Die Sache mit Susan.

Anderes Thema, sagt Hans. Was, wenn die Scheyn wieder auftaucht?

Sie taucht nicht auf. Wetten?

Klara, meine Zuversicht!

Dir ist schon klar, weshalb es ausgerechnet dich erwischt hat?

Wer sagt, dass es nur mich erwischt? Wir wissen nicht, wer die anderen sind. Das Geschäftsmodell sieht vor, von wenigen Opfern der CD mehr zu erlösen als mit der ganzen CD vom Staat.

Es regnet nicht mehr, aber die Wolken hängen so tief, dass nicht einmal die Mittelstation der Gotschnabahn zu sehen ist. Sie gehen in das Tal hinein, in dem im Winter die Loipen angelegt sind.

Langlauf sei nicht unbedingt seine bevorzugte Bewegungsart, sagt Hans, zu langsam und zu schweißtreibend, nur gelegentlich, wenn das Wetter für das Weißfluhjoch zu schlecht gewesen ist, sei er mit Kaspar losgerannt.

Noch einmal, Sweetheart, warum erpressen sie dich? Ausgerechnet dich.

Zufall. Oder auch nicht. Wissen wir, ob nicht auch Kaspar erpresst worden ist?

Eine unwahrscheinliche Theorie, allerdings seid ihr beide aus demselben Grund besonders verwundbar. Fällt der Groschen?

Nichts fällt.

Du sammelst Kunst! Kaspar sammelt Kunst. Sammler sind leicht zu treffen. Einem gewöhnlichen Steuerhinterzieher fällt die Selbstanzeige lange nicht so schwer. Es ist bitter, bluten zu müssen, aber tödlich, eine Sammlung zu opfern. Als Sammler bist du erpressbar wie ein Junkie.

Woher weiß die Scheyn, dass ich sammle?

Jemand wird es ihr geflüstert haben. Ich würde mich fragen, wer es herumerzählt haben könnte. Jemand in deiner Nähe.

Du zum Beispiel.

Sehr witzig. Wer noch?

Der eine oder andere. Linus und Kaspar natürlich.

Wie steht es mit Susan?

Aber natürlich, die schöne Hexe, dass ich da nicht gleich darauf komme.

Du musst mich nicht für verrückt halten. Denk nach! Susan hat dir Walls Lightbox verschafft. Sie weiß, wie du das Geld überwiesen hast. Du hast bar bezahlt. Sie kennt vermutlich einige deiner Schwächen.

Susan verfolgt dich, sagt Hans. Hast du dich ihretwegen so kostümiert?

Gefällt es dir?

Und wie. Damit könntest du auf dem Wiener Opernball reüssieren.

Sie geht nicht darauf ein.

Falls du noch dazu in der Lage bist, klar zu denken, wenn Susan im Spiel ist, solltest du genau hinschauen. Weißt du, dass Susan in München war, als du in der Waldwirtschaft mit Frau von Scheyn diskutiert hast?

Ausgeschlossen.

Ich weiß es.

Hast du sie gesehen? Warum erfahre ich es erst jetzt?

Weil ich davon ausging, dass sie es dir nicht verheimlicht hat. Hat sie es doch? Ärmster! Mein Glück! Hätte sie sich bei dir gemeldet, hättest du für mich keine Minute mehr übrig gehabt, und mir wäre eine unvergessliche Nacht mit dir entgangen. Und dir mein Geld für den Koffer. Sie wird Gründe gehabt haben. Frag sie doch gleich einmal!

Sie überqueren eine schmale Brücke. Hans bückt sich, hebt einen Kieselstein auf und wirft ihn ins Wasser. Von der Böschung flattert ein Vogel auf.

Wie eng Susans Beziehung zu Kaspar gewesen sei, will Hans wissen.

Sieh an, du machst ja doch Anstalten, deinen Verstand zu benutzen. Am besten, du fragst sie das auch.

Und zu Linus?

Das musst du sie nicht fragen, weil es nicht zu übersehen ist. Aber frag sie nach Alexa.

Das ist nicht dein Ernst.

Ich behaupte nichts, ich vermute nur. Wer kommt als Informant noch in Frage?

Tom!

Dein Sohn? Was sollte er schon erzählen, wenn er so wenig über dich weiß wie du über ihn?

Er behaupte nicht, dass Tom mit den Erpressern paktiere, sagt Hans. Aber so, wie er ihn einschätze, lasse er gern einmal ein Wort über seinen stinkreichen Alten fallen. In welchen Kreisen er sich aufhalte, könne er sich ausmalen.

Kennt Tom deine Vermögensverhältnisse?

Wäre ja noch schöner, sagt Hans.

Du solltest ihm das Wesentliche nicht vorenthalten für den Fall, dass dir etwas zustößt.

Er sei fahrlässig, aber nicht blöd, sagt Hans.

So solltest du nicht über deinen Sohn sprechen. Er ist kein Looser und wünscht sich nichts sehnlicher als ein vernünftiges Verhältnis zu dir.

Das wüsste er.

Wen ziehst du noch in Betracht?

Leutwyler.

Leutwyler?

Seinen Bankberater. Datendiebe hätten nicht selten Komplizen in der Bank.

Du misstraust ihm?

Es seien nur die üblichen Erfahrungen.

Sie kehren um, wortkarger als beim Hinweg.

*

Susan in München? Ihr verstörender Anruf im denkbar falschen Augenblick, ihre Telefonsexsatire – man könnte tatsächlich auf verrückte Gedanken kommen, würde das Misstrauen nicht von einer eifersüchtigen Frau geschürt. Achberg treibt ein ganz anderer, ungleich beängstigenderer Verdacht um, seit er sich in Klosters aufhält.

Kaspars Selbstmord will nicht in seinen Kopf hinein. Dieser Tod peinigt ihn auch, weil sie Leidensgefährten gewesen sind. Ihnen beiden ist etwas zugestoßen, was mit ihrem Krieg gegen die Finanzbehörden zu tun hat. Kaspar erleidet eine Hausdurchsuchung, bevor er einen gewaltsamen Tod stirbt. Achberg wird erpresst. Ein kalter Krieg scheint in einen heißen übergegangen zu sein.

In wessen Auftrag agiert Alexa von Scheyn? Wie kam Kaspar wirklich zu Tode? Achbergs Fragen werden von Klara abgetan.

Du siehst Gespenster!

Und deine eigene Steuerstrafsache, Klara? Was ist mit der?

Ich glaube nicht, Sweetheart, dass dich das etwas angeht.

Er hat nur auf den Busch geklopft.

Auch wir haben etwas gemeinsam, sagt er.

Worauf willst du hinaus?

Wir sind vier. Die Vier von der Venedig-Connection. Wir haben alle vier Probleme mit der Steuer.

Was daran Besonderes sei?

Ich an deiner Stelle wäre beunruhigt, sagt Achberg.

*

Zurück in der Chesa Grischuna, gelingt es Achberg, Liz einen Moment unter vier Augen zu sprechen.

Hast du Kaspar noch einmal gesehen?

Ob ich ihn identifiziert habe, meinst du? Man hat mir abgeraten.

Bevor er ging …

Sie hebt die Schultern.

Sie sei in Rosenheim gewesen. Eine knappe Stunde, bevor es geschehen sei, habe sie noch mit ihm telefoniert.

Hat er sich verabschiedet?

Liz zögert mit der Antwort.

Sie wolle nachträglich nichts hineininterpretieren.

In seine letzten Worte?

Er wolle noch kurz an die Luft.

Nicht der leiseste Ton in seiner Stimme, der dich irritiert hat?

Nicht der leiseste Ton.

Er ist einfach gegangen?

Wer sagt, dass er *einfach* gegangen ist? Man geht nicht einfach, wenn man nicht mehr zurückkommen will. Dennoch habe Kaspar genau das getan. Einfach so.

Achbergs Fragen überfordern Liz. Eine muss er noch loswerden.

Glaubte Kaspar, er werde beschattet? Hat er etwas dieser Art erwähnt?

Liz hat sich bereits anderen zugewandt.

*

Nicht zum ersten Mal an diesem Tag umarmen sich die Witwen.

Nimm es bloß nicht persönlich, wenn sich mein Schandmaul wieder mal verrennt, sagt Klara.

Ist mir allemal lieber als das verlogene Beileid, sagt Liz.

Ergib dich nicht, sagt Klara, und lass dir nicht den Willen nehmen.

Wenn ich wüsste, was mein Wille ist.

Es ist vielleicht kein guter Rat, nur das, was mir selbst einmal geholfen hat.

Reden wir lieber von dir, sagt Liz. Irre ich mich, oder läuft da etwas mit Hans?

Klara versteht, dass Liz von sich ablenkt.

Hans bezieht alles auf sich selbst, sagt Klara, sogar Kaspars Tod. Schon als du ihm von der Hausdurchsuchung berichtet hast, quälte ihn die Geschichte, als hätte er sie selbst erlitten.

Liz: Weil er pleite ist. Wusstest du das nicht?

Was heißt pleite?

Er hat Kaspar angepumpt. So weit ging seine Not. Er wollte eine größere Summe.

Hat er gesagt wofür?

Mir nicht. Und Kaspar hat auch nichts gesagt.

Hat Kaspar ihm die Summe geliehen?

Es ging ihm zu weit. Bei solchen Summen hört die Freundschaft auf.

Er wurde erpresst, sagt Klara. Aber das bleibt unter uns. Im Übrigen zweifelt er an Kaspars Freitod. Zweifelst du auch?

Du darfst es ruhig Selbstmord nennen. Ich wollte, ich könnte daran zweifeln. Es nähme mir meine Schuldgefühle.

Du steckst nicht drin, sagt Klara. Vor ein paar Tagen, erzählt sie, hat einer ihrer Direktoren seine Lebensgefährtin verloren, zwanzig Minuten nachdem sie miteinander ihr Weekend besprachen, ist sie vom Balkon des Hotels gesprungen. Vor Gästen! Hast du Hans gesehen?

*

Linus weicht Susan nicht von der Seite. Erst als er auf die Toilette verschwindet, hat Achberg eine Chance.

Er berührt ihre Schulter, bekommt aber zunächst kein Wort aus ihr heraus.

Alles in Ordnung, Sweetie?

Nur ein Wort zu *Red Nude*.

Du wirst so viel Geld nicht ausgeben wollen.

Ich nehme sie zu jedem einigermaßen vernünftigen Preis.

Er berührt flüchtig ihr Haar.

Du hast etwas verloren, sagt er, und hält ihr sein Fundstück unter die Nase. Es muss dir aus der Tasche gefallen sein, als du dich gebückt hast, um das Windlicht anzuzünden.

Ob er etwa auch glaube, dass sie etwas mit Kaspar gehabt habe?

Er ist doppelt so alt gewesen wie du, und für ältere Herren hast du ja bekanntlich nichts übrig, sagt Achberg.

Ihre Augen strafen ihn dafür. Augen, die so strafen, lassen die ewige Verdammnis wie einen Kuraufenthalt erscheinen.

Außerdem ist da noch Linus, sagt er.

Ohne den ich das hier nicht durchstünde.

Mit mir wäre es dir nicht gelungen?

Du brauchst doch selbst eine Stütze.

Im diesem Augenblick ist Linus auch schon zurück.

Es gibt bis jetzt kein einziges Foto, auf dem er mit Susan zu sehen ist. Jetzt wäre Gelegenheit dazu. Ein Schnappschuss von Kaspars Beerdigung für die Gefängniszelle.

*

Auf dem Weg zum Wagen sagt Klara: Schau sie dir einfach so lange an, bis dir etwas an ihr nicht mehr passt.

Hans: Je länger ich sie mir anschaue, desto vollkommener erscheint sie mir.

Klara: Es ist bloß Eigenliebe, Hans, bilde dir bloß nichts ein.

Siehst du die Herren von der Steuerfahndung? Der dort im Trenchcoat …

… Kaspars Hausarzt.

Der im Trachtenblazer.

Kaspars Anwalt.

Auch unter dem halben Dutzend Fotografen, die draußen in Stellung gegangen sind, vermutet Hans mindestens einen deutschen Beamten.

Ihre Anwesenheit wäre ein Bruch internationaler Regeln, sagt Klara.

Sie müssten schon ein Amtshilfegesuch stellen. Oder glaubst du, sie tarnen sich als Urlauber?

Hans sagt, er glaube, Kaspar könnte auf seinem letzten Spaziergang verfolgt, überwältigt, betäubt, auf die Gleise geschleppt worden sein.

Eine groteske Vermutung. Hätte die Spurensicherung das geringste Moment eines Verdachts entdeckt, wäre Kaspars Leichnam nicht zur Bestattung freigegeben worden.

Mit diesem Argument ist Hans nicht zu beruhigen. Er hat selbst aber kein Indiz zu bieten, nur ein Gefühl. Er befindet sich in keinem brauchbaren Zustand.

Wir müssen auf uns aufpassen, sagt er.

Und er bietet Klara an, sich gemeinsam ein Zimmer zu nehmen. Mangels Fahrtüchtigkeit wolle er über Nacht in Klosters bleiben. Aus einem Mangel heraus aber will Klara gar nichts von ihm.

*

Achberg weiß, dass er sich einen unverzeihlichen Fehler erlaubt hat: Einer begehrenden Frau gegenüber erwähnt man nicht die Schönheit einer anderen.

Das grundsätzliche Missverständnis besteht darin: Sagt der Mann, ich liebe dich, versteht die Frau: Ich liebe *nur* dich. Die abgenutzten, dennoch nie ganz vermeidbaren Worte bedeuten aber genau dies nicht. Sie drücken aus: Ich mag dich auf besondere, unverwechselbare, unwiederholbare Weise, ich kann auf dich nicht verzichten, du bist etwas Einzigartiges für mich. Aber nicht unbedingt die Einzige. Die einzige Liebe ist selten einzigartig. Frauen aber führen sich auf, als sei es erstrebenswerter, die Einzige zu sein statt einzigartig. Frauen lesen Liebesbekenntnisse sofort als moralisches Gesetz. Achberg bezeichnet dieses Missverständnis als Don-Giovanni-Syndrom. Giovanni verehrt alle seine Frauen so sehr, dass Treue zur einen Verrat an allen anderen wäre. Frauen halten diese Empfindungsradikalität bestenfalls für Zynismus. Sie irren.

Klara verabschiedet sich mit drei Küssen von Achberg, die sie knapp neben seine Lippen setzt.

Erfolgreiche Genesung, Sweetheart!

Damit schickt sie ihn auf die kurvenreiche Strecke ins Rheintal hinab. Dazu ist sie imstande. Er ist aber nicht betrunken genug, sich hinabzustürzen. In der Sonne, oben an der Kirche, ist noch ein Zimmer frei.

*

Susans Schönheit nicht zu rühmen, wäre unmöglich. Sie will aber partout nicht ihrer Schönheit wegen gerühmt werden. Unentwegt angesungen, angeschwärmt, angebetet zu werden, ist für sie kein Vergnügen. Weil es nichts ist als die reine Wahrheit, langweilt es sie. Das Selbstverständliche ist das Banale.

Generell ist nicht zu übersehen, dass Schönheit leicht den Charakter verdirbt, weil die Schöne nicht nett sein muss, damit andere nett zu ihr sind. Manches an Susans

Verhalten ist nur auszuhalten, weil sie so schön ist. Alle ihre Launen sind süß.

Ihre Schönheit macht Achberg wehrlos. Das weiß er.

Schöne Frauen sind nicht zum Vögeln da. Sie taugen nur dazu, Gemälde und Skulpturen zu inspirieren. Klaras Satz. Vermutlich hat sie ihn sich nicht selbst ausgedacht. Er tippt auf einen alten Franzosen, Flaubert vielleicht.

Ach, Susan!

*

In der Sonne spukt nachts ein Geist durch Achbergs Zimmer. Auch das Kissen auf dem Gesicht vertreibt ihn nicht. Der Geist ist ihm nur allzu vertraut.

Reto, Reto, wo sind meine Millionen!, schleudert Achberg dem ungebetenen Gast entgegen.

Reto Leutwylers Antwort: Aus einem guten Geschäft, schauen Sie, ist ein sehr gutes Geschäft geworden, aus einem sehr guten ein phantastisches, aus dem phantastischen Geschäft dann eben, leider, schauen Sie, ein unrealistisches. Er, Leutwyler, könne Achbergs Unbehagen nachvollziehen.

Nachvollziehen!

Dann ist es ihm vielleicht auch möglich, nachzuvollziehen, dass Achberg Leutwylers Geschwätz nicht mehr erträgt. Auch nicht Leutwylers Gesicht, das aussieht, als sei der ausschließlich für gute bis phantastische Geschäfte verantwortlich gewesen.

Leutwyler habe Achberg immer als außerordentlich selbstsicheren Kunden mit außerordentlich positiven Erwartungen wahrgenommen.

Abteilungsdirektor Reto Leutwyler. In dessen mit überbewerteten expressionistischen Alpenpanoramen ausgestatteten Privatkundenabteilung hat Achberg jedes Mal den Hodler bewundern müssen. *Dents du Midi*. Bergspitzen, die in allen Farben leuchten.

Leutwyler stammt aus einer Zeit, in der sich Bankangestellte noch als Bankiers hatten bezeichnen lassen, was in der Schweiz und in Liechtenstein auf der ersten Silbe zu betonen ist. Die Leutwylers waren dann zu Bankern mutiert, legen aber inzwischen wieder Wert darauf, Bankiers zu sein.

Den früh Ergrauten hat Achberg einmal für sympathisch, sachkundig und für so verlässlich gehalten, dass er Hab und Gut seiner Kunden wie das eigene Vaterland zu verteidigen wisse.

Ein dünner langer Mann mit noch immer glattem, von der schwarzen Hornbrille beherrschten Gesicht, einer, der nach eigenem Bekunden Marathonläufe bestreitet, Trompete in einer Swing-Band bläst und regelmäßig das Kunsthaus in Bregenz besucht. Abteilungsdirektoren sind offenbar angehalten, ihren Kunden menschliche Züge vorzuspielen. Leutwylers Dreiteiler sind in einem um eine Schattierung zu hellen Dunkelgrau gehalten, das den Verdacht erlaubt, er verletzte beinahe die Konvention. Der fein kalkulierte Hinweis darauf, in seiner Person werde Risikofreude von Solidität gezähmt.

Leutwyler hat Achberg eine Aufstellung unter die Nase geschoben.

Schauen Sie.

Achberg ahnt, was ihm bevorsteht.

Lassen Sie mich in Frieden damit!

Leutwyler quatscht über die Emotionalität mathematischer Modelle. In einem Unberührbarkeitston quatscht er, der Achberg rasend macht. Im Hochnebel der Leutwyler'schen Berechnungen hat er immer den Überblick verloren.

Schauen Sie.

Ein Bankier mit Charakter würde sich lieber ins Bajonett stürzen, als einem Kunden gegenüber die Kapitulation zu beschönigen.

Stattdessen muss sich Achberg von Leutwyler daran erinnern lassen, wie er mit einem Papier der Credit Suisse vor ihm gesessen sei.

Zwanzig Prozent Rendite, Herr Leutwyler, warum können Sie das nicht auch? Und halten Sie mich bitte nicht für einen Idioten! Selbst wenn ich einer bin!

Schauen Sie, Herr Achberg!

Halten Sie schon das Maul, Leutwyler!

Schauen Sie, auch unser Haus verzeichnet Verluste, Vertrauensverluste, wertvoller als Geld.

Noch ein einziges *Schauen Sie*, und ich vergesse mich.

Achberg zieht eine Patrone aus der Tasche und knallt sie dem Abteilungsdirektor auf die Besprechungstischplatte. Polierter schwarzer Granit, wie ein Grabstein.

Hans Achberg, ein Sammler, dem das Geld ausgegangen ist.

Herunter mit Ihrem Arsch, Leutwyler, von meinem Bett!

ACHT

Urs Fischer: What, if the Phone Rings,
2003, Wachs, Pigment, Docht,
106 × 142 × 46 cm

Achberg will einen ordentlichen Eindruck machen, auch unten herum. Sein Schamhaar zeigt ein von Blässe befallenes Braun, wie Schokolade, die schon ein wenig zu lange in der Schublade liegt, aber durchaus noch genießbar ist. Noch mehr stört ihn, dass das nicht ganz Graue die Schenkel hinauf wuchert, in die Angelegenheit um den Nabel herum übergeht und sich noch weiter oben mit der Brustbehaarung verbrüdert.

In seinem Alter will Achberg nicht als Nacktschnecke herumkriechen, weiß aber auch, dass Toms Generation flächendeckend gewaxed ist und diesbezüglich keinen Schmerz kennt. Er hat Susans blanken Hügel gesehen, da kann er nicht mehr mit diesem Gebüsch daherkommen. Mit der Nagelschere entfernt er größere Knäuel des drahtigen Gewölks, danach schafft der Langhaarschneider des Rasierapparats weitreichendere Klarheit.

Unter Verschönerungszwang steht Achberg, weil ihn Linus zu seinem Geburtstag eingeladen hat, einschließlich Übernachtung. Nun ist das Haus von Linus zwar fast ein Schloss, aber kein Schlosshotel.

Er müsse sich ein Zimmer teilen, sagt Linus, falls er damit leben könne. Mit Susan. Sie sei dazu bereit.

Ich dachte …

Du denkst zu viel, Alter.

Hat es jemals einen großherzigeren Freund gegeben als ihn?

Aber Klara?

Selbstverständlich habe Linus auch Klara eingeladen. Nur sei sie leider geschäftlich verhindert, *busy*! Glückwunsch, Alter!

Achberg malt sich aus, wie er eine ganze Nacht lang mit Susan die Langsamkeit entdeckt und ihr kühles Fleisch unter seinen Lippen schmelzen lässt. Er ist bereit.

Wie verabredet, holt er sie am Flugplatz in Friedrichshafen ab. Arrival delayed. Bekanntlich kommt es nicht darauf an, wie lange man auf jemanden wartet, sondern auf wen. *Die No. 1 in Schönheit* wirbt Nasen-Mang in der Ankunft/Abflug-Halle.

Susans Begrüßung fällt aus, als habe es für sie nie den geringsten Zweifel daran gegeben, von wem sie empfangen werden will. Und während der gut dreißig Minuten bis zum Hof im Argental krault ihre Hand seinen Nacken.

Der rechte Sammler bedarf der entsprechenden Immobilie. Dem spätbarocken Gutshaus ist das Nötige zuzutrauen. Auf dem Hof parken bereits ein gutes Dutzend Wagen aus vorwiegend schwäbischer Produktion. Die Nachzügler werden von Frau Rickenbach in Empfang genommen, die das verspätete Paar auf sein Zimmer unter dem Dach begleitet. Behaglich! Nie war das nach frischer Bettwäsche duftende Eigenschaftswort treffender gewählt. Altes Holz, rustikales Design, ein Himmelbett. Vom Fenster her bauscht ein Lüftchen die Vorhänge. Der

Blick fällt auf Obstwiesen, den Saum des Waldes, Hopfengärten in der Stunde des Zwielichts.

Im Nu lernt Achberg einen Vorzug Susans kennen, und der ist nur ein weiterer untrüglicher Beweis für ihre Schönheit. Um sich frischzumachen, umzuziehen, die Erscheinung zu optimieren, genügen ihr elf Minuten. Er kennt keine zweite Frau, die nach derart bescheidener Zeitspanne zu derart unbescheidenem Auftritt fähig wäre. Susan kehrt zurück aus dem Bad, und wenn Achberg nicht schon läge, müsste er niedersinken. Ihre pompejanischen Stilettos diesmal zu Ringelstrümpfen in einer Palette zwischen Kadmiumorange und Purpurviolett. Das Kleid in Karminrosé beginnt eine Handbreit unterhalb des Schritts, verliert die Linie ihrer Figur in keinem Moment und mündet in einer Corniche von Dekolleté. Zum rotgoldenen Schopf passt jeder Lippenstift, auch gar keiner oder einer, der aussieht wie keiner.

Linus hat es nicht mit der Bekleidungsvorschrift *sommerlich* auf der Einladungskarte bewenden lassen, sondern *candy colours* dazu gesetzt. Candys sind das, was nicht bloß Kinder gern in den Mund stecken. Susans Farben sind die Farben eines verdammt erwachsenen Kindes, und Achberg darf ihr Daddy sein.

Er selbst begnügt sich mit einem lavendelfarbenen Poloshirt als Beitrag zum Kindergeburtstag des nun Achtundfünfzigjährigen, darüber ein tabakbraunes Baumwollsakko, schwarze Jeans und Dreitagebart. Klara fände ihn so zum Anbeißen, Susan gönnt ihm einen musternden Blick, und er wertet ihr Schweigen als Einverständnis. Wenn er sie jetzt hinunterführt, wird sie ihm ihr Licht spenden.

Im ehemaligen Schweinestall ist das Fest schon im Gang. Susan überreicht Linus ihr Präsent, eine Riesenzigarre, deren Aluminiumhülle den Jubilar dazu verführt, mannigfaltige Verwendungsmöglichkeiten anzudeuten. Achberg findet keinen Gefallen an der Geschmacklosigkeit. Susan wird von Linus nicht dreimal auf die Wange geküsst, sondern einmal richtig auf den Candymund. Auch Achberg wird geherzt, dessen Geschenk drei dickbäuchige Flaschen eines ausgesucht seltenen fünfundzwanzigjährigen Single Malt Whiskeys sind. Nach zerstoßenen Meerjungfrauen schmecke der, rühmt Linus kenntnisreich, ehe er Toni vorstellt.

Toni ist die schönste Frau, der Achberg jemals begegnet ist, abgesehen von Susan. Das ist möglich. Susan, die hellste Mitternachtssonne, Toni, die zauberhafteste Tropennacht. Ihre Haut schimmert so makellos wie eine frisch angebrochene Tafel hochprozentiger Schokolade. Die Spieglein-Spieglein-Frage ist eine vollkommen sinnlose. Wahre Schönheit ist unvergleichbar.

Ein Turban aus langen Rastazöpfen türmt sich über Toni auf, lässt sie größer erscheinen als sie ist und überragt auch in der Breite die eher schmalen Schultern. Mandelförmige Augen, eine an Feinheit unübertreffbare Nase, ein Mund, der den Nofretetes in den Schatten stellt. Die enormen violett geschminkten Lippen wollen Achberg wie ein eigenständiges Lebewesen vorkommen, das einen Ausdruckstanz vorführt. Über die schwarzen Lederleggins fällt grobmaschiges Strickwerk in mittlerem Warmgrau, dem seitlich die eng anliegenden roséfarbenen, seidigen Ärmel eines Shirts entspringen, die bis über die Handschuhe aus schwarzer Spitze reichen, deren Finger wiederum abgeschnitten sind.

Du darfst wieder atmen, sagt Linus.

Es verbieten sich die verfügbaren Annäherungsroutinen, I like your hair, how wonderful the colours of your lips fit to your eyes, what a beautiful material, may I touch it? So nicht! Er spricht das fremdländische Wesen auf Englisch an. Where are you from? Da sie in makellosem Deutsch mit einem feinen französischen Unterton antwortet, ist er blamiert.

Überall sei sie zu Hause, wo sie sich nicht langweilen müsse.

Keep cool, Alter, sagt Linus und beantwortet selbst alle noch nicht gestellten Fragen, als handle es sich bei Toni um ein frisch erworbenes Glanzstück seiner Sammlung.

Die Mutter aus Somalia, der Vater von der Elfenbeinküste, sie Ärztin, er Diplomat, die Tochter in Genf geboren, in New York aufgewachsen, wohnhaft in Paris, Hongkong und Zürich. Ein aufsteigender Stern am Fotografenhimmel. Linus rühmt weitere Talente und lässt andere gewiss unerwähnt.

Ich lerne eine Sprache, sagt er, Toni spricht sie nach wenigen Stunden.

Die Geburtstagsgesellschaft: Oberschwäbische Investoren, Mittelstand, der Kliniken betreibt, Bohrmaschinen von Weltruf produziert und im Fernen Osten Fertigungsstraßen montiert. Ein steinalter Verleger, ein Ex-Dax-Vorstandsvorsitzender, drei, vier Galeristen, nicht mehr als fünfzig, sechzig candyfarbene Schlipse, candyfarbene Damen im grellen Zucken der Neonröhren von Bruce

Naumans Objektkunst, Köpfe, Arme, Zungen, Schwänze in Pink, Orange, Blau und Gelb. Fingerfood im Stehen zu blassrotem Weißherbst, dazu das Plingpling einer Oberallgäuer Maultrommelcombo. Aber dezent. Es wird hier doch kaum etwas übertrieben.

Das rätselhafte Gebilde im Zentrum des Raums ist mit schwarzer Seide verhüllt. Kastenförmig in Bodennähe, zum Gewölbe hin expressiv ausgeformt, könnte es ein Grabmal sein, über das die Hand von Linus streicht, ehe er sie, um Ruhe bittend, hebt. Selbst die Maultrommelcombo gibt Ruh.

Welcome friends! Thank you all for coming. Thank you for a wonderful night. But first of all, thank you, Toni, thank you for being, I love you. And if today would be the very last day in my life, I would drive to hell with a smile and with no regret!

Achberg hat sich gerade noch für ein paar Worte Englisch geniert. Linus dagegen will gar nicht mehr aufhören damit, ob Toni oder dem eigenen Kosmopolitanismus zuliebe. Ein Weltmann im Mittelpunkt eines Weltklasseevents.

Ist sein Glück überhaupt zu fassen? Ist es nicht. Der von Freunden und Freundinnen reich Beschenkte hat sich auch selbst etwas gegönnt.

Seine priesterlich ausgebreiteten Arme weisen auf den Katafalk. Linus wechselt ins Deutsche, wie ein Kardinal, wenn es feierlich wird, ins Lateinische.

Ihr alle kennt sie. Wer sie einmal gesehen hat, vergisst sie nicht mehr. Wenn ich sie beschreibe, erscheint sie vor euren Augen. Sie liegt auf dem Bauch, blühend, fast noch ein Kind. Fünfzehn ist sie, um genau zu sein. Ein Zuckermäulchen, die Zöpfe hochgesteckt, Kopf und Arme auf die Lehne ihres Canapés gestützt.

Da niemandem der Name der Minderjährigen einfallen will, fährt Linus fort, sie zu besingen: ihr rechtes Bein auf dem zerwühlten Kissen, ihr linkes halb von der Sitzfläche gerutscht, und das süßeste Ärschlein der Welt.

Womit er recht hat. Achberg ahnt, vom wem die Rede ist, behält es aber für sich.

Nicht dem Betrachter wendet sie ihr Stupsnäschen zu, blickt vielmehr nach links aus dem Bild, ihrem Galan hinterher, der, wie wir vermuten dürfen, soeben noch bei ihr gewesen sein muss.

Linus spielt den Quizmaster.

1752.

Sein fragender Blick.

Mademoiselle Marie-Louise O'Murphy, Mätresse Ludwigs XV. Glücklicher König.

Endlich ist der Groschen gefallen. Und auch der Name des Künstlers. François Boucher. Natürlich! Das Ruhende Mädchen.

Linus beschreibt es als lässig, galant, versaut. Obwohl kein Geschlechtsteil zu sehen ist, nicht einmal eine Brust, vibriere sie vor Erotik. Mademoiselle halte sich seit längerem in der Alten Pinakothek in München auf. Da ist nichts zu wollen. Macht euch keine Hoffnungen!

Linus lupft die über das Objekt fließende Seide an. Jetzt ähneln seine Bewegungen denen eines TV-Pathologen, der eine Leiche aus dem Kühlregal vorführt. Zum Vorschein kommt zunächst nur ein Vulkanausbruch von Frisur. Das Gesicht dagegen ist enttäuschenderweise nur zweidimensional ausgeführt, fleischfarben wie ein

Schweinchen mit einem roten, runden Mund darin, die Augen blau und blöd. Eine Wachsfigur, zweifellos inspiriert vom Hofmaler aus Versailles.

Linus, jetzt mit dem Gehabe eines Zauberkünstlers, der gerade eine Jungfrau zersägt: What if the Phone Rings!

Achberg, der Kenner, weiß sofort, wer der Schöpfer der Skulptur ist. Den kennen sie alle hier, den schwer tätowierten Schweizer, dem derzeit New York zu Füßen liegt, und der sich dort fast alles erlauben kann, etwa den Fußboden einer Galerie herausreißen und die überraschten Besucher in eine Erdgrube steigen zu lassen.

Linus faltet die schwarze Seide sorgfältig, deckt Streifen für Streifen die Schöne auf. Die bald vollends Entblößte entlockt dem Publikum Ahs und Ohs.

Einzigartig an Urs Fischers Wachsskulpturen sei, doziert Linus, nun ganz Kunstsachverständiger, dass sie ihr Schöpfer nicht für die Ewigkeit bestimmt, sondern dem Verzehr ausgesetzt habe. So übergebe er denn dieses Werk seiner Bestimmung. Marie-Louises Schönheit schmelze dahin wie das Leben.

Noch spür ich ihren Atem auf den Wangen:
Wie kann das sein, dass diese nahen Tage
Fort sind, für immer fort, und ganz vergangen?

Linus zitiert Hugo von Hofmannsthal, auswendig sogar, lässt sein Feuerzeug aufschnappen, aber das süßeste Ärschlein, aus dem zwei Dochte ragen, gottlob in Frieden, setzt nur einen der Dochte in Brand, die ihr auch aus den Fersen spitzen.

Brenne Schönheit, wie wir alle brennen!

Was ist nur in Linus gefahren? Leidet er an Altersdepression, nur weil er Achtundfünfzig geworden ist?

In Achberg wehrt sich etwas gegen das neobarocke Vanitasgedöns. Er ist immer ein Bewunderer des Makellosen gewesen. Nach Urs Fischers Ruhendem Mädchen wird sich in hundertfünfzig Jahren niemand mehr umdrehen, während Mademoiselle O'Murphy, abertausendfach reproduziert, noch jeden Tag abertausendfach betrachtet werden wird.

Achberg wählt die Telefonnummer von Linus, es klingelt. Nun muss Linus verstummen.

What, if the phone rings?, ruft Achberg.

Es ist gemein. Die Andacht ist dahin. Ein Sturm der Heiterkeit fegt die Rührseligkeit aus dem Stall.

Linus aber hat noch einen Trumpf im Ärmel. Vor die flackernde Schöne tritt Toni, ein Violoncello in der Hand. Sie nimmt auf dem von Linus herbeigezauberten Stuhl Platz, lässt Bach hören, etwas aus einer Solosuite. Toni spielt, als habe der fromme Sachse auch den Jazz erfunden.

Da weiß Achberg nicht, wo er zuerst hinsehen soll. Auf ihre vibrierenden Finger, die sich genussvoll wölbenden Lippen, den Corpus des Instruments zwischen den Schenkeln, die Tränen im Gesicht von Linus.

Um nicht selbst noch sentimental zu werden, überschlägt Achberg die Brenndauer des Kunstwerks. Hundert Stunden allein die erste Wade. Urs Fischers Raub der Sabinerinnen war während der gesamten vergangenen Biennale di Venezia nicht verlöscht. Auch die flackernde Odaliske wird noch ein Kunstwerk sein, wenn ihre Form längst zerschmolzen, die Reste verklumpt sind. So wandelt sich mit jeder Sekunde ihre Gestalt. Da Fischer die Skulptur in einer kleinen Serie hat herstellen lassen, macht der unregulierbare Prozess jedes Exemplar zu einem Unikat. Es ist also die Zeit selbst, die er auf unvergleichliche Weise in seine Arbeit einbaut.

Der neben ihm stehende Weltmarktführer reißt Achberg aus seinen Betrachtungen. Womöglich, sagt der, laufe Toni auch noch die hundert Meter unter elf Sekunden und besitze ein Diplom in dogmatischer Theologie.

Nur kein Neid, sagt Achberg.

Der Teufel scheiße immer auf den größten Haufen, hört Achberg hinter sich einen weiteren schwäbischen Bewunderer von Tonis Kunst stänkern, nachdem Bach verklungen ist.

Wen die Götter liebten, liebten sie eben ganz, kontert er.

Der munter schnellende Bach ist versiegt. Achberg kann seine Augen nicht von der Quelle lassen. Ihm entgeht nicht, dass sich Toni und Susan auf Anhieb verstehen. Wirklich schönen Frauen gefällt die Nähe wirklich schöner Frauen.

Wo an diesem Abend Toni ist, ist meist auch Susan zu finden. Ihre Bahnen um die entflammte Figur herum berühren Achberg selten, als wolle Susan demonstrieren, mit dem Mann nichts zu tun zu haben, mit dem sie hier zufällig aufgekreuzt ist. Achberg bildet es sich ein.

Einmal nur kommt sie herangeflogen, um ihm zuzuraunen, auch Linus interessiere sich für *Red Nude*.

Er kann ihr jetzt nicht länger verschweigen, wie es um die Sache steht, versteht, dass ihre Geduld abläuft. Den kaum verbrämten, widrigen Umständen geschuldeten Rücktritt aus Geldmangel quittiert Susan mit keinem Hauch des Erstaunens oder gar Bedauerns.

Toni springt mit einer Kamera herum. Das Problem dabei ist, dass alle mit ihr gemeinsam aufs Bild wollen, sie aber doch die Künstlerin ist, der aufsteigende Stern, und nicht *knipst*, wie es der respektlose Weltmarktführer ausdrückt. Der Banause hat es zu Recht verschissen bei ihr – und bei Achberg.

Sie fotografiert!

Sie fotografiert, und zwar so, dass man es mit zwei ph schreiben muss.

Was sie denn so photographiere?

Das Elend, erklärt Linus. Das Elend in den Slums der Megacities.

Das Elend, das sie hier vor die Linse bekommt, ist auch nicht von schlechten Eltern, knurrt Achberg.

Linus boxt ihm scherzhaft auf die Brust.

Da haben sich zwei gefunden, sagt er.

Susan assistiert Toni beim Ablichten des überschaubaren Elends.

Linus glüht vor Stolz. Zum Glück muss nicht auch noch getanzt werden, findet Achberg. Wenn er tanzt, wird sein Alter zur Choreographie, fürchtet er. Und was ihn erniedrigt, will er nicht darstellen müssen. Würde getanzt, würde Susan bestimmt mit Toni tanzen. Das allerdings wäre ein Ereignis. Linus würde sich hemmungslos vor beiden gleichzeitig verrenken. Er schleckt alle drei Minuten an Toni herum. Aus purer Selbstverliebtheit, findet Achberg.

Was *Red Nude* angeht, will Achberg von Linus doch noch Genaueres erfahren. Susan hat ihm zweifellos seine *Red-Nude*-Verfallenheit verraten. Konnte sie nicht den Mund halten? So hat sie den Jagdinstinkt von Linus aktiviert. Achberg nähert sich dem verminten Gelände nicht auf direktem Weg. Ihn erinnere Urs Fischers Ruhendes Mädchen an ein Gemälde von Alex Katz, sagt er.

Gut beobachtet, lobt Linus.

Red Nude ist Linus überaus gegenwärtig. Susan könnte beiden als Modell gedient haben, sagt er.

Durchaus, stimmt ihm Achberg zu.

Linus schmunzelt so hintersinnig, als sei er persönlich dabei gewesen.

Also würde *Red Nude* gut in deine Sammlung passen, sagt Achberg.

Darauf antwortet Linus nicht.

Pass auf, dass du sie nicht auch noch verbrennst.

Wir beide sind es, die lodern, Alter!

Ich vermisse Kaspar, sagt Achberg.

Schau dir unsere Megababes an, dann kommst du auf gesündere Gedanken. Und morgen bleibt ihr beiden. Das Schönste steht uns noch bevor.

Das will Achberg hoffen.

*

Er hat eine Flasche des an sich untrinkbaren Weißherbstes mit heraufgenommen. Betrunken ist er nicht, darauf hat er geachtet, nur ordentlich angewärmt. Auf Susan aber hat er dann noch geschlagene anderthalb Stunden warten müssen, weil das Fest noch nicht zu Ende und sie noch nicht bereit gewesen ist, das eine Vergnügen gegen das andere einzutauschen; da hat der Weißherbst das Warten verkürzen müssen. Aber jetzt steht Susan unter der Dusche. Damit Achberg sie besser hört, schaltet er den Fernsehapparat aus.

Sie gehört ihm.

Susan im weißen Bademantel. Er empfängt sie. Sie schüttelt seine Umarmung ab, stellt den Fernseher wieder an und streckt sich auf dem Bett aus. Er walkt ihr die strapazierten Füße, was sie mag, wie er weiß, nur offenbar nicht jetzt. Seinen Kuss wehrt sie ab, als drohe ihr ein Infekt der oberen Atemwege.

Wir können auch erst reden, sagt er.

Sie atmet hörbar aus.

Achberg hofft auf einen Satz, der die Nacht öffnet. Es muss kein großer Satz sein, kein Schwur, nur etwas, was nicht gleich alle Erwartung begräbt. Ein hilfreicher Auflockerungssatz wäre willkommen, der ihm selbst nicht einfällt. Sie könnten auch den Abend durchnehmen. Aber er will Toni als Thema nicht ins Bett lassen. Selbst wenn er über sie schweigt, ist sie präsent.

Sie: Müssen wir jetzt …?

Er: Müssen müssen wir gar nichts.

Sie schweigt. Schweigt auch sie von Toni?

Er: Müde?

Was drückt ihr Schweigen aus? Überdruss, Ungeduld? Sie haben noch nie miteinander geschlafen … das allerdings mit enormem Aufwand. Ein Kuss wäre hilfreich. Diesmal mit Ansage. Sie schlägt ihn aus.

Einen einzigen!

Nullkommakeinen.

Verbieten kann sie ihn nicht. Blitzschnell taucht sein Mund zu ihrem Mund hinab.

Du bist mir zu heiß.

Nun hat sie ihn doch verstimmt. Damit sie es nicht gleich spürt, verschwindet er im Bad, putzt sich die Zähne gründlich, duscht mit ihrem Gel, damit er nach ihr riecht, kehrt mit nichts am Leib ins Bett zurück als einem um die Hüfte geschlungenen Handtuch. Im Fernsehen läuft eine Talkshow. Er sieht nicht hin, hört nicht hin, unter normalen Umständen schon kann er dergleichen nicht ausstehen. Was aber ist jetzt normal? Will Susan sich nicht mit ihm befassen?

Sie will. Und wie. Auf einmal interessiert sie sich für das Verflossene, Vergossene.

Wie ist das mit deiner Frau?

Das passende Thema, ihn abzukühlen.

Du liebst sie noch immer.

Eine Feststellung. Haltlos. Aus der Luft gegriffen.

Wie kommst du darauf? Jetzt?

Die Frage ist dir wohl unangenehm.

Wir sind seit drei Jahren geschieden.

Was du bedauerst.

Für zwanzig Jahre Ehe ist der Mensch nicht gemacht.

Der Mensch oder der Mann?

Susan, was soll das?

Auf dem Bett im Londoner King George hatte Susan beiläufig eine Formulierung verwendet, die ihm jetzt wieder einfällt. Sie sei nicht zickig, nur nicht immer leicht zu handeln. Er liegt frisch geduscht mit Venus persönlich im Bett, die leider ein Gespräch über verflossene Ehen vorzieht. Wenn sie es nicht anders will.

Also, sagt Achberg, so leichthin wie möglich, mit dir würde ich es glatt noch einmal probieren.

Wenigstens lacht Susan jetzt.

Sweetie, war das gerade ein Heiratsantrag? Du verlierst wohl leicht den Kopf?

Ernsthaft.

Na klar. Und seit wann kennst du Klara?

Seine Antwort darf jetzt nicht lange auf sich warten lassen. Auf der Zunge liegt ihm: Was geht dich das an.

Er murmelt etwas von Jahrzehnten.

Macht ja nichts. Lass dir nur nicht alles aus der Nase ziehen!

Susan dreht sich auf den Bauch und klappt ihre Waden nach oben. Die Odaliskenstellung. Für Achberg eine Aufforderung, ihre Fußsohlen mit Küssen zu entzünden. Wenn sie nichts dagegen hat, wird er sich vom Fersenbein zum Schambein vorarbeiten.

Lass das, sagt sie.

Ihr Gähnen ist ein Schauspiel.

Inzwischen hat er einige Erfahrung in ihren Wechselbädern gesammelt und lässt sich nicht mehr so leicht schrecken. Es zahlt sich aus, denn Minuten später nur werden seine Bemühungen mit einem Lob honoriert, wie er es aus ihrem Mund noch nicht gehört hat.

Du weißt, wie man Frauen anfasst.

Plural.

So wie Susans Füße hat er noch nie die Füße einer Frau angefasst. Er leckt nicht jeden Fuß, den man ihm hinhält. Mit Fußfetischismus hat es nichts zu tun, wozu ihn dieser Fuß ermutigt. So einen Fuß gibt es nur noch einmal und der ist auch gleich an der Reihe.

Zum Dank für ihren Satz beißt er sie sanft in die Achillesferse.

Sie zwickt ihn schmerzhaft zwischen den Beinen. Gefolgt von der Zeitansage: Schon halb drei.

Na und.

Dass alles vorbei sein kann, noch ehe es richtig begonnen hat, damit ist bei ihr immer zu rechnen. Aber zu freiwilligem Rückzug ist er nicht bereit, auch nicht um halb drei.

DU WEISST, WIE MAN FRAUEN ANFASST! klingt fast noch besser als *MÄNNER WERDEN ERST MIT FÜNFZIG INTERESSANT.*

Ich wüsste schon, was mich müde macht, sagt er.

Susans Unterschenkel fallen wie Bahnschranken. Sie rollt zur Seite und verlässt das Bett, diesmal, um den Fernsehapparat auszuschalten.

Wird auch Zeit.

Auf dem Weg zurück lässt sie den Bademantel fallen. Mit nichts bekleidet als einem candyfarbenen Slip zieht sie die Decke bis zum Hals und stopft sie auf beiden Seiten unter ihrem Körper fest. Achberg schiebt eine Hand unter die Hülle.

Du bist mir zu kalt, sagt sie.

Gerade eben war ich dir noch zu heiß.

Ich weiß auch nicht, wie das kommt.

Dann nicht.

Achberg hat die Nase voll und dreht ihr den Rücken zu.

Jetzt bist du wieder beleidigt.

Bin ich nicht.

Bist du doch.

Bin ich nicht.

Ich möchte jetzt keinen Sex, Sweetie.

Achberg stöhnt. Ein einziges Mal stöhnt er, wie ein Mann aufstöhnen darf, der mit dem Handling eines komplizierten Geräts nicht zurechtkommt. Es ist weniger ein Stöhnen als ein Rascheln mit den Nerven.

Nur weil du keinen Sex kriegst, flippst du gleich aus.

Ich flippe nicht aus.

Du solltest hören, wie du gerade ausflippst.

Ich. Flippe. Nicht. Aus.

Du bist mir zu kalt, wiederholt sie.

Achberg Hände stecken bereits zwischen den eigenen Schenkeln, um sie auf eine für Susan annehmbare Betriebstemperatur zu bringen.

Es ist sinnlos, sagt sie.

Wieso sinnlos?

Es passt nicht.

Soll ich gehen?

Was fragst du? Geh, wenn du willst, aber geh dann auch.

Wohin soll ich denn jetzt noch gehen?

Du willst gehen. Also geh oder sei still.

Ist ja gut.

Nichts ist gut.

Susan strampelt sich frei und springt aus dem Bett.

Sei doch vernünftig, bittet er, und setzt ebenfalls die Füße auf den Boden.

Ich will endlich schlafen dürfen, sagt sie. Nur schlafen.

Das, sagt Achberg, habe inzwischen sogar er kapiert. Machen wir Schluss.

Auf einmal ist sie wie aufgedreht. Noch nie habe sie *Schluss gemacht*, sei auch noch nie mit jemandem *gegangen*. Hat man im letzten Jahrtausend so geredet? *Schlussmachen*: ein absolutes No-Go!

Ich meine doch nur: Schluss für heute.

Susan aber regt sich über seine Floskel auf statt über die Situation. Sie zetert wegen einer Wendung, die sie für einen altersbedingten Defekt zu halten scheint, für stilistische Steinzeit. Mit so einem Mann ist gar nichts zu machen, noch nicht einmal Schluss.

Es dauert einige Minuten, bis sie wieder im Bett liegt, von ihm abgewandt.

Er wickelt eine Strähne ihres Haares um den Zeigefinger und taucht die Nase in die Herrlichkeit, das immerhin lässt sie zu.

Früher hätte man dich als Hexe verbrannt, sagt er.

Danke.

Aber das da wird abgeschnitten, bevor es auf den Scheiterhaufen geht. Als Reliquie würde mir ein Schnipsel genügen.

Schon wieder verlässt sie das Lager, als wäre das Reinraus ihr Sexersatz. Diesmal bleibt sie nur einen Augenblick im Bad, streckt Achberg ein Fläschchen Massageöl entgegen.

Zeig endlich, was du kannst!

Sie legt sich wieder hin, erneut auf den Bauch wie die brennende Odaliske. Er knetet ihr den Nacken, die Schultern, fährt ihr mit kreisenden Daumen behutsam rechts und links an der Wirbelsäule entlang. Hinab und hinauf und wieder hinab. Warum nicht die ganze Nacht lang, wenn anderes nicht zugelassen ist. Sie berühren zu dürfen, ist Lohn genug. Und vielleicht überzeugen sie seine Daumen ja noch.

Fünf Schwänze, sagt sie.

Bitte?

Hinten zwei, vorne drei.

Was ist mit dir?

Eine Frau und fünf Schwänze. Bist du schwer von Begriff?

Offenbar kommt er nicht mit.

Ihr spuke gerade ein Porno im Kopf herum.

Er beugt sich hinab zu ihr und küsst sie so sacht wie möglich zwischen die Schulterblätter.

Was hat so ein grässlicher Porno mit uns zu tun?

Seine öligen Daumen berühren die Haut unter dem candyfarbenen Bund.

Und solche Apparate!

Hör schon auf.

Vorne rein, hinten rein. Der nächste bitte. Dabei muss es einem doch vergehen.

Du hast damit angefangen!, sagt Achberg.

Es beschäftigt mich eben. Werde es nicht los.

Susans überirdische Alabasterhaut verbietet ihm jede Widerwärtigkeit; seine Gedanken sind rein.

Weißt du, was am ekligsten ist?

Er will es nicht wissen.

Kannst du nicht endlich …

Susan schiebt Achberg weg, rollt sich auf die Knie.

So! Sie führt eine seltsame Geste vor.

Susan, bitte!

Regelrecht angefixt wirst du von solchen Bildern. Einfach nur Mann und Frau reicht dann nicht mehr.

Ich darf dich nicht anfassen, und du schwätzt von Schwänzen und Fäusten!

Du fasst mich doch an. Massier weiter!

Ich bin nicht dein Masseur.

Dann hör auf. Habe ich dich darum gebeten?

Hast du.

Du riechst auch nicht gut, sagt Susan.

Er stürzt sofort ins Bad.

Sei doch nicht so, ruft sie ihm hinterher.

Achberg duscht erneut. Vielleicht gefällt ihr das Massageöl nicht, oder das Kneten lässt ihn transpirieren. Nach erneuter Reinigung ist das Licht überm Himmelbett gelöscht. Er legt sich still zu ihr.

Neben ihm stöhnt es.

Was ist denn jetzt?

Bauchweh.

Seine nun unbestreitbar kachelofenwarme Hand sucht Susans Bauch.

Lass!

Lass sie da oder lass sie weg?

Lass sie da.

Er lässt sie da.

Höher!

Wo genau?

Weiter links.

Seine Hand folgt ihren Anweisungen zentimetergenau, vergisst darüber nicht ganz, was in der Nähe zu finden wäre.

Weg da!

Er ist hin und weg von ihr. Jetzt weg.

Kann sich ein Mann aufführen wie ein Rumpelstilzchen, nur weil er nicht gleich bekommt, was er will?, sagt sie.

Was passt dir nicht an mir, Susan?

Deine beleidigte Tour, nur weil du keinen Sex kriegst.

Es geht nicht um Sex. Ich möchte von dir nur normal behandelt werden.

Was wäre denn in deinen Augen normal? Dass ich dir den Schwanz lutsche?

Eine Möglichkeit. Weshalb nicht, denkt Achberg.

Er sagt: Träum süß!

Sie sagt: Halt einfach die Klappe.

*

Als Achberg die Augen aufschlägt, erblickt er Botticellis Venus, die sich gerade von ihrer Geburt erholt. Ein Lächeln auf den geschlossenen Lippen. Eine Hügelkette aus Haupt, Schultern, Hüfte. Erholungsgelände. Elysium. Locus amoenus. Wäre es das nicht, genügte ein einziges Wort: Bauchseitenlage.

Betrunken von ihrem Anblick, berührt er sie an Arm und Gesäß, als müsse er sich vergewissern, dass es sich um ein menschliches Wesen handelt, ein Geschöpf von Mutter Natur. Er pustet ihr sanft ins Haar, damit es sich bewegt. Bis sie ihn ansieht und sich darüber beklagt, dass er sie nicht ausschlafen lässt. Auch sein Schnarchen ist Anlass zur Beschwerde.

Und überhaupt. Es funktioniere nicht, sagt sie.

Aber wieso denn? Ich liebe dich.

Du bildest es dir ein.

Gegen dich ist alle Kunst nichts, sagt er, aber spürt, dass sein Ton nicht passt.

Sieh es endlich ein, sagt sie. Es ist nie etwas gewesen zwischen uns, noch nicht einmal ein Irrtum.

Nichts sieht er ein. Wenn er ihr noch einmal sein Leben erzählen könnte, würde er ihm eine andere Fassung geben. Er würde auch sie anders anfassen. Und nicht loslassen. Sie lässt ihn nicht los.

Wollen wir nicht in Ruhe miteinander reden?

Es ist zu früh. Es ist zu spät. Es ist vorbei.

Susan!

Du spürst doch selbst, dass du mit mir nicht zurecht kommst. Ich gehe dir auf die Nerven.

Das Gegenteil ist der Fall. Jede Sekunde mit dir bereichert mich.

Der Ton passt nicht, aber er kann ihn nicht ändern.

Schlaf weiter!, fleht sie.

Nach dem Rasieren löst Achberg den Scherkopf und klopft ihn im Waschbecken aus. Aschgraues Haarmehl. So wird einmal alles von ihm aussehen. Der Dreitagebart sollte Lässigkeit demonstrieren, das, was Susan für cool hält. Männer werden erst ab fünfzig interessant. Der Bart ist ab, ein Wasserstrahl wirbelt den Staub in den Ausguss.

Er hat den Kokon ihres Duftes die ganze Nacht nicht verlassen, vielleicht kann er ihn noch ein wenig mit sich herumtragen. Er wäscht sich nicht.

Im Haus scheint noch niemand auf zu sein, nicht einmal Frau Rickenbach. Es ist ja auch erst zehn. Der Hof ist bis auf die Wagen von Linus und Achberg leer. Die Küche ist kalt, der bereits gedeckte Frühstückstisch noch unberührt. Im ehemaligen Schweinestall sieht es vermutlich aus wie nach einem Fest, das erst tief in der Nacht ausgeklungen ist. Doch zu Achbergs Überraschung steht kein einziges Glas mehr herum. Das Gewölbe ist gelüftet und aufgeräumt, und er könnte auf die Idee kommen, das Gelage nur geträumt zu haben.

Das Mädchen aus Wachs aber flackert noch, an einer mittlerweile stark versehrten Ferse und auch an einem zweiten Docht, der aus dem orangenfarbenen Schwall ihres Haares ragt. Achberg pustet die Flämmchen aus und verlässt den Hof.

Abgeerntete Hopfengärten: Installationen aus Stangen und Drähten. Über Nacht scheint der Herbst aufgezogen zu sein. Wind stöbert Laub auf. Die müde Sonne beleuchtet bunte Bäume. In einiger Entfernung fällt Achberg die fotografierende Frau auf. Eine Touristin, hier, Kilometer entfernt vom See?

Das also ist die erste, ganze, komplette, vollständige Nacht mit Susan gewesen. Eine unvergessliche, lächerliche Farce. No love, no fun. Allenfalls eine lausige Art, einander zu quälen. Ihre Worte begreift er so wenig wie ihre Körpersprache. Er sieht es ein. Ein heller Moment in frischer, stark bewegter Luft.

Das ist das eine. Das andere kommt dazu: *Red Nude*. Alexa von Scheyn. Leutwyler. Ein unentwirrbares Gesamtdesaster, das ihn bis zur Liebesunfähigkeit quält. Von der Lust bleibt nur der Schmerz.

Zu bezweifeln, dass er ins Visier von Mächten geraten ist, die er nicht durchschaut, wäre naiv und fahrlässig. Wenigstens das ist Achberg nicht. Sein Argwohn ist vernünftig. Die Störgeräusche, die beim Telefonieren immer häufiger auftreten, können kein Zufall sein, so wenig wie die Frau, die zwischen knorrigen Mostbäumen noch immer ihr Objektiv auf ihn richtet, als er von seinem Spaziergang zurückkehrt.

In der Küche ist mittlerweile Betrieb. Toni ist an Bord. Tonis unbeschreibbarer Mund. Die ganze Welt ist dieser Mund. Elfenbeinküste, Hongkong, Zürich. Susan ist auch schon auf.

In diesem Moment ist ihr Zauber gebrochen. Gegen Gift hilft nur Gegengift. Gegen Zauber nur Gegenzauber. Er hätte Toni früher treffen sollen.

Achbergs Problem ist es nicht gewesen, wie andere Männer Angst vor einer Frau dieses Kalibers gehabt zu haben, sondern Ehrfurcht, was aber auf das Gleiche hinausläuft. Mit Ehrfurcht ist keine Frau zu erobern oder gar zu fesseln. Er hat Susan vergöttert. Nun hat Toni Susan entheiligt. Das weiß er jetzt, am Morgen nach dem Desaster. Zu spät. Aber besser spät als nie. Viel zu reparieren ist nicht mehr, und dennoch: Wenn er Susan, Toni sei Dank, nicht mehr vergöttert, wäre er in der Lage, sie zu nehmen, wie sie ist.

Frau Rickenbach hat Weißwürste erhitzt.

Toni verschmäht Fleisch, backt sich einen Apfelpfannkuchen mit den Boskops von der Wiese hinterm Haus. Susan mag auch lieber die Boskops und vermeidet jedes Gespräch mit Achberg. Dafür ist er dankbar. Es soll ihn jetzt nichts von Toni ablenken, vom Ausdruckstanz ihrer Lippen. Um dieses Wesen kann er Linus nur beneiden.

Linus taucht die ganze Wurst in süßen Senf und dann in den Mund. Würden Tonis dunkle Lippen eine Weißwurst so hemmungslos verschlingen, wäre der Anblick eine Sensation.

Das saugende, schmatzende Geräusch, das Linus erzeugt, weckt dagegen Sympathie für vegetarische Ernährung. Nur weil er Linus und Frau Rickenbach nicht mit ihren dampfenden Würsten allein lassen kann, erlaubt Achberg einen der gekrümmten Schwellkörper auf seinem Teller, schneidet ihn in der Mitte durch, pellt eine Hälfte mit Messer und Gabel, taucht sie in den Senf, ehe er abbeißt. Linus zischt ein Weißbier. Achberg wählt hausgepressten Apfelsaft.

Gleich mit Toni, Susan und Heloise auf dem See zu sein, sagt Linus mit vollem Mund, das ist der Höhepunkt.

Doch Toni und Susan lehnen nicht bloß die Würste ab, sondern auch das Segeln. Linus ist sofort anzusehen, wie sehr ihn die Absage trifft.

Offenbar hat er sich ein erotisches Abenteuer der Extraklasse versprochen. Achbergs Männerfreundschaft kann den Verlust nicht kompensieren. Aber der weiß nun, dass er nicht auch noch kneifen darf, obwohl er lieber in Tonis Nähe bliebe, statt mit Linus nach Langenargen hinunter zu fahren.

Alle Tragödien beginnen damit, dass am Anfang niemand schuld ist, und am Ende sind alle tot, sagt Linus.

Ein typischer Linus-Satz. Mit solchen Sätzen muss er in Vorstandssitzungen auch noch geglänzt haben, als das große Spiel bereits unaufhaltsam zu Ende ging.

Im Zentrum des Zealand-Trust-Skandals stehend, hatte Linus Höllriegl die Kurse schwer durchschaubarer Immobilientöchter seiner Bank im internen Aktienhandel in phantastische Höhen getrieben und atemberaubende Gewinne zugunsten der Muttergesellschaft verbucht, bis die Töchter zusammengebrochen waren. Nicht einmal der Justiz war es bisher gelungen, die Zahlungsströme vollständig zu rekonstruieren. Linus aber hatte sich von der Bank verabschiedet und war ins Private Equity Business eingestiegen. Genau weiß Achberg nicht Bescheid über den Ausgang der Zealand-Trust-Prozesslawine. Es sieht nicht danach aus, als hätte Linus nachhaltigen Schaden genommen.

Auf dem Weg zu Heloise laben sich die beiden an ihren Weißt-du-noch-Legenden. Beide hatten sie die Oberrealschule für Knaben in Lindau, das spätere Bodensee-gymnasium, besucht, Linus drei Klassen unter Hans. Im Schulorchester hatte Linus den Kontrabass gespielt, Hans die Klarinette. Dennoch hatten sie damals weniger Berührung miteinander gehabt als heute. Denn Linus hatte seine Freunde im Segelclub gefunden, unter den eingebildeten Affen, wie Hans' Vater, der Zollinspektor, sie nannte, und mit siebzehn hatte Hans ja schon Schule und Stadt verlassen müssen. Jahre später erst war ihm Linus Höllriegl wieder über den Weg gelaufen. Als Sammler. Seitdem erst ist Linus ein Freund, einer, mit dem er niemals Geschäfte gemacht hat, weshalb die Freundschaft hält.

Ins Sammeln, hatte Linus ihm einmal gestanden, habe er sich gestürzt, weil es gegen seinen Vater gerichtet gewesen sei. Der habe es für Verschwendung gehalten, Geld für Kunst auszugeben. Vermutlich ist es das, was sie am tiefsten verbindet: Sammeln als eine besondere Art des Aufbegehrens. So selten kommt sie nicht vor, Achberg kennt genug andere Sammler, die die Kunst brauchten, um sich aus den Schatten ihrer Väter zu lösen und ihr Selbstwertgefühl mit Kunst zu stützen. Der Unterschied ist nur, dass er das Geld selbst verdient hat, während die Großsammler, an die er jetzt denkt, meist als Großerben zu sammeln begannen. Ein Erbe muss beweisen, dass er das Ererbte verdient. Kunst erhöht den Sammler, sie lässt wenig Zweifel zu. Zu Unrecht.

Du wirkst vergrübelt, Alter. Wegen Susan?

Wie kommst du darauf?

Ist nicht zu übersehen.

Susan ist es nicht.

Dann bricht es aus Achberg heraus: Das Sammeln sei ihm vergangen.

O!, sagt Linus. Eine richtige Sinnkrise also. Da müsse jeder einmal durch. Er solle einfach daran denken, dass sich Kunst auf lange Sicht besser rentiere als all die obskuren Anlageprodukte, die nicht mal mehr als Konzeptkunst taugten. Das Sammeln könne einem so wenig vergehen wie der Appetit auf Frauen.

Rate mal, Alter, auf was ich um nichts in der Welt verzichten könnte?

Toni, sagt Achberg.

Ein Schatz. Aber nein, Toni nicht.

Etwas anderes als Toni fällt mir heute morgen nicht ein, sagt Achberg.

Heloise, sagt Linus.

*

Nur Minuten später stehen sie vor ihr.

Hast du in deinem ganzen Leben jemals etwas Aufregenderes gesehen?

Das muss Achberg verneinen.

Also!

Heloises Schönheit ist tatsächlich nicht zu übertrumpfen, mit Eigenschaftswörtern wie schnittig, schlank oder aufregend nicht entfernt zu treffen. Eine Sexbombe, und dabei schon achtzig! Der Rumpf aus Mahagoni, die Deckplanken aus Oregon Pine. Endlose zwölf Komma sechs Meter lang, doch selbst an der breitesten Stelle nicht mehr als zweieinhalb.

Linus hat recht: Ein heißeres Schiff findest du nicht.

Beeindruckt ist Achberg allerdings auch von dem Wolkentheater über dem See. Eine monströse Sturmfront, die jedem sein dunkelblaues, ins Violette schlagendes Wunder verspricht, der sich hinaus wagt.

Mag ja sein, dass Zealand-Trust-Linus mit stürmischeren Revieren vertraut ist. Die Tobsuchtsanfälle, zu denen selbst dieser See fähig ist, sollte er dennoch nicht unterschätzen. Dieser so oft in süßliches Altweiberlicht getauchte Spiegel ist in tausend Stücke zersprungen.

Dann komm!

Mir ist eigentlich nicht nach einer Mutprobe, sagt Achberg.

Die Planen sind schnell entfernt, die Leinen aufgeschossen.

Wir sollten uns sputen, sagt Linus.

Das Wetter ist auf Krawall gebürstet, rechne nicht mit seiner Versöhnlichkeit.

Der Skipper wirft einen Packen wetterfestes Zeug und eine Schwimmweste auf den Steg. Achberg gehorcht und schlüpft mit vor Schiss fahrigen Händen in die Sachen.

Achberg sehe aus wie der Fliegende Holländer persönlich, sagt Linus. Unerlöst und verdammt. Irgendwo finde sich immer eine Senta. Nimm die Sache nicht so tragisch, Alter. Susan kriegt sich wieder ein.

Die Sache! So kann nur Linus denken.

Du hältst dich für unbesiegbar, das unterscheidet uns, sagt Achberg.

Er kenne nur zwei direkte Verbindungen nach ganz oben, sagt Linus.

Er streckt den Zeigefinger wie einen Blitzableiter gegen den Himmel. Die Frauen und die Natur, sagt er.

So gläubig hat Achberg ihn noch nie erlebt. Da er

fürchtet, er habe heute bei beiden kein gutes Blatt, weder bei Frauen, noch bei Mutter Natur, weigert er sich trotz Schwimmweste, Heloise zu besteigen. Ihm ist schon vom Anblick des Sees speiübel.

Du misstraust mir, sagt Linus, aber ich weiß, wie es geht.

Das wissen sie immer, die großen Zocker vor dem Herrn, bevor es in die Hose geht.

Der See führt das Dies Irae auf. Um dieses Unwetter zu erkennen, muss man nicht das Portland-Bermuda-Race bewältigt haben, von Sydney-Hobard ganz zu schweigen, und einen Sturm im legendären Fastnet-Race vor Irland überlebt haben wie die Subprime Crisis, schiffbrüchig allerdings.

Und das da?

Achberg zeigt zu einem aufgeregten Geblinke in grellem Orange an der Hafenausfahrt.

Neunzigmal pro Minute!

Er passe schon selbst auf sich auf, schreit Linus den Sturm an. Es sei sein Leben, sein Risiko. *Seinen* Krebs und *seine* Impotenz halte ihm der Staat ja auch nicht vom Leib.

Du nimmst es hier nicht mit Vater Staat auf, sagt Achberg.

Aber Linus scheint das amtliche Warnlicht als Einladung zu einer wilden Vögelei mit Mutter Natur persönlich zu verstehen.

Nichts für mich, wiederholt Achberg. Seine Hand an Bord sei unter solchen Umständen eher Last als Hilfe.

Stell dich nicht so an!

Achberg sollte Linus jetzt nicht einfach im Stich lassen.

Lass uns wenigstens umdrehen, wenn wir merken, dass es nicht mehr geht.

Darauf Linus: Eine Hafenrundfahrt ist mit mir nicht drin.

In diesem Moment vibriert Achbergs Handy. Susans Kurzmitteilung lautet *Ich hab dich doch lieber, als mir lieb ist*.

Jetzt weiß Achberg, was zu tun ist.

Wenn du unbedingt hinaus willst, bitte!

No risk, no fun! Wir ziehen das durch.

Für solche Sprüche hat Achberg kein Ohr mehr. Es ist nicht vernünftig, sagt er.

Was auf einmal in ihn gefahren sei?

Ich bleibe an Land und verständige die Wasserwacht, verspricht Achberg.

Zisch ab!

Es muss ein seltsames Vergnügen sein, einen Schärenkreuzer durch diese Front zu steuern. Achberg bewundert, wie Heloise davonschnürt und wie Linus das Leben bei den Hörnern packt. Das Schweizer Ufer ist nicht mehr zu erkennen.

*

Ich hab dich doch lieber, als mir lieb ist. Die unverhoffte Wendung trügt. Susan ist bereits abgereist, Toni hat sie zum Flughafen gebracht. Nicht einmal verabschiedet hat Susan sich von ihm, es sei denn, er nimmt dies als Abschiedsgruß: *Ich hab dich doch lieber, als mir lieb ist.* Das klingt jetzt endgültig. Es ist ihr dritter Rettungsringsatz gewesen. *Männer werden erst ab fünfzig interessant,* hat der erste gelautet, *du weißt, wie man Frauen anfasst*, der zweite.

Wenn der Dampfer gesunken ist, nützt kein Rettungsring mehr. Wenn er sich nichts vormacht, muss Achberg gestehen, keinen Augenblick lang gewusst zu haben, woran er mit Susan ist.

Toni trägt jetzt eine dicke schwarze Brille. Selbst die kommt gegen den Mund nicht an.

Auf einer Vernissage in Zürich habe sie Linus kennengelernt, den sie ihren Seehas nennt. Es hört sich an, als gebe es noch andere Hasen in ihrer Weltbürgerwelt. Manchmal hole er sie mit dem Boot in Romanshorn ab.

Achberg ist allein mit Toni und der erneut brennenden Odaliske. Es tropfen jetzt beide Fersen und das Ärschlein wie Kerzen am Opferstock. Sie sorgt sich also doch um Linus. Wenn nur das Telefon endlich klingelte! Linus müsste trotz schwerer See längst zurück sein.

Toni zeigt Achberg auf dem Laptop ihre Fotos. Slums in Bombay, Lagos, Manila. Raffinierte Bildaufteilungen, Farbexplosionen, abstrakt verfremdete Details.

Freundlich ausgedrückt, bändigen Tonis Bilder das Elend, weniger freundlich formuliert, missbrauchen sie es. Es ist Elend in seiner erträglichsten Form. Oder es kommt ihm nur so vor, weil er die Fotos über ihre herrliche Schulter gebeugt betrachtet, ihr Haarwerk berührend, ihren Duft atmend, ihren enormen Lippen lauschend.

Das Unwetter beutelt auch die breitkronigen Bäume auf der Wiese, doch nicht Tonis Gottvertrauen. Achberg bittet sie, mit ihm zum Hafen hinunter zu fahren.

Zwar ist es mittlerweile etwas heller geworden über dem See, von Heloise jedoch weit und breit nichts zu sehen.

Wenn er es nicht mehr zurück geschafft hat, ist er in der Schweiz geblieben, sagt Toni.

Er wollte in die Schweiz?

Hatte drüben etwas zu erledigen.

Musste er unbedingt in die Schweiz?

Zur Bank.

Aber er hätte doch angerufen!

Wahrscheinlich ist mal wieder der Akku leer.

Achberg verständigt die Wasserschutzpolizei. Von einem Schärenkreuzer in Seenot ist nichts bekannt.

*

Er hat Toni dann doch allein gelassen und ist noch nach München gefahren.

Du musst mir nicht das Händchen halten, hat sie zu ihm gesagt.

Gib bitte Bescheid, wenn er sich rührt, sagt er.

Da weder Toni noch Linus angerufen haben, nimmt Achberg an, die Sache sei glimpflich abgelaufen. Glimpflicher als die Sache mit Susan.

Die fixe Idee hat ihn beschäftigt, Linus könnte in der Schweiz das Geld für *Red Nude* abgehoben haben und damit im Bodensee versunken sein wie das Rheingold. Was wird aus dem Bild, wenn es Linus nicht bekommt?

Für diesen Gedanken muss sich Achberg schämen.

Am Nachmittag ruft Klara an. Sie weiß alles. Sie hat erfahren, dass bis zum Einbruch der Dunkelheit nach Linus gesucht worden sei. Polizeiboote und Hubschrauber aus drei Ländern. Am Morgen sei das Boot gefunden worden. Ein Fliegender Holländer. Nicht gekentert, doch von Linus keine Spur.

Gibt es noch Hoffnung?
Die Suche nach ihm sei eingestellt worden.
Klara ist anzuhören, wie sie mit den Tränen kämpft.
Wir zwei sind übrig, sagt Achberg.

NEUN

Roy Lichtenstein: Oh, Jeff …
I love you, too … but …, 1964,
Öl und Magna auf Leinwand,
121,9 × 121,9 cm

Ein Gemälde in Comic-Manier. Eine hübsche, durchschnittliche All-American-Blondine am Rande der Hysterie, verzweifelt munter, verdammt vernünftig. Mit beiden makellos manikürten Händen hält sie den Telefonhörer ganz nah an den rot gemalten Mund. OH, JEFF … I LOVE YOU, TOO … BUT … Hans hat die Sprechblase handschriftlich ergänzt, sie lautet nun OH, JEFF … I LOVE YOU, TOO … BUT NOT IN MY HOME.

Wo fahren Sie mich hin?

Wohin Sie wollen, sagt der Taxifahrer, der sie zu ihrer Überraschung am Flughafen abgeholt hat und ihr den Umschlag mit dem Lichtenstein-Comic überreicht.

Ihr liegt das Karajan-Bonmot auf der Zunge: Ganz egal, wohin Sie mich bringen, ich werde überall gebraucht. Am dringendsten braucht Hans sie, er will sie aber nicht bei sich zu Hause haben. Dass einem Mann der Saft ausgehen kann, der so Schreckliches erleben muss, kann sie verstehen. Bestimmt macht Hans sich schreckliche Vorwürfe, Linus allein gelassen zu haben.

Klara wählt Achbergs Nummer.

Derzeit sei der Anschluss nicht erreichbar, sagt die vertraute Stimme.

Also zum ArtHotel am Lenbachplatz. Der Taxifahrer nimmt kein Geld. Es sei alles geregelt.

Unangemeldet aufzukreuzen gehört zu ihren Führungsmethoden. So ist man über die Ankunft der Chefin nicht allzu überrascht. Selbst Hans konnte sich ausrechnen, wohin er die nächste Post an sie senden musste. An der Rezeption wartet schon sein nächster Umschlag auf sie. OH, JEFF … I LOVE YOU, TOO … BUT WE CAN'T EVEN PHONE*. Neben einem zweiten Sternchen am unteren Rand des Blattes steht: BRANDHORST HIGH NOON.

Was soll der Quatsch?

Als es soweit ist, geht Klara, obwohl es regnet, zu Fuß. Sie benötigt nur zwölf Minuten. Die Fassade des Museums Brandhorst ist mit emaillierten Stäben in zahllosen Pastellfarben verkleidet, ein mächtiger Riegel, der nicht zur benachbarten Pinakothek der Moderne passt. Von der Architektur abgesehen ist es Klara schleierhaft, weshalb der Staat den Brandhorsts ein eigenes Museum spendiert hat. Sie kennt Sammler, die mit gleichem Recht Ansprüche anmelden könnten.

Sie ist aber nicht hier, um darüber zu lamentieren, wie der Staat auch für Kunst Geld an der falschen Stelle hinausschmeißt. Sie löst ein Ticket, durchquert die Eingangshalle. Eine breite Holztreppe führt ins Untergeschoss. Damian Hirsts Edelstahlvitrine steht dort, gefüllt mit einigen tausend Pillen aus Bronze, Kunstharz, gefärbtem Gips. *In this terrible moment we are victims clinging helplessly to an environment that refuses to acknowledge the soul.* Die Erklärung ist noch das Beste an der Arbeit, findet Klara. Nein, ist sie nicht. Diese banale Pose auch noch großspurig zu erklären, ist Kasperei, ein Vergehen an der Kunst.

Hans ist nicht zu entdecken. Also wieder hinauf. Die Wände sind bedeckt mit Warhol-Arbeiten mäßiger Qualität.

Neben einem der kleinsten Formate – es zeigt einen Revolver vom Kaliber 0.22 – steht er und signalisiert, dass er sie gesehen hat. Klara folgt ihm unauffällig, wie es zum Spiel gehört, auf die oberste der drei Ebenen. Saal um Saal mit nichts gefüllt als wenigen riesigen Gemälden von Cy Twombly, auch die nicht unbedingt nach Klaras Geschmack. Im größten der Säle sechs unmäßige Leinwände mit jeweils vier grob gemalten Rosenblüten darauf. *Wohin wir uns wenden im Gewitter der Rosen, ist die Nacht von Dornen erhellt, und der Donner … folgt uns jetzt auf dem Fuß.* Worte aus Ingeborg Bachmanns Gedichtband *Die gestundete Zeit*, ohne die das Gepinsel nichts wäre. Das verbindet Hirst und Twombly, dass beide glauben, nicht ohne Texte auszukommen, vermutlich zu Recht.

Das Ziel von Hans ist ein kleinerer länglicher Saal mit ochsenblutfarbenen Wänden, frei von Kunst, ausgestattet mit elf voluminösen Ledersesseln, eine Art Ruheraum. Eine Ecke aus Glas mit Aussicht auf Rasen, eine Reihe Birken, die Pinakothek der Moderne, ein Universitätsinstitut und im Hintergrund die rostigen Eisenstelen Chillidas, hinter denen eine weiß-blaue Straßenbahn vorbeizieht.

Sie sind allein. Kein einziger Sessel ist besetzt. Hans sitzt trotzdem lieber auf dem breiten Fensterbrett aus hellem Holz und schweigt.

Waldfee grüßt Murmeltier, sagt Klara.

Er antwortet nicht.

Waldfee grüßt Murmeltier. Jetzt du!

Er lässt ein weiteres Kuvert fallen. Allmählich wird das Spiel fad. Klara hebt die Botschaft auf, setzt sich in einen der Sessel, öffnet und liest.

OH, JEFF ... I LOVE YOU, TOO ... BUT WE ARE NOT ALONE.

Hans ist schon weg. Sie wieder hinter ihm her, aus der Sammlung hinaus. An der Trambahnhaltestelle gegenüber der Alten Pinakothek in der Barerstraße kennt er sie immer noch nicht. Die Linie Siebenundzwanzig hält.

Sechs oder sieben unverdächtige Passagiere steigen in den vorderen Waggon, Hans und Klara in den hinteren. Scharfe Geräusche von den Schienen, ein Surren und Rumpeln, durch Pfützen zischende Autoreifen. Wenn sie einander verstehen wollen, dürfen sie nicht bloß flüstern.

Oh, Jeff, sagt sie, I love you, too, but you're totally crazy.

Er antwortet nicht.

An der dritten Haltestelle, am Elisabethplatz, verlässt er die Tram und lotst Klara endlich in ein Café.

Ich kann verstehen, dass du durch den Wind bist, sagt sie, aber was soll das Theater? Warum machen wir es uns nicht zu Hause bequem?

Ich werde abgehört. Deshalb können wir auch nicht telefonieren.

Bullshit.

Eine kugelrunde Schwarze wie aus Onkel Toms Hütte mit hübschem Gesicht fragt nach ihren Wünschen. Zwei Cappuccini und einmal Prinzregententorte nur für Klara.

Ob sie sich an ihren ersten Abend in Venedig erinnere?

Wie könnte ich unsere Nacht am Lido vergessen, Sweetheart.

Das meine er nicht.

Schade.

Davor. In der Madonna. Kaspar, Linus und Lu. Und sie beide. Ob ihr dort nichts aufgefallen sei?

Wie soll ich mich daran erinnern, es ist vier Monate her.

An den Rest des Abends erinnere sie sich doch auch.

Worauf willst du hinaus?

Es müsse jemand mit großen Ohren im Lokal gesessen sein.

Daran ist nicht zu zweifeln.

Jemand, der sie abgehört habe.

Wir waren die letzten Gäste.

Sie seien zu viert gewesen.

Plus Lu.

Vier Sammler. Zwei von ihnen tot, im Abstand weniger Wochen gewaltsam ums Leben gekommen.

Was redest du da?

Als Nächstes sind wir an der Reihe.

Unsinn.

Vier Freunde, vier Sammler, die noch etwas anderes verbindet.

Nämlich?

Geld in der Schweiz.

Woher willst du wissen, dass auch ich mein Geld in der …

Sie müsse es nicht bestreiten, anders als in der Madonna höre ihnen jetzt keiner zu.

Sag endlich, worauf du hinaus willst?

Vier Sammler, die ihre Kunst vorwiegend mit Schwarzgeld aus der Schweiz beziehungsweise Liechtenstein kauften.

Mr Achberg! Schätzungsweise sieben von zehn Sammlern haben Geld in der Schweiz oder sonst wo und kaufen davon Kunst. Was soll daran Besonderes sein?

Zwei von uns sind tot.

Zufall.

Wir sind Staatsfeinde.

Bullshit.

Und Geldwäscher.

Wir verwandeln Kohle in Kunst, Sweatheart, Asche in Abendland.

Linus ist nicht im Sturm umgekommen, sagt Hans.

Wir glauben doch beide nicht mehr an den Klabautermann, sagt Klara. Linus hat sich überschätzt. Auf dem See sind schon andere ums Leben gekommen. Aus Übermut.

Aber nicht auf einem Schärenkreuzer!

Gerade so ein großes Boot beherrscht einer nicht allein. Es ist schlank, aber nicht sehr beweglich. Bei einem Manöver könnte ihn der Baum am Kopf getroffen und von Bord geschlagen haben. Wie ich ihn kenne, hatte Linus keine Schwimmweste an.

Nicht, als er ablegte.

Die Weste hätte ihn gerettet, sagt Klara.

Wenn es denn ein Unfall gewesen wäre.

Hans ist nicht davon abzubringen, sich als Ziel böser Machenschaften zu fühlen, sachliche Argumente ignoriert er. Klara weiß im Augenblick keinen Rat, wie ihm zu helfen sei, kommt nicht an ihn heran, nicht mit Logik. Aber sie gibt nicht auf.

Du warst drauf und dran, mitzusegeln, Hans! Nur der Sturm hielt dich ab. Mit dem Wetter konnte keiner rechnen, auch nicht das Hinrichtungskommando. Die hätten also davon ausgehen müssen, dass sich mindestens zwei Personen an Bord befinden, bei schönem Wetter sogar zwei Männer plus Frauen. Richtig?

Bei besserem Wetter hätten sie den Zugriff nicht gewagt, sagt Hans.

Zwei Männer – auch bei Sturm, wenn du nicht gekniffen hättest.

Zwei auf einen Schlag, sagt Hans.

Klara versucht es noch einmal anders.

Bist du dir ganz sicher, dass er dich überhaupt an Bord haben wollte? Hat er dich nicht mit seinem Gerede, unter keinen Umständen vor dem Sturm umzukehren, dazu gebracht, an Land zu bleiben? Seit du mir es am Telefon erzählt hast, geht mir der Gedanke nicht aus dem Kopf.

Tatsächlich, gesteht Hans, habe ihn unmittelbar vor dem Ablegen eine SMS von Susan bewogen, zum Hof zurückzukehren, statt das Boot zu betreten.

Hattet ihr euch nicht endgültig getrennt?

Sie war bereits abgereist.

Siehst du! Sie wollte dich nur vom Segeln abhalten, im entscheidenden Moment.

Du willst andeuten, Susan habe ihre Finger im Spiel? Absurd.

Nichts ist absurd genug.

Klara glaubt nicht an ein Mordkommando. Wenn schon eine verwegene Vorstellung, dann die, Linus könnte sein eigenes Verschwinden inszeniert haben, mit Susan als Mitwisserin.

Sie haben dir etwas vorgespielt, sagt Klara. Und ehe wir Verschwörungstheorien spinnen, sollten wir nicht ausschließen, dass sich Linus elegant aus dem Staub gemacht hat. Das brennende Mädchen, ein seltsam sentimentaler Linus: Wenn es zutrifft, was du mir erzählt hast, könnte man an eine grandiose Abschiedsparty denken. An eine, die zu Linus passt. Warst du nicht der Letzte, der ihn lebend gesehen hat?

Halt die Ohren steif, habe Hans ihm nachgerufen. Darauf Linus: Aber nicht bloß die Ohren.

Ein letztes Adieu höre sich anders an, stellt Klara fest.

Aber Kaspar ist wirklich gestorben, sagt Hans.

Wenn sich Kaspar wie ein gehetztes Wild vorkommt, muss man sich nicht wundern, sagt Klara. Es spricht in seinem Fall alles für eine Verzweiflungstat. Linus ist ein anderer Fall.

Doch der Klumpen im Kopf von Hans hat sich verhärtet. Er fürchte, Linus sei es nicht anders als Kaspar ergangen.

Du glaubst also, in der Madonna sitzt ein deutscher Agent am Nebentisch, notiert sich lasterhafte Reden, worauf man in Berlin unsere Liquidation beschließt?

Ob sie denn nicht begreifen wolle! Kaspar und Linus seien beide auf Schweizer Territorium ums Leben gekommen. Das müsse ihr doch zu denken geben. Linus, der in der Schweiz ein Bankgeschäft zu erledigen gehabt habe – vermutlich um Bares für ein Bild zu beschaffen. Geld, das nun wohl verschwunden sei.

Abgesehen davon, dass kein vernünftiger Sammler mit riesigen Mengen Bargeld herumläuft, ist die Vorstellung absurd, deutsche Finanzbeamte brächten in der

Schweiz deutsche Steuerflüchtlinge um. Wie stellt er sich das vor? Die Regierung entsendet geheime Spezialkommandos?

Klara nimmt Hans nicht ernst. Hans aber legt erst richtig los.

In der Schuldenkrise gerieten nicht nur Parteien und Politiker, sondern die herrschenden Verhältnisse insgesamt in Verruf. Folgerichtig setze sich der Staat zur Wehr. Gegen Banken und Spekulanten komme er nicht an. Was dagegen ein Steuerflüchtling sei, verstehe jeder, der in der Lage sei, die Bildzeitung richtig herum zu halten. Steuerbetrüger seien Staatsfeinde, Volksfeinde, Schädlinge, gefährlicher als Terroristen, weil sie den inneren Frieden, das Fundament der Gesellschaft zerstörten. Diese Einsicht müsse man nur konsequent zu Ende denken. Es läge auf der Hand, Steuerbetrug mit der gleichen Entschiedenheit und Härte zu bekämpfen wie Terror.

Bullshit!

Auch im Krieg gegen den Terror setze der Staat das Recht außer Kraft. Terroristen werden ausgeschaltet, bevor sie Unheil anrichten.

Nicht in Deutschland.

Vielleicht nicht auf eigenem Territorium. Anderswo schon, auch mit Hilfe der Bundeswehr. Widersprich, wenn ich mich irre! Außerordentliche Gefahren rechtfertigten außerordentliche Maßnahmen. Deshalb handle der Staat auch bei der Bekämpfung von Steuerhinterziehung nicht nur im strengen Rahmen von Recht und Gesetz; deshalb kooperiere er mit Kriminellen.

Er schubst sie aber nicht vor die Rhätische Bahn oder

nutzt einen zufällig vorbeiziehenden Sturm, um sie unbemerkt zu ersäufen.

Hans ist nicht zu beirren. Sobald im Kampf gegen den Volksfeind auch nur der geringste Rechtsbruch toleriert werde, ob politisch legitim oder nicht, befinde sich der Rechtsstaat auf der schiefen Bahn. Dann sei das Abgleiten in immer schwerere Vergehen und Verbrechen im Namen der Gerechtigkeit kaum noch aufzuhalten. Auf Hehlerei mit gestohlenen Daten folge dann eben der Angriff auf Leib und Leben. Was im Krieg gegen Terror erlaubt sei, könne im Krieg gegen Steuerverbrechen nicht verboten sein, zerstörten doch beide die Fundamente des Staates: Sicherheit und Gerechtigkeit.

Aber doch nicht in der Schweiz!

Hans kommt an dieser Stelle mit einer bekannten Geschichte. Ein achtzehnköpfiges Spezialkommando des Mossad habe in Dubai einen führenden Aktivisten der Hamas hingerichtet. Die Operation sei von Dutzenden von Überwachungskameras festgehalten und dokumentiert worden. Eine Hinrichtung ohne die geringsten Rücksichten auf Gesetze eines fremden Landes in einem großen, belebten Hotel am helllichten Tag. Erkundungsteams hätten den Anschlag genauestens vorbereitet, Agenten seien zum Beispiel als Urlauber aufgetreten oder hätten Hoteluniformen getragen. Ahnungslos sei das Opfer von einem Einkauf zurückgekehrt, von vier Mördern in seinem Zimmer erwartet, mit einem Elektroschockgerät ruhiggestellt und mit einem Kissen erstickt worden. Es habe nach einem natürlichen Tod ausgesehen. Als man die Leiche entdeckt habe, sei das Kommando bereits wieder außer Landes gewesen.

Ich schlafe trotzdem gut, sagt Klara. Erstens bin ich kein Terrorist, zweitens ist Deutschland ein Rechtsstaat.

Das sei Israel auch. Es passiert trotzdem. In Dubai sei die Sache nur wegen eines übereifrigen Gerichtsmediziners aufgeflogen. Die Botschaft an den Feind laute unmissverständlich: Ihr seid nirgends mehr sicher!

Wir fahren jetzt zu dir, Hans, öffnen eine Flasche Roten oder zwei, und es geht uns gleich besser.

In diesem Zustand, das ist Klara bewusst, darf sie Hans nicht allein lassen. Es sieht ganz nach einem Fall schwerster Paranoia aus. Die Betroffenen, sagt ihr laienhafter Verstand, nehmen jeden sachlichen Einwand als Bestätigung ihres Wahns. Solch ein Wahn ist ein geschlossenes System, in sich stimmig und scheinbar logisch. Hans benötigt sachverständige Betreuung, wenn sie ihn von seinen Hirngespinsten befreien will.

Sie nehme ihn nicht ernst, behauptet er, womit er leben könne, brächte sie sich mit ihrer Haltung nicht selbst in Gefahr. Hättest du es im Traum für möglich gehalten, dass demokratisch kontrollierte staatliche Behörden gestohlene Bankdaten kaufen? Wirklichkeit – kein Wahn!

Darauf fällt Klara keine befriedigende Antwort ein.

Ist ja auch alles ein bisschen viel auf einmal. Der tragische Tod zweier Freunde plus die eigene Lage, die Ängste. Der Kerl ist sturmreif geschossen. Ein paar Tage auf einer Insel täten ihm gut. Lauwarmes Wasser, kaltes kann er nicht ausstehen. Hauptsache, er säuft jetzt nicht auch noch ab. Klara hat schon eine glänzende Idee. Sie könnten einen gemeinsamen Besuch der Art Basel/ Miami Beach Anfang Dezember mit einem Abstecher in die Karibik verbinden. Warum nicht auf die Cayman Islands? Von wegen Geld in der Schweiz! Wie kommt er nur darauf? So dumm ist sie schon lange nicht mehr, ihr Geld in der Schweiz anzulegen.

Und bei Klinghelm wird sie sich erkundigen, was für Hans am besten wäre. Der Professor hatte sie, als ihre Depression so schlimm gewesen war, in kürzester Zeit aus dem Loch geholt.

Da wir beide in Gefahr sind, sollten wir nicht gemeinsam das Café verlassen, sagt sie. Ich gehe zuerst, du bleibst noch eine Viertelstunde. Iss wenigstens noch etwas!

Pass auf dich auf, sagt Hans.

Am Abend verlässt Klara München, nicht ohne zuvor eine kleine Bastelarbeit zu erledigen. Sie kopiert das Roy-Lichtenstein-Bild, schneidet eine etwas größere Sprechblase aus einem leeren Blatt Papier und klebt sie über die vorhandene. OH, JEFF … I LOVE YOU, TOO … AND I KNOW HOW TO MANAGE.

Der Zettel geht als Fax an Hans.

*

Klara hat ausführlich mit Professor Klinghelm telefoniert. Alles versteht sie nicht, was der Psychologe ihr erklärt. Von Botenstoffen im Mandelkern ist die Rede. Den Wahn herunterzuregulieren sei keineswegs einfach, doch nicht unmöglich. Bei Wahngebilden handle es sich um falsche Programmierungen, die nicht gelöscht, allenfalls überschrieben werden könnten. Unerlässlich: eine kognitive Intervention. Klinghelm spricht von *Reappraisal.* Der Patient müsse die Bestandteile seines aus Ängsten heraus gewachsenen Wahns gewissermaßen neu zusammensetzen, um dadurch zu einer veränderten Einschätzung der Realität zu kommen.

Nichts leichter als das, sagt Klara.

Alzheimer-Patienten, das weiß sie, nimmt man besser ernst. Ihre verstorbene Mutter etwa war nicht davon abzubringen, von fremden Männern im Pflegeheimzimmer belästigt und bestohlen worden zu sein. Ob sie mit Hans ähnlich verfahren soll wie mit ihrer Mutter? Oder ob es besser wäre, der Verrücktheit des Mannes mit sanfter Ironie zu begegnen?

Klinghelm rät von beiden Strategien ab. Mache Klara sich darüber lustig, werde sie vom Patienten für unernst und dumm gehalten. Seinen Wahn dagegen ernst zu nehmen, sei ebenso wenig erlaubt, denn es hieße, den Betroffenen in seinem Irrglauben zu bestärken.

Der Fachmann wörtlich: Kriegen Sie ihn soweit, einzusehen, dass andere Personen seine Version der Wahrheit aus guten Gründen für Wahn halten könnten.

Klingt vernünftig. Nur, bitte, wie soll dies geschehen?

Sie solle ihn auf logische Widersprüche hinweisen.

Wenn er sie nicht akzeptieren will?

Die Therapie eines Wahns sei eben nicht einfach, dämpft Klinghelm Klaras Hoffnungen. Zumal die genetische Komponente nicht zu unterschätzen sei. Wenn Klara ihm den Fall überlasse, wolle er prüfen, was sich medikamentös machen lasse. Im Grunde aber könne man nur darauf hoffen, dass der Paranoide sich im Griff habe.

Klara weiß jetzt, was für eine Herkulestat sie sich aufgeladen hat.

Sie hat auch Tom angerufen, ihm natürlich nicht die ganze Geschichte aufgetischt. Kein Wort davon, dass seinem Vater der Realitätssinn zerbrochen ist, nachdem er innerhalb weniger Wochen zwei seiner Freunde auf tragische Weise verloren hat. Klara hat erlebt, wie ihr eigener Vater über den Tod seines besten Freundes schwerer hinweggekommen ist als über das Ableben seiner dementen Frau. In tiefe innere Einsamkeit war er versunken, und nie wieder daraus aufgetaucht.

Ob Tom nicht für ein paar Tage nach Bad Godesberg kommen könne, um mit ihr eine größere Auftragsarbeit zu besprechen?

Tom lehnt ab. Er habe an Auftragsarbeiten grundsätzlich kein Interesse.

Dann eben nicht.

Was Hans am dringendsten braucht, ist eine Aufgabe, davon ist Klara überzeugt. Wie bedauernswert ist ein Unternehmer, der nichts mehr unternimmt, ein Sammler, der nicht mehr sammelt. Sie kann verstehen, dass da bei Hans etwas durchgebrannt ist. Besser als jede Therapie wäre für ihn eine Beschäftigung, die ihn mit Sinn füllt. Die Frage, ob er als Geschäftsführer der Salzheber Art-Hotels noch geeignet wäre, muss natürlich erst einmal auf Eis gelegt werden. Hans hatte ohnehin zurückhaltend auf ihre Andeutungen reagiert. Vielleicht kommt der Appetit, wenn ihm der Duft in die Nase steigt.

Klara hat sich in den Kopf gesetzt, Hans wieder auf die Beine zu stellen. Dazu muss sie ihn in ihrer Nähe haben.

OH, JEFF … I LOVE YOU, TOO … BUT I NEED YOU IN BAD GODESBERG.

Hans antwortet mittels einer anderen stupsnasigen Frauengestalt Lichtensteins, die sich mit beiden manikürten Händen den knochenförmigen, schwarzen Sechzigerjahre-Telefonhörer an den bemalten Mund hält: OHHH … ALRIGHT …

*

Hans besteht darauf, mit dem Intercity zu reisen. Er fühle sich im Zug sicherer, müsse nicht vorher buchen, nicht einchecken, hinterlasse kaum Spuren. Klara redet es ihm nicht aus, er muss selbst wissen, womit er seine Zeit verschwendet.

Am Bahnhof in Bonn holt sie ihn ab. Er überreicht Rosen, leider nur in einem matten Lachston. Trotzdem empfängt er auf der Stelle den ersten feuchten Kuss, vor dem Haus am Rhein dann den zweiten.

Ein Düsseldorfer Bauhausschüler hat es sozusagen um die Sammlung herumentworfen, erklärt sie. Arnfried habe sie walten und gestalten lassen und sich nur um die Finanzierung gekümmert. Die kurze Einführung in die Baugeschichte begleitet den Begrüßungstrunk. Eisenkrauttee. Stimulierend, harmonisierend, durchblutungsfördernd. Entschlackung und Bewegung sind geboten, weshalb Klara zunächst keine Besichtigung der Sammlung vorsieht, sondern einen Saunagang.

Hans ist mit allem einverstanden. Er vermisse die Sauna in seinem früheren Haus, jetzt Sauna seiner früheren Frau.

Kaum also angekommen, liegt er bereits nackt neben ihr. Genauer: Sie ist auf dem oberen Lattenrost ausgebreitet, er auf dem unteren, nur anders herum. Sie betrachtet ihn von oben herab, er lächelt von unten zu ihr hinauf, sein Penis ist ihr näher als sein Kopf; alles nur eine Frage der Perspektive.

Sie reden nicht viel, aber das Nichtvielreden ist kein Sichanschweigen, sondern Ausdruck tiefer Sammlung. Klara verabscheut öffentliche Saunas nicht etwa, weil ihre großen Ohren dort von fremden Männern angestarrt würden, sondern weil sie deren Geschwätz nicht erträgt.

Die Sanduhr ist längst nicht abgelaufen, als Hans bereits die Hitzekammer verlässt. Die Sache scheint ihm zu heiß. Klara folgt ihm auf der Stelle. Wie vermutet, verschmäht er das eiskalte Tauchbecken, duscht lieber lau. Auf dem Wasserbett im Ruheraum stecken sie dann unter einer Decke. Mit einem Mann im eigenen Haus unter einer Decke, zum ersten Mal seit Arnfrieds Tod. Sie rühren sich nicht an. Klaras Kopf ruht an seiner Schulter, mehr verlangt sie nicht.

Sicher wolle sie ihn noch zum Schwimmen überreden, schätzt Hans.

Richtig vermutet.

In ihrem Haus darf ein Pool nicht fehlen. Für ihren Pool, schmal, doch von wettkampftauglicher Länge, passt nur der Begriff Hallenbad. Das Becken sei warm genug, beruhigt sie ihn. Sechsundzwanzig Grad, die ideale Trainingstemperatur. Er kühlt sich Stufe für Stufe ab. Sie springt trocken vom Startblock. Er badet. Sie schwimmt. Er in Rückenlage. Sie krault. Pro Bahn schnürt sie einmal an ihm vorbei. Durchs gläserne Dach sind Flugzeuge zu erkennen, durch die Stirnwand der Drachenfels, das Siebengebirge, Kähne auf dem Rhein.

Und endlich entdeckt er sie, gleich neben dem Ausgang der Schwimmhalle, vor dem Hometrainer. Wer auf dem strampelt, darf sich von ihr angefeuert fühlen: *Red Nude*.

Weiß er, dass sie weiß, wie scharf er auf das Gemälde ist? Jetzt hängt *Red Nude* unter ihrem Dach, ist also endgültig unerreichbar für ihn. Sie glaubt, seine Enttäuschung zu spüren.

Welcome home!, sagt sie.

Langsam scheint er zu kapieren.

Noch ein Tässchen Eisenkraut?

Wenn es sein muss.

Den nächsten Kuss erwidert er halbherzig. Anyway. Darum geht es jetzt nicht, sondern um Entängstigung. Kognitive Intervention. *Reappraisal.* Und morgen wird Klara ihm ihre Firma präsentieren.

Später wird gekocht. Nichts entwirrt die Gedanken angenehmer, erklärt sie, als das Präparieren und Zerkleinern von Gemüse. Sie schlägt etwas Schlichtes vor, auf dessen Perfektion sie allerdings besteht. Die verwendeten Linsen sind keine gewöhnlichen deutschen Tellerlinsen, sondern kleinere, bläulich schimmernde, fast schwarze, von Kennern nicht zu Unrecht als Kaviar der Linse bezeichnete Hülsenfrüchte provenzalischer Provenienz. Die Gemüsesorten – tatsächlich gelbe Biorüben statt orangeroter Discounterkarotten, aromatische Pastinaken statt der üblichen Petersilienwurzeln, leuchtend grüne Stauden- statt banaler Sellerieknollen – verlangen danach, in entsprechend unterschiedlich große Stücke gewürfelt zu werden, um im selben Augenblick gar zu sein. Klara demonstriert Hans, wie er vorzugehen hat.

Ob es wirklich darauf ankomme?

Am Ende kommt es auf alles an.

Das Gemüse wird in einer Stielkasserolle mit Butter und etwas braunem Zucker ankaramellisiert und mit den Beluga-Linsen erst vereint, nachdem diese bereits zwanzig Minuten in ungesalzenem Wasser köcheln und keine Farbe mehr verlieren. Aufgegossen wird dann mit naturtrübem Apfelsaft und von Klara selbst zubereiteter Gemüsebrühe, gewürzt mit Salz aus dem Himalaya, frisch gemörsertem Madagaskarpfeffer und einer großzügigen Messerspitze eines von der Kolonialwarenhandlung Schwarzenbach in Zürich hergestellten überaus feinen und duftigen orientalischen Curry. Die Wursteinlage wiederum besteht nicht aus gewöhnlichen Wienern, sondern ist eine luftgetrocknete, aus magerem Schinken gefertigte, in hauchdünne Scheiben geschnittene Kreation aus dem Bordelaise. Und natürlich dürfen frische Kräuter nicht fehlen, die den Töpfen vor dem Küchenfenster zu entnehmen – bitte nicht abrupfen, sondern abschneiden! – ebenfalls Hans' Aufgabe ist. Er ist durchaus in der Lage, glatte Petersilie und Estragon zu identifizieren, nur den Majoran verwechselt er mit Thymian und lernt wieder etwas dazu. Er stellt sich wirklich nicht dumm an.

Klara, haben wir nicht etwas Wichtiges vergessen?

Macht er sich über ihren Perfektionismus lustig?

Da schau her, sagt sie, noch keine Ahnung, aber schon Ehrgeiz.

Knoblauch, sagt Hans.

Wie recht er hat. Sie hat Knoblauch vergessen!

Wir reiben stattdessen noch etwas frischen Ingwer in die Suppe, Sweetheart, das belebt die Lebensgeister.

Außerdem vervollkommnet sie das Gemeinschaftswerk mit einem Schuss Balsamico aus einem sehr edlen Fläschchen. Und weil das alles so ansprechend gelingt, bringt sie Hans auch noch bei, wie er in einer Schüssel mit rundem Boden im Wasserbad aus drei Dottern eine Portwein-Zabaione mit der Hand schlägt.

Später am Abend stößt ihre kognitive Intervention erwartungsgemäß auf Gegenwehr.

Niemand, nicht einmal Klara, so Hans zum wiederholten Male, bezweifle, dass Steuerflüchtlinge mit kriminellen Methoden verfolgt würden.

Von unerbittlicher Verfolgung könne keine Rede sein, widerspricht Klara. Bevor jemand auf die abstruse Idee komme, Mordkommandos zu befehligen, müssten nur die bestehenden Gesetze konsequent angewendet werden. Die meisten Täter kauften sich frei.

Nur die, die sich freiwillig stellten.

Warum denkst du nicht selbst daran?

Es wäre das Ende.

Welches Ende ist dir denn lieber? Der Heldentod? Seit wann so furchtlos?

Er sterbe lieber für seine Kunst.

Wie hört sich das denn an?

Glaubst du wirklich, der Staat treibt in Hunderten von Fällen solch mörderischen Aufwand? Du bist nur ein kleiner Schädling unter unüberschaubar vielen, sagt sie.

Den Aufwand, Linus und Kaspar zu beseitigen, habe man auch nicht gescheut, antwortet er.

Immer bemüht, aus therapeutischen Gründen im Rahmen der Achberg'schen Logik zu argumentieren, ermahnt ihn Klara, das Risiko für die Täter nicht zu unterschätzen. Wie der in Dubai publik gewordene Fall beweise, sei die massenhafte Beseitigung von Staatsfeinden im Ausland praktisch nicht zu vertuschen. Käme in

Deutschland nur ein einziger Fall ans Licht, müsste die Regierung gehen.

Ein Argument, das Hans nicht für stichhaltig hält. Warum sollte die Kanzlerin wegen eines toten Steuerhinterziehers stürzen? In Israel akzeptiere die demokratische Mehrheit durchaus die rechtswidrige Ermordung von Feinden. Nicht anders bei uns. Selbst Kinderschändern würde in Deutschland mehr Verständnis entgegengebracht als Steuerhinterziehern. Den Kinderschändern würde man eine miserable Kindheit zugute halten, die Steuerstraftäter dagegen seien einfach nur reich und gierig, also schlechte Menschen mit niederen Instinkten, Asoziale, gegen die in den Talkshows und in den Wahlkampfreden aller Parteien gehetzt werde. Ein Pogrom liege förmlich in der Luft.

Von therapeutischem Ehrgeiz erfasst, verordnet sich Klara äußerste Zurückhaltung. Sie steht erst am Anfang ihrer Bemühungen und sagt deshalb nur: Schluss für heute. Ab ins Bett!

Auf die Lichtstimmungen in ihrem Haus legt sie seit jeher höchste Sorgfalt. Es geht nicht einfach nur darum, Helligkeit zu erzeugen, sondern der Dunkelheit Wärme und Struktur, dem Raum Tiefe zu schenken. Raffiniert ausgerichtet und gedimmt, setzen Leuchtkörper die Kunstwerke in Szene. Indirekt beleuchtet, verwandelt der Rothko, dessen herrlich herbstliches Rot mit tiefem Ultramarin korrespondiert, Klaras Schlafzimmer in ein irdisches Nirwana.

Sie selbst erscheint im verrücktesten Negligé ihrer Sammlung, apricotfarbene Seide, schokobraune Schleifen und Spitze, applizierte Bänder in Pflaumenblau.

Leider zeigt sich, wie fertig der Kerl ist. Sie nimmt seine Ermattung nicht persönlich. Nur als Ansporn. Morgen ist auch noch ein Tag.

*

Am Vormittag nimmt Klara Hans mit in das Meeting. Er kann sich selbst davon überzeugen, wie gut das Unternehmen geführt ist. Nachmittags trifft Tina ein, deren Ehe unversehens in eine Tiefdruckzone geraten ist. Ausschließlich Schuld von Rainer, Klara hatte es vorausgesehen. Der Schwiegersohn gehört einem Berufsstand an, von dem sie weniger hält als nichts. Unternehmensberater beuten die Ängste ihrer Auftraggeber aus. Ein CEO, der nicht besser weiß, woran sein Unternehmen krankt als eine angeheuerte Bande halbwüchsiger, Zahlen kauender und Zahlen speiender Consultants, sollte abtreten, statt Millionen für sogenannte Strategien aus dem Fenster zu werfen. In Salzhebers ArtHotels haben sie nichts verloren.

Sie habe sich Rainer nicht nach seinem Beruf ausgesucht, widerspricht Tina.

Du hättest es besser getan. Abgesehen davon, dass er sich kaum noch zu Hause blicken lässt, glaubt Rainer, eine teure Business-School ersetze Herzensbildung und Charakter.

Tina insistiert: Und Susan? Sie berät dich doch auch.

Das sei etwas ganz anderes, belehrt Klara ihre Tochter. Vielleicht trotzdem ein Fehler.

Tina findet, es sei keine gute Idee gewesen, nach Hause zu fahren.

In der Tat. Tina kommt ungelegen. Klara hat Dringlicheres vor, als mit ihr über die Unvollkommenheit des Schwiegersohns zu debattieren. Kognitive Intervention, zweite Lektion.

Wie sich Hans seine Hinrichtung vorstelle, soll er ihr mal erklären.

Ihm würden da verschiedene Möglichkeiten durch den Kopf geistern. Ein Stich mit vergifteter Nadel, beigebracht im Menschendickicht eines Bahnsteigs oder einer Einkaufspassage, ein durch Fahrzeugmanipulation verursachter Unfall, Tod durch Ersticken wie in Dubai, nicht zu vergessen die Barschel-Methode, auch sie bezeichnenderweise erstmals in der Schweiz angewandt. Es zweifle ja heute nicht einmal mehr die Polizei daran, dass der Politiker keinen Selbstmord begangen habe.

Klara gibt sich Mühe, nicht laut loszulachen.

Und ob sie schon einmal daran gedacht habe, wie leicht in der Schweiz Sterbehilfe zu erhalten sei? Da müsse eins und eins nur noch zusammengezählt werden.

Du wirst doch nicht ernsthaft behaupten wollen, der eine oder andere Steuerzahler werde zum Sterben gezwungen. Die Leute sterben ganz von allein.

Er behaupte gar nichts, sagt Hans.

Klara ist beinahe glücklich über so viel Einsichtsfähigkeit. Und morgen ist auch noch ein Tag.

*

Sie ruft Tom an.

Ich habe eine Überraschung für dich.

Den Hörer reicht sie gleich weiter.

Hallo? Wer ist dort?

Die Stimme des eigenen Sohns muss man doch sofort erkennen, denkt Klara.

Ach, du bist es Tom! Was hast du mit Klara zu schaffen?

Klara verlässt den Raum aus Diskretion, kehrt vier Minuten später zurück, und das Gespräch ist schon zu Ende.

Mehr habt ihr euch nicht zu sagen gehabt?

Es scheint ihr noch immer nicht aussichtslos, dieses Vater-Sohn-Verhältnis reparieren zu können. Eins nach dem anderen.

Wie jeden Tag nutzt Hans den Hometrainer. Klara scheint es bemerkenswert, wie sehr er mittlerweile auf körperliche Ertüchtigung achtet. Er macht sich. Am meisten überrascht es sie, dass Hans sich dazu durchgerungen zu haben scheint, einen Teil seiner Sammlung zu veräußern. Es zeigt ihr, was mittlerweile alles in ihm in Bewegung geraten ist. Ihre Therapie schlägt an.

Hans' Begeisterung für Kunst nimmt deshalb nicht ab. Meisterhaft entschlüsselt er auf Anhieb das Geheimnis ihrer Sammlung. Sie suche, so sein Befund, nicht das Abbild im Bild, sondern das Elementare. Ihr Prinzip: Nicht symbolisieren, sondern sein. Farbe, Material. Materie. Sinnlichkeit bedürfe keiner Gestalt, finde im reinen Stoff zu sich, Stein, Öl, Filz, Sand, Holz, Fett. Hans vergleicht Klaras Verständnis von Kunst mit ihrer Liebe zur modernen Küche, in der es auch auf den Kontrast von Texturen ankomme, auf die Kraft des Puren.

Eine Blitzgesundung würde Klara nicht mehr überraschen. Die wirkungsvollste Therapie, die seit der Auferweckung des Lazarus genialste medizinische Tat steht Hans allerdings noch bevor. Auf die käme kein Seelenklempner. Aber Klara. Ein Sammler ist nicht einfach ein Mensch aus Fleisch und Blut. Einem Sammler kannst du das Leben nehmen, wenn du ihm seine Kunst nimmst – oder neues Leben einhauchen, wenn du ihm Kunst schenkst.

Sie hat sich das so ausgedacht: Statt die telefonierende Lichtenstein-Schönheit findet Hans diesmal in einem Kuvert ein Foto von Lucian Freuds Woman with Eyes Closed. Von ihrer Stirn steigen Bubbles zu einer Traum- oder Denkblase auf. OH, JEFF, I LOVE YOU, TOO … BUT DID YOU REALLY FORGET ME?

Wie könnte er das Bild dieser Frau vergessen haben, sitzt doch der Verlust so tief. Sie stellt sich vor, wie Hans, jedes Mal, wenn er die leere Stelle über seiner Esstheke sieht, von Wehmut erfasst, die feuchten Augen schließt. Man with Eyes Closed.

Sie schließt ihm nun die Augen mit einem Seidenschal. Gleich darf er sie wieder öffnen. Vor ihm nun Lucian Freuds luzides Meisterwerk Woman with Eyes Closed. Das Pfand in ihrer Hand, gewissermaßen in dinglichem Gewahrsam.

Sie ist frei. Sie gehört dir. Nimm sie mit nach Hause, wenn du willst. Oder bleib bei ihr, solange du magst.

Und das Geld?

Erledigt.

Wie erledigt?

Frag nicht, freu dich!

Er fragt tatsächlich nicht weiter. Umso besser. Eigentlich müsste er von allein darauf kommen, dass Klara die Sache vor drei Monaten auf ihre Weise geregelt hat. Dass er nicht alles wissen will, spricht für seinen Pragmatismus, aber auch für sein tiefes Vertrauen in die Schutzmacht Klara.

Das unverhoffte Wiedersehen müsste ihn vor Freude explodieren lassen. Hans aber sitzt am Fußende ihres Betts, hält die schlafende oder träumende Frau in den Händen und schaut sie an, als lerne er sie gerade erst kennen, oder als habe sich in ihrem Gesicht etwas verändert. Wenn Hans nur Klara einmal so ansehen würde!

Sie kniet hinter ihm, gibt ihr Bestes, und das ist nicht wenig. Alles hat sie im Griff. Hat nicht Hans selbst sie gestern als patent und praktisch gerühmt! Gut, seine Komplimente sind steigerbar wie die Farbintensität seiner Rosen. Aber sie will sich nicht beklagen. Es wird schon. Und morgen ist auch ein Tag.

Nur leider lässt Hans sich nicht überreden, länger zu bleiben.

ZEHN

Eric Fischl: Bathroom scene # 3, 2004,
Öl auf Leinwand, 213,5 × 142 cm

Das Land, aus dem Achberg nun vielleicht für immer verschwindet, hält ihn nicht auf. Er ist nicht sentimental genug, um sich von Tannenbäumen und Glühweinständen überwältigen zu lassen. Die Temperatur ist unter null gesunken. Auf den Straßen Blitzeis. Züge verspäten sich dramatischer als üblich, und Flugzeuge bleiben am Boden. Als sei der Wintereinbruch im Dezember ein unerwartbares Ereignis, überfordert auch in diesem Jahr der erste Schnee wieder die für ihn zuständigen Organisationen. Warum nicht gleich in eine richtige Bananenrepublik auswandern? Was dort nicht funktioniert, funktioniert wenigstens im Warmen nicht. Und auch die demütigendste aller Fragen, mit der ein alleinstehender Mann sich herumzuplagen hat, stellt sich in der Karibik nicht: Was tun an Weihnachten?

Das Fest verlange nach Familie, meint Klara. Sie hat Achberg angeboten, es mit ihr und ihren Lieben im Montafon zu verbringen, in der Karibik könne sie nicht bleiben.

Ihre Pläne spielen jedoch keine Rolle mehr für Achberg. Er hat beschlossen abzutauchen. Auf die Floridareise lässt er sich nur ein, um seine wahren Absichten zu verschleiern. Der Besuch der Art Basel/Miami Beach ist

Teil eines Täuschungsmanövers. Den anschließenden Abstecher auf die Caymans hat er ohnehin ausgeschlagen.

Nichts weckt weniger Argwohn als ein Sammler, der den Nikolaustag in Miami verbringt. Er kehrt bestimmt zurück, glauben die, die ihn überwachen. Er reist auch nur mit Handgepäck, Rollköfferchen plus Kleidersack. Achberg ungehindert aus dem Land zu lassen, scheint kein Risiko zu sein.

Die meisten Passagiere der First und Business Class reisen zum selben Ziel, aus demselben Grund, Achberg kennt das eine und andere Gesicht. Er aber gibt sich mit Economy zufrieden; als Klara ihn zu einem Upgrade einlädt, lehnt er ab. Umgekehrt hält sie für sich selbst die preiswertere Klasse für unzumutbar. Jetzt süffelt sie vorn Champagner, während er in Reihe 37 versucht, sich mit Dosenbier hinreichend zu sedieren.

Wenigstens hat er einen Platz am Fenster ergattert. Aber außer Wolken ist nichts zu sehen, und mit der Nachbarin auf dem Mittelsitz, einer pummeligen Studentin, die den Kopfhörer auch zum essen nicht abnimmt, wechselt er kein einziges Wort. Die Nudeln in der Alufolie sind so verkocht, dass man sie als Babybrei im Gläschen servieren könnte. Erfreulich benimmt sich seine Blase, die sich in gut neun Stunden nur einmal zu Wort meldet, aber vielleicht nur, weil das Kabinenpersonal die Getränke verknappt hat. An Schlaf ist nicht zu denken, weil ständig eines der Kleinkinder an Bord plärrt.

Alle Unbequemlichkeiten zusammen wollen Achberg annehmbarer vorkommen als Klaras fleischiges Händchen auf seinen Knien, ihr schwerer Kopf an seiner Schulter, ihr ununterbrechbares Gesäusel im Ohr. Ihr Beschützerdrang nimmt ihm die Luft. Lieber als ihm lieb ist, mag sie ihn und versteht nicht, dass ihre Hoffnungen und Erwartungen vergeblich sind. Er weiß bloß noch nicht, wie er es ihr schonend beibringen soll.

Er will sie nicht verletzen. Zuviel hat er ihr zu verdanken, und sie stehen beide im Visier desselben Gegners. Bloß will Klara es nicht wahrhaben.

Lärm, Sodbrennen, kreisende Gedanken. Wer nie gewagt hat, hat nie geträumt. Wer nie geträumt hat, dem kann nichts gelingen. Achbergs verwegenster Traum hat auf den Namen Susan gehört. Er ist ausgeträumt. Jetzt trägt seine Lieblingswunde ihren Namen. Er hat sie verfehlt. Trotzdem fällt ihm nichts Gelungeneres ein als dieses Verfehlen. Noch im Missglücken ist sie sein größtes Glück.

Achberg hat versucht, sich von Klara unabhängig zu machen, doch kein einziges freies Zimmer in Miami Beach gefunden. Ihr ist es natürlich gelungen, ein Zimmer im Raleigh an der Collins Avenue herbeizuzaubern. Es bleibt ihm kaum etwas anderes übrig, als das Quartier mit ihr zu teilen.

Er schlägt vor, unter falschem Namen zu logieren, als ihr Ehemann. Das gefällt ihr. Sie kann nicht ahnen, dass er sich übermorgen schon für immer von ihr entfernt haben wird. Um es seinen Verfolgern schwerer zu machen, taucht der Name Achberg in Miami Beach nicht mehr auf. An der Rezeption begnügt man sich mit einer Foto-Identifizierung. Arnfrieds alter Führerschein erfüllt seinen letzten Dienst, Klara zückt ihre Kreditkarte. Herr und Frau Dr. Arnfried Salzheber steigen in einer Designerorgie mit Atlantikblick ab zu achthundert Dollar pro Nacht.

Müde?

Sein Anblick scheint nicht berauschend zu sein.

Wenn du jetzt einschläfst, stehst du mitten in der Nacht im Bett, warnt sie ihn.

Vergebens. Achberg fallen die Augen zu, kurz vor fünf Uhr morgens wacht er wieder auf. Klara schnarcht unausstehlich.

Von ihr unbemerkt schleicht er aus dem Zimmer. Unter dem Scherenschnitt der Palmkronen vor flamingofarbenem Firmament gibt er im Pool den toten Mann. Von Klara befreit, ist das Bad reinstes Vergnügen. Künstliches karibisches Blau umhüllt ihn, den dunklen Fleck auf einem riesigen Leuchtkörper.

*

Ihr fällt auf, dass Hans seine Hemden neuerdings mit zwei offenen Knöpfen trägt, statt mit nur einem. Manchmal, wenn er sich unbeobachtet wähnt, fährt er mit einer Hand ins Hemd und knubbelt an einem der Nippel herum.

Trotz der kurzen Nacht ist der Mann schon gewässert und halbwegs erfrischt, als er mit ihr zum Frühstück auf der Terrasse sitzt. Eine einmotorige Propellermaschine kreist über dem Beach und zieht eine Schriftfahne hinter sich her. *Hannah, my love, marry me! Will.*

Zum Glück nicht unsere Namen, sagt Hans.

Zu seinem Glück nimmt Klara an diesem seidenweichen Morgen die Unverschämtheit großmütig hin.

Ihr Hunger auf Kunst ist so groß, dass sie nicht warten will, bis endlich die Messe in der Convention Hall öffnet. Zuvor bringt sie ein Taxi zu einer Lagerhalle in Miami.

Einst diente sie der Antidrogenbehörde, jetzt der Rubell Family Collection. Nachts sollte man die Gegend meiden, jetzt, im hellsten Licht, bewachen schwarze Cops mit noch schwärzeren Sonnenbrillen auf Harley-Davidson-Maschinen die Vorfahrt der Verwöhnten. Ja, auch Klara darf sich begünstigt fühlen. Sie zählt zu den Einlassberechtigten und stellt der wunderbaren Mrs Rubell Hans vor:

My good old friend.

Der muss herausgeben: Old is enough.

Das ist nicht witzig. Es ist schon seine zweite Unverschämtheit an diesem Morgen, selbst wenn es sich nur um eine sprachliche Ungeschicklichkeit gehandelt haben sollte oder um einen Protest gegen die Verwendung des Adjektivs old.

Enjoy!, sagt die Gastgeberin. Das hat auch einen Unterton, einen Hans zuzuschreibenden.

Enough is enough, zischt Klara ihm ins Ohr.

Als habe sie ihn zum Besuch des ZDF-Fernsehgartens gezwungen, so schlapp schlurft Hans hinter ihr her. Wenn ihn der Flug so sehr mitgenommen hat, muss er es sich selbst zuschreiben. Seine Laune sollte er nicht an ihr auslassen.

Zwei Säle mit abstrakten Arbeiten Oscar Murillos. Großformatig, kraftvoll, stark – eine Entdeckung, für die Hans überhaupt kein Auge hat. Sie schiebt ihn ins Freie.

Hoffentlich erfreut ihn der Bugatti, der alle Aufmerksamkeit auf sich zieht. Auch Sammler sind bloß Männer. Mit einem kupferroten Gewirr aus mathematischen Formeln auf der Kühlerhaube hat Bernar Venet die Karosse veredelt.

How much?, ist alles, was Hans von sich gibt.

Klara ratlos.

Hans mit gespielter Stimme: Do you know, Darling, this Twopointfive-Million-Car is a Volkswagen? It's so democratic!

Painful!

In diesem Moment würde sie Hans am liebsten nicht kennen. Schnell zurück in die Halle zu den Neuerwerbungen, präsentiert unter dem gelungenen Motto *Alone Together*. Darüber lachen beide, und wenn beide wieder lachen, ist bald alles wieder gut.

Eine vergebliche Hoffnung. Nichts findet seine Gnade. Nicht einmal der chromblitzende Donald Duck, der auf einer Drehscheibe im Kopfstand rotiert, mit hervorquellenden Augäpfeln, die sich bei näherem Hingucken als pralle Brüste entpuppen.

Wer dafür Geld ausgibt, hat ein Problem, findet Hans.

Zugegeben. Es ist dürftige Angeberei, mit geringstem geistigem Aufwand präsentierte Effekthascherei. Und Jahrzehnte nach Warhols Suppendosen ist ein mit Budweiser-Dosen ausgekleidetes Zimmer nicht unbedingt der Gipfel der Originalität. Dennoch fehlt Klara jedes Verständnis für den Pennälerscherz von Hans, der eine angebrochene Red-Bull-Dose mitten ins Kunstwerk hinein platziert. Geradezu schämen aber muss sie sich, als er mit seinem Smartphone die Männerorgie aufnimmt. Ein Dutzend lebensgroßer Figuren. Hans interessiert sich natürlich nicht für fickende Homosexuelle, sondern für Sammler, die sich für fickende Homosexuelle interessieren.

Come on!

Er fotografiert nun unentwegt das, was er überkandidelt Kollektor-Kunst-Konstellationen nennt. Etwa ein älteres Paar, das mit ausgestreckten Zeigefingern auf einem Neo-Rauch-Gemälde herumdeutelt bis es, von Hans irritiert, sich verzieht. Eine yves-klein-blaue, auf einen yves-klein-blauen Tisch gesunkene Frauenfigur. Aber vielleicht starren die von Hans fotografierten Kunstkenner gar nicht die yves-klein-blauen Hängebusen an, sondern sind selbst verblüfft, wie so etwas Banales in eine bewunderte Sammlung geraten konnte.

Zugegeben, manches findet auch Klara überschätzt, überflüssig, ordinär. Hans aber zieht pauschal über alles her und tönt verächtlich über diese Geisterbahn des schlechten Geschmacks.

Überheblichkeit ist die Waffe der Minderbemittelten, sagt sie im Taxi, das sie zurück nach Miami Beach bringt, vorbei am Hafen mit den Kreuzfahrtriesen.

Plattenbau auf See, lästert Hans.

Ihm ist heute nicht zu helfen.

Punkt elf stürmt im Convention Center der Pulk der Sammler los wie Hausfrauen im Winterschlussverkauf. Daran beteiligt sich Klara nicht. Nicht zu verachten ist das Gläschen Gratis-Champagner in der dem gewöhnlichen Publikum unzugänglichen, von einer Schweizer Großbank gesponserten Collector's Lounge.

Sehenswerter als die Kunst findet Hans die Leute. Wenigstens das. Bei den Rubells hatte gar nichts seinen Geschmack getroffen.

Aber dann wieder: Wer ist der Prolet?

Das kann er sich sparen. Jeder erkennt Damian Hirst.

Hellgelb gefärbtes Kurzhaar, feuerwehrroter Blouson, ein Pfund Schmuck um den Hals.

Schau dir Frauen an, wenn es dir hilft, empfiehlt Klara.

Die Beine sollten seine Laune bessern. Beine, Beine, Beine. Beine in rot besohlten Louboutins, Beine in Turnschuhen, Beine in gefütterten Wildlederstiefeln, Beine, die ausnahmslos in Shorts münden. Beine, denen selbst Klara gern einen Blick gönnt. Selbst die knotigen Extremitäten greiser Milliardäre stecken in Shorts. So lässt die Schau kein Bedürfnis unbedient. Kiefer, Rauch, Wurm, Wall, weiter hinten die modernen Klassiker, Lichtenstein, Pollock, Picasso.

Unerfahrene Art Basel-/Miami Beach-Besucher könnten die Schau für eine Erotikmesse halten, behauptet Hans. Hier eine fotorealistische Zeichnung, die an Courbets L'origine du monde erinnert – bloß ohne Haare, dafür mit einer Zunge, die da nicht hingehört –, dort eine von Thomas Ruff schemenhaft abgelichtete Kopulation, hier eine Frau mit Schimpanse. Aber man muss sich schon sehr zielgerichtet umschauen, um Hans zuzustimmen.

Zum Abreagieren möge er erst einmal in Ruhe die *Art Positions* auf sich wirken lassen, schlägt Klara vor. Das Podium hoffnungsvoller Nachwuchskünstler ist in einer Ecke der Halle aufgestellt, rund um eine hügelige Liegewiese aus künstlichem Rasen.

Die Schau der Epigonen, schmäht Hans.

Erst schauen, dann richten, sagt Klara.

Er deutet auf einen Sandkasten. Glaskolben geben darin seltsame Geräusche von sich. *A sense of mystery hovers over the scene.*

Ich schnarche gleich im Stehen, sagt Hans.

Look!

Klara zeigt auf ein schmales, einige Meter langes, auf Brusthöhe montiertes Wandbord, auf dem zahllose Radiergummis aufgereiht sind, rund, eckig, halb abgerieben, speckig, voller Tintenflecken, vom Leben gezeichnete Individuen, wie sie in Federmäppchen ein schäbiges Dasein fristen.

Der eine lege Pillen aus Bronze oder Brillanten in Vitrinen und erkläre sie zu Kunst, der andere versucht es mit Ratzefummeln, höhnt Hans.

Die Gummis sind aus Gips, korrigiert Klara.

Das Informationsblatt, das der Galerist ihr ausgehändigt hat, stellt den virtuosen Radiergummiimitator vor. Zweiunddreißig Jahre ist er alt, lebt in Berlin. Sein Name: Art F. Rich.

Still available?

There is some interest, behauptet der Galerist.

Klara: How much?

Der Galerist: Ninetyfive.

Hans: Hirst für Arme.

Klara: Er ist es wert. Weil er Hirst nicht einfach imitiert, sondern transzendiert.

Selbstreferentieller Schwachsinn.

Klara: Hier!

Sie drückt Hans das Informationsblatt in die Hand.

Art F. Rich. Toll!

Spärliche Angaben zum Lebenslauf. Ausstellungsbeteiligungen. Das Foto des Künstlers.

I know him, sagt Hans.

Then you know everything, sagt der Galerist.

Actually I know nothing. He's my son.

Es wäre an der Zeit, so etwas wie Stolz zu zeigen. Sein Sohn Tom, auserkoren von der Art Basel/Miami Beach. Tausende von Künstlern träumen davon. Das Talent des vermeintlichen Taugenichts ist dem Markt nicht entgangen.

He is here?

Not here at the moment, but in town, sagt Klara.

Sie weiß Bescheid.

Gratuliere, sagt sie. Um Tom musst du dir keine Sorgen mehr machen.

Und das F? Wofür steht das F?

F wie Fake, sagt Klara. Art Fake Rich.

Art Fucks Rich, schlägt Hans vor.

Sie will das nicht kommentieren, sie habe noch eine zweite Überraschung für ihn.

Sein Bedarf an Überraschungen sei für heute gedeckt, sagt Hans.

Come on!

*

Hans wird zugeben müssen, wie gut das Bild gemalt ist, das sie ihm vorführt. Breite Pinselstriche zaubern dampfig schimmernde Feuchtigkeit auf grünlichweiße Kacheln von Wand und Wanne. Es ist das klassische Sujet, das Hans liebt wie kein zweites. Eine Badeszene. Eine ganz besondere Badeszene.

Die Frau steht nach vorn gebeugt in der Wanne, seift sich ein. Nicht mehr jung, nicht wirklich schön, nicht wirklich hässlich. Das Gewöhnliche ist das Ungewöhnliche an diesem Bild. Die Nase etwas zu groß, eine auffällige Rötung auf der Wange, ein Schaumfleck über dem rechten Auge, schmal und breit der Mund, kurz und dunkel das Haar, Schultern und Arme muskulös, klein, spitz, fest die Brust, zwischen den geschlossenen Beinen ein dunkles, nasses Vlies. Licht aus einem unsichtbaren Fenster lässt den Rücken der Frau leuchten. Sie nimmt in der linken Hälfte nicht mehr als ein Sechstel der Fläche des hochformatigen Bildes ein. Das Zentrum bleibt leer. Das Nichts grünlichweißer Kacheln schafft Spannung zwischen der Frau und dem Mann, der die rechte Hälfte des Bildes ausfüllt, der Frau den Rücken zuwendet. Unsichtbar das Geschlechtsteil, nicht jedoch die Wölbung des Bauchs und die Wulst auf der Hüfte. Mit der Rechten putzt er sich die Zähne, weshalb sein von Hand und Bürste halb verdecktes Gesicht schwer zu lesen ist. Wären da nicht breite Koteletten, könnte es Hans sein.

Ein meisterhaftes Werk. Hier verletzen nicht lüsterne Gaffer die Intimität einer Frau. Es zeigt die Vertrautheit eines Paares. Auf den ersten Blick: Hygieneverrichtungen. Auf den zweiten: Ein ganzer Roman. Liebe, Hoffnung, Desillusion. Ein Bild, das jeder, der es betrachtet, für sich noch einmal schafft, je nach Stimmung jedes Mal wieder.

Klara ist fest entschlossen, die Arbeit für zweihundertachtzigtausend Euro zu erwerben. Ein günstiges Angebot der Zürcher Galerie Haas, die es aus der Konkursmasse eines niederländischen Privatmuseums ersteigert hat. Die Arbeit des New Yorker Malers Eric Fischl, eines Stars der achtziger Jahre, gilt als deutlich unterbewertet. In einem Jahr ist sie vielleicht schon vierhundert- oder fünfhunderttausend Euro wert.

Was sie Schimmer nenne, sei Schimmel, sagt Hans. Nicht anders stelle er sich die Vorhölle vor. Als ewiges

Purgatorium, als vergeblichen Versuch, sich voneinander zu säubern. Gepinselte Depression. Ein Scheißbild. Das Schlimmste von allen.

Damit geht er entschieden zu weit. Hans hat eine Grenzlinie überschritten. Er muss das Bild nicht mögen, aber er darf es nicht schmähen. Ungeschriebenes Gesetz unter Sammlern. Hans schmäht es, weil es so wahrhaftig ist. Einen anderen Grund gibt es nicht.

Ja, es ist die Szene einer Ehe. Will sich Herr Achberg durchs Leben lügen, das eben nicht bloß aus ewiger Sehnsucht nach Schönheit besteht? Solange sie jedenfalls mit dem Galeristen verhandelt, hat er den Mund zu halten. Indem er das Bild heruntermacht, beleidigt er sie, macht sie unmöglich.

Ich weiß, wo wir es aufhängen, sagt sie.

Er möchte mit Klara nirgends hängen. Schon gar nicht nackt. Er wolle mit ihr nie wieder baden gehen.

Dass nicht nur der Galerist, sondern noch andere Leute zuhören, ist ihm offenbar egal. Oder sogar recht. Hans Achberg zieht seine Show ab.

Aus ihr mache nicht einmal mehr Botero einen Leckerbissen!

Klaras Schrei gellt durch die Convention Hall, gefolgt von ihrem Hieb. Wie ein Stück glitschige Seife flutscht er Achberg ins Gesicht.

Verschwinde aus meinem Leben!

*

Klara hat Achbergs Auge getroffen. Der Schmerz bringt ihn zur Besinnung.

Lass uns in Ruhe reden, sagt er.

In Ruhe?

Nicht hier.

Es gelingt ihm, sie von der scheußlichen Badeszene zu lösen, mit ihr den Stand der Galerie zu verlassen, das Convention Center. Gegenüber liegt der kleine botanische Garten von Miami Beach, auch er okkupiert von der Art Basel/Miami Beach. Champagnerstände, Lunchbüfetts, aber auch gewöhnliche Parkbänke.

Zornige Tränen kullern über Klaras Gesicht. So hat Achberg sie noch nicht erlebt. Sie zu berühren, wäre gefährlich.

Alles habe sie nur für ihn getan.

Wie lange soll er ihr denn noch dankbar sein? Bis dass der Tod sie scheidet? Damit will er nicht dienen.

Klara: Du würdest den Verstand verlieren ohne mich.

Du bringst mich um denselben.

Klara: Ohne mich wärst du auf der Flucht vor deinem Wahn!

Danke, danke, danke.

Klara: Woman with Eyes Closed wäre über alle Berge, ginge es nach dir. Zu deinem Glück habe ich die Angelegenheit mit Verstand erledigt!

*

Erledigt?

Erledigt. Drücke ich mich unklar aus?

Hans: Frau von Scheyn – erledigt.

Exactly. Was glotzt du mich so an?

Hans: Erledigt.

Na, eben aus der Welt geschafft. Sei nicht gleich so hysterisch.

Hans: Ich habe damit nichts zu tun.

Wenn es kriminell wird, machen Männer sich schnell in die Hosen.

Die Leiche wurde nicht …

So wenig wie die Leiche von Linus.

Hans verbirgt sein Gesicht in den Händen.

Geht es noch ein wenig theatralischer?

Er stöhnt.

Sie lacht. Scharf. Eine Katze auf dem heißen Blechdach.

Ich habe es für dich getan, du Idiot.

Er schaut Klara an, als sähe er ein Gespenst.

Du blickst immer noch nicht durch, was! Also pass auf! Ich habe Alexa aus dem Verkehr ziehen müssen. Nichts leichter als das.

Hans schnappt nach Luft. Viel fehlt nicht, und er braucht einen Arzt.

Mein Gewissen ist o. k. Um deines solltest du dich sorgen. Du traust mir einen Mord zu, der dazu dient, deinen Arsch zu retten. Hättest bloß die Polizei rufen müssen. Jeder einigermaßen vernünftige Mensch hätte die Polizei eingeschaltet.

Wovon du mir abgeraten hast.

Anyway. Alexa wird dich nicht mehr behelligen, weder tot noch lebendig. Sie arbeitet für mich.

Sein vollkommen verwirrtes Gesicht entschädigt Klara für entgangene Freuden.

Ich habe sie dir auf den Hals gehetzt. Zugegeben, ein dummer Scherz.

Du hast mich erpresst?

Ich habe dich beschützt.

Wovor?

Denk nach!

Aus Bosheit …

… die du mir zutraust …

… Eifersucht.

Die meiner Intelligenz widerspräche.

Am Ende arbeitet auch Susan für dich.

Stimmt. Falls es dich beruhigt: Sie lief mir aus dem Ruder. Vorübergehend schien sie tatsächlich so etwas wie Gefallen an dir gefunden zu haben.

Scheusal!

Ich bin dir nicht schön genug, Hans, darin besteht deine Tragödie.

*

Während Klara im Convention Center die Arbeit von Eric Fischl erwirbt, verlässt Doktor Arnfried Salzheber das Hotel. Er checkt aus dem gemeinsamen Leben mit Klara endgültig aus und lässt sich, da in Miami Beach die annehmbaren Hotels restlos ausgebucht sind, nach Miami bringen. Im Sofitel am Blue Lagoon Drive kommt er für weniger als zweihundert Dollar pro Nacht unter. Die Adresse klingt mondän, liegt aber nur wenige hundert Meter von der Start- und Landebahn des Flughafens entfernt. Nicht so schlecht, wenn man sich auf und davon machen will.

Spät am Abend aber fährt er noch einmal zurück nach Miami Beach und steigt vor dem Delago aus. Die Glücklichen, die sich im Besitz einer Einladung befinden, müssen nur den Arm ausstrecken, um von der Zauberfee berührt zu werden, die ein schwarzes Bändchen um ihr Handgelenk legt. Damit hat Achberg nicht gerechnet. Weil er behauptet, als Arnfried Salzheber auf der Einladungsliste zu stehen, darf er dennoch ein Feld vorrücken. Zwei weitere Märchenprinzessinnen überprüfen seine Behauptung auf dem Computer. Der Name ist nicht registriert. Zu seinen Gunsten bringt Achberg vor, von Klaus persönlich eingeladen worden zu sein.

Klaus who?

Klaus Biesenbach.

Die Wunderwesen sind nicht in der Lage, ihm zu folgen, erweisen sich dennoch als konstruktiv und hilfsbereit.

Bi… Bi… how do you spell your name?

Irgendwie kommt ihnen B.I.E.S.E.N.B.A.C.H bekannt vor. Das sollte es auch. Schließlich handelt es sich um einen der MoMA-Oberen, zu dessen Fundraising-Party Achberg Einlass begehrt. Biesenbach, zugegeben kein leichter Name für die Zunge einer amerikanischen Fee, findet sich, es wäre ja noch schöner, auf dem Bildschirm, und Sesam ist geöffnet. Nachtschwarz das Band um Klaus Biesenbachs alias Arnfried Salzhebers alias Hans Achbergs Handgelenk.

Vor der Oceanfront-Veranda erstreckt sich der von Königspalmen gesäumte rechteckige Pool. Auf der Fassade des Nachbargebäudes flimmert ein Video; immer neue Ornamente und Arabesken übermalen Mona Lisa; die mongolische Variante ist nicht dabei. Ohnehin wird Achberg abgelenkt von all den Monas und Lisas, die auf voluminösen Betten lümmeln, die statt der üblichen Liegen um den Pool herum verteilt sind. Auch kleine offene Pavillons stehen zur Verfügung, ausstaffiert mit weißen Sofas.

Am Fuß der Treppe noch einmal ein Handgelenkkontrollwunder.

Die meisten der Anwesenden stehen nur herum, halten sich an alkoholischen Getränken fest, die an der Bar gegen Bezahlung erhältlich sind. Auf einem Floß hantiert ein Discjockey, ohne den Tanzbetrieb in Schwung zu bringen.

Das Umarmungsballett ist das Auffälligste. Achberg kommen die Mädchen in den Sinn, die mit Pappschildern eine Straße in der Zürcher Altstadt herunter gekommen sind. Free Hug hat darauf gestanden. Sie haben tatsächlich jeden umarmt, der ihnen nicht ausdrücklich aus dem Weg gegangen ist.

Für was?

Einfach so.

Achberg wird nicht umarmt. Er trinkt deshalb einige Caipirinhas schneller, als sie ihm gut tun. Die Säure der Limonen, die Schärfe der Minze, das süße Feuer des Zuckerrohrs, das psychedelische Blau des Pools. Er hätte nichts dagegen, in den liquiden Leuchtstoff zu fallen. Gekräuselte Königspalmkronen aus der Unterwasserperspektive. Dazu Beine, Beine, Beine. Beleuchtenswerte Beine am Beckenrand. Er gäbe den im Pool dümpelnden Sammler von der Biennale, er wäre der Statist, auf den sich plötzlich alle Augen richten. Gekreische. Der tote Sammler brächte Leben an und in den Pool.

Sich im Aquamarinblau zu versenken wäre eine Möglichkeit. Untergehen. Aus-leben. Auf einer Karibikinsel abzutauchen, wäre nach Klaras Geständnis allerdings eine maßlose Übertreibung. Ihr Streich hat ihn kuriert.

Die Steuer-CD mit den Daten seiner Liechtensteiner Konten existiert vermutlich gar nicht, jedenfalls nicht in der Hand einer Erpresserin namens Scheyn.

Vollständige Wiederherstellung der Steuerehrlichkeit. Warum eigentlich nicht! Vollständige Wiederanerkennung der Realität: Er sollte den Kunstmarkt dazu nutzen, seine materiellen Verhältnisse in Ordnung zu bringen. Am Ende wird genug Geld übrig sein. Er muss keine Großsammlung im Depot horten; es würde genügen, eine alte Scheune auszubauen und sich mit dem zufrieden zu geben, was dort hineinpasst.

Aus einem Kunstliebhaber wird erst ein Sammler, wenn an seinen Wänden kein Platz mehr ist. Alte Sammlerweisheit. Dann ist er eben kein Sammler mehr. Er muss kein Sammler mehr sein. Er weiß jetzt mehr von sich selbst, auch ohne Hilfe der Kunst.

Er hat sich gefunden. Was hat er hier noch zu suchen?

Tom.

Es ist nicht das einzige Fest in dieser Nacht in Miami Beach, hat er sich sagen lassen, aber das begehrteste. Er wird noch einige Caipirinhas länger ausharren, bis er Tom entdeckt hat. Mitternacht ist inzwischen vorbei, und noch immer treffen Gäste ein.

Das dort drüben könnte Linus sein. Die Frau die ihn beschäftigt, ist allerdings nicht Toni. Linus? Eine Halluzination ist nicht auszuschließen. Den wenigen Drinks zuviel dürfte das Trugbild nicht anzulasten, es müssten schon überdrehte Neuronen im Spiel sein. Achberg sieht genau hin. Vor wenigen Stunden erst hat Klara sein Wahngebilde zerstört. Ja, natürlich. Das Verschwinden von Linus kann er sich jetzt auch ohne

Zuhilfenahme absurder Mordkomplotte und humorloser Naturgewalten erklären. Linus war gar nicht versunken.

Und da ist Susan. Susan unter zwei Dutzend Susans. Eine Schönste unter vielen Schönsten. Nicht ganz echt kommt sie ihm vor. Wie das karibische Blau im Pool.

Überrascht wirkt sie nicht, als sie ihn sieht. Free Hugs. Und ein Kuss auf die Stirn. Wie man seinen alten Vater küsst.

Einen Bellini?

In memoriam Venezia, sagt sie.

Er spendiert ihr einen Bellini, und es bleibt nicht bei einem. Bald lehnen sie gemeinsam an einer Königspalme.

Wie kommt Linus hierher? Frisch aus dem nassen Grab?

Wir hätten es nicht für möglich gehalten, dass du auf alles hereinfällst.

Wir?

Toni, ich …

Und Klara.

Du solltest ihr nicht alles anhängen, sonst stolperst du nur von einer Verschwörungstheorie in die nächste.

Sie hat geglaubt, sie könnte mich in ihr Leben einbauen.

Dankbar solltest du ihr sein.

Er kann es nicht mehr hören, dass er Klara dankbar sein soll.

Weißt du, was das Allerschlimmste ist? Dass *Red Nude* in ihrem Schwimmbad hängt. Da gehört sie nicht hin.

Susan lacht.

Willst du den Auferstandenen nicht endlich in die Arme schließen?

An Umarmungen leidet Linus keinen Mangel, sagt Achberg. Er hat mitgespielt. Tod auf dem See: Für diesen Roman fehlt mir jetzt der Nerv. Eine Höllenfahrt würde ich ihm gönnen.

Freue dich! Alles riecht nach Happy Ending.

Achberg hätte Susan noch viel zu sagen, bloß zu viel getrunken. Eine Göttin kann man nicht lieben, bloß verehren. Aber den Göttinnenstatus hat sie verspielt. Am liebsten würde er Klara zitieren. Göttinnen sind nicht dazu da, gevögelt zu werden. Sie sind nur dazu gut, Gemälde zu inspirieren. Oder so ähnlich. Er behält es für sich.

Hast du Tom gesehen?, will er wissen.

Die Antwort ist ein Kuss. Wie eine schnellende Feder berührt sie seine Lippen.

Was sagst du zu Toms tausend Ratzefummeln aus Gips?

Einhundertsechsundzwanzig.

Du hast genau nachgezählt.

Oh ja.

Er schlägt ihr einen Strandspaziergang vor.

Morgen vielleicht.

Jetzt. Nur für ein paar Minuten. Heraus aus dem Lärm.

Wenn es deinem Seelenfrieden dient.

Achberg stellt sich ein Bad mit ihr vor mit nichts an als schwarzen Bändern an den Handgelenken. Der Mond spielt mit ihrem güldenen Haar und Achberg auch.

Wo willst du mit mir hin?

Ans Meer.

Was hätten wir uns dort zu sagen?

Sie berührt ihn.

Rührt er sie? Er braucht ihr Mitleid nicht. Nur eines muss er sofort loswerden.

Warum hast du Red Nude an Klara verkauft. Um mich zu demütigen! Dass du dich von Klara benutzen lässt, ist Verrat. Verrat an meiner … nennen wir es Liebe.

Du hast dich nicht entscheiden können, sagt Susan. Klara ist dir am Ende wichtiger.

Weil du mir niemals das Gefühl gegeben hast, es sei dir wirklich an mir gelegen.

Zu spät, Sweetie!

Achberg ist nicht betrunken genug, das leise Bedauern in Susans Worten zu überhören. So betrunken kann er gar nicht sein, dass ihm nicht sofort alle Sinne in Aufruhr gerieten. Er zieht sein Jackett aus und legt es Susan um die Schultern. Sein Arm umfasst ihre Taille. Sie lässt es zu.

Es sind nur wenige hundert Meter hinunter zum Strand.

*

Nie wieder wird er sich so lächerlich machen wie auf der Rheinbrücke in Basel.

Als sich seine Hand zu ihrer Brust hin wagen will, schüttelt sie ihn ab. Achberg sinkt auf die Knie. Susan lacht, hilft ihm wieder auf die Beine, damit er kein Theater macht.

Er hört sich selbst, einen einzigen, abschließenden Kuss beantragen. Der Anspruch ist unabweisbar, das Ende im unteren Argental kein zulässiges Ende gewesen. Diese Heloise-Show! Da hat er sich zum Narren machen lassen.

Ich mag dich doch lieber als mir lieb ist. Und dann verschwinden!

Wenn er ihr lieb ist, läuft sie jetzt nicht weg, sagt Achberg. Ihr Satz bedarf der Beglaubigung. Auf der Stelle. Wo der Saum der Brandung mit Zungen spricht. Wo der atlantische Mond auf der Lauer liegt.

Stell dich nicht so an, Susan!

Sie ist nicht die Unnahbare, die sie spielt. Sie ist schön. So schön wie die Nacht. Ein Produkt der Natur, zum Pflücken nah.

Er zieht sie an sich, prallt auf verschlossene Lippen.

Als sie ihn mit ihrem pornographischen Geschwätz zum Idioten machte, hätte er sie nehmen müssen; es wäre die einzig richtige Antwort gewesen. Nicht noch einmal lässt er sich lächerlich machen. Sie will genommen werden, sich nehmen zu lassen, gehört zu ihrem Spiel. Achberg hat es endlich verstanden.

Sie liegt unter ihm im Sand.

*

Die Augen schließt er zu spät, schon pflügt sein Gesicht durch den Sand. Seine Hände suchen an ihren Beinen Halt. Ihn trifft ein Tritt. Ein dumpfer Schmerz, der ins Gesäß und in den Rücken fährt. Er spuckt, versucht sich aufzurappeln auf die Knie, die Arme schützend über dem Kopf, bevor der nächste Tritt einschlägt, diesmal von der Seite. Achberg fällt, igelt sich ein, der Hieb nimmt ihm die Luft. Nur nicht der Kopf! Auf, auf … Noch nicht wieder auf den Beinen, stoppt ihn ein Schlag ins Weiche. Und noch ein furchtbarer Treffer, er wüsste nicht zu sagen, wohin. Der Körper als Ganzes verwundet. Bis auf den Schädel, den er in den Sand bohrt. Wenn auch noch der Schädel hin ist, ist Ruh.

Ihre Stimme! Susan, die um Gnade fleht. Für ihn.

STOPP!

Wie soll er ihr beistehen, blind und zerhackt, auf Knien, gekrümmt mit brennendem Fleisch? Will er sie schützen mit seinem Leib, muss er dorthin, wo sie schreit. Und wäre es das letzte, was seine Knochen zustande bringen. Den Heldentod für die Schönste. Diesmal trifft ihn der Schlag aufs Maul. Der Geschmack von Zorn, Angst, Blut.

Sie kniet, hat sich ergeben, der Mann hinter ihr, schemenhaft zu erkennen. Susan und der Mann. Der Mann lässt ab von ihr, kommt erneut auf ihn zu. Der nächste Donnerschlag auf die Brust streckt Achberg nieder. Er kippt auf den Rücken, erwartet den letzten, tödlichen Tritt.

STOPP!

Susans Schrei.

HÖR SCHON AUF, TOM!

Achberg kotzt.

*

Die Beamten werden ihm nichts mehr anhaben. Es dürfte sich um Petitessen handeln, um nichts Dramatisches. Fragen nach ein, zwei fehlenden Details. Achberg hält es nicht für nötig, Höfel zu alarmieren.

Weshalb auch immer sich die Polizisten seinem Haus in Grünwald nähern, er öffnet ihnen die Tür, noch ehe sie klingeln, begrüßt sie zuvorkommend, entspannt. Ein Beamter in Zivil, zwei in Uniform. Wenigstens könnten sie sein aufgeräumtes Willkommen mit einem entsprechenden Gesicht beantworten. Er bittet sie herein. Sie bleiben an der Tür stehen.

*

Klara erfährt es von Höfel. Achberg habe ihn gebeten, sie unverzüglich zu verständigen. Damit hat sie gerechnet. Lange genug hat sie auf die Nachricht gewartet. Wenn es hart auf hart kommt, ist sie noch immer Achbergs erste Anlaufstelle.

Man habe ihn am frühen Morgen vorläufig festgenommen.

Die Steuersache?

Höfel setzt eine unverschämt lange Pause.

Come on!

Vergewaltigung, beziehungsweise sexuelle Nötigung. An einer Engländerin in Miami Beach, fügt der Anwalt in einem Ton hinzu, als gäbe der Umstand der Sache besondere Würze. Achberg behaupte, es handle sich um eine frühere Geliebte.

Bullshit, sagt Klara. Im Übrigen stammt die Engländerin aus Würzburg.

Leider auch kein mildernder Umstand, sagt Höfel.

Achberg behaupte, er könne alles erklären. Bittet aber darum, den einzigen Entlastungszeugen, seinen eigenen Sohn, auf gar keinen Fall in die Sache hineinzuziehen.

Können Sie sich darauf einen Reim machen?, sagt Höfel.

Ja.

Es bleibt die einzige Silbe, die Klara dazu preisgibt.

Sexualdelikte seien auch in den USA Offizialdelikte,

erklärt Höfel. Ob das vermeintliche Opfer wolle oder nicht, der Staatsanwalt habe die Ermittlungen aufzunehmen.

Dafür hat, was Höfel nicht wissen kann, Klara selbst gesorgt.

Auch der Umstand, dass der mutmaßliche Täter die USA schnellstens verlassen habe, rette ihn nicht. Auf das amerikanische Rechtshilfeersuchen kümmere sich nun die deutsche Justiz.

Klara wird Hans nicht hängen lassen. Sie macht sich Vorwürfe. Nicht dafür, dass er nun die Justiz am Hals hat, sondern weil sie ihn in seinem schwächsten Moment nicht sich selbst hätte überlassen dürfen. Einem Süchtigen steht man bei und lässt ihn nicht allein. Klara wird die Kosten der Verteidigung übernehmen. Sie hat vor, eine erfahrene Anwältin mit dem Fall zu betrauen. Frauen, glaubt sie, verteidigen Sexualstrafsachen glaubwürdiger als Männer. Sie ist bereit, alles auf ihren Eid zu nehmen, was sich nehmen lässt. Sie wird ihre in Miami Beach gemachte Aussage selbstverständlich nicht wiederholen. Ein Missverständnis das Ganze. Die Anwältin wird Susan nicht schonen. Wer so aussieht, braucht sich darüber nicht zu wundern.

Wie lange werden sie Hans in Untersuchungshaft behalten?

Höchstens ein paar Tage, sagt Höfel. Es bestehe keine Fluchtgefahr.

Hans braucht Klara, das ist dem jetzt hoffentlich klar.

Happy Ending.

*

Klara spielt auch mit dem Gedanken, sich malen zu lassen. Vielleicht ist Alex Katz zu gewinnen; selbst dies am Ende eine Frage des Preises. Mit breitkrempigem Ascot-Hut und großen dunklen Sonnengläsern. Faltenfrei. Die Maltechnik von Alex erlaubt keine Falten. Bei Alex sind alle immer nur schön. Am besten lässt sie sich mit Hans zusammen als Paar malen, nach Vorbildern aus der Renaissance. Im Profil einander zugewandt, im Hintergrund der See, der Säntis, das Licht, das schon nach Süden riecht, ein Sammlerpaar, in Schönheit vereint.

Dann wären sie unsterblich.

DANK

Fachlichen Rat in Sachen Wahntherapie verdanke ich dem Wiener Psychologen Prof. Michael Schmitz, juristische Betreuung in Sachen Steuerrecht der Münchner Strafverteidigerin Dr. Annette von Stetten. Was die steuerlichen Nöte von Kunstsammlern angeht, ließ mich Steuerberater Xaver Florentz von seinen Erfahrungen profitieren. Ihnen gilt mein Dank; für sachliche Fehler bin ich selbst verantwortlich.

Nicht namentlich danken will ich aus Rücksicht auf ihren tadellosen Ruf zahlreichen Künstlern, Sammlern und Kunstsachverständigen, die sich, meist ohne es zu wissen, an meinem Romanprojekt beteiligt haben. Ohne sie hätte ich das Buch nicht verfassen können.

Frei erfunden sind die Figuren der Handlung.

INHALT